Viktor Iro
Tödliche Rückkehr

PIPER

Zu diesem Buch

Im Becken eines Thermalbads treibt die Leiche eines hochrangigen Politikers. Viki Kiss, die fähigste Nachwuchskommissarin der Budapester Polizei, wird mit den Ermittlungen betraut. Ihr zur Seite gestellt wird der Europol-Fahnder Antal Peringer. Der ebenso gemütliche wie gewitzte Mann kehrt für diesen Fall nach fast fünfzig Jahren im Ausland erstmals in seine Heimatstadt zurück. Nachdem Viki ihr Misstrauen gegenüber Peringer überwunden hat, versuchen die beiden gemeinsam herauszufinden, was hinter der Tat steckt. Welche Rolle spielt zum Beispiel der skrupellose Geschäftsmann Zoltán Horváth? Dann wird in einem verfallenen Kaffeehaus Sprengstoff gefunden. Soll ein Anschlag auf die internationale Anti-Terror-Konferenz stattfinden, die der Ermordete mitorganisierte? Doch Peringer verfolgt noch eine andere Spur. Er vermutet, dass der Schlüssel zur Lösung des Falls in der ungarischen Geschichte liegt, in der Zeit des Aufstands 1956 …

Viktor Iro, geboren 1968, studierte Germanistik in Tübingen, lehrte in den Vereinigten Staaten und promovierte in Berlin in Kulturwissenschaft. Von 2004 bis 2009 lebte er in Budapest und unterrichtete dort Literatur, Medienkunde und Kreatives Schreiben. Er veröffentlichte bereits die »Gebrauchsanweisung für Budapest und Ungarn«. »Tödliche Rückkehr« ist sein erster Roman.

Viktor Iro

Tödliche Rückkehr

Kommissar Peringer ermittelt

Piper München Zürich

Mehr über unsere Autoren und Bücher:
www.piper.de

Von Viktor Iro liegen bei Piper vor:
Gebrauchsanweisung für Budapest und Ungarn
Tödliche Rückkehr

Originalausgabe
September 2010

Umschlaggestaltung: semper smile, München
Umschlagmotiv: Getty Images / Peter Adams / The Image Bank
Karte: cartomedia, Karlsruhe
Autorenfoto: Alain Roux
Satz: Kösel, Krugzell
Papier: Munken Print von Arctic Paper Munkedals AB, Schweden
Druck und Bindung: CPI – Clausen & Bosse, Leck
Printed in Germany ISBN 978-3-492-25814-2

I

Unauffällig parkte der Wagen gegenüber dem Sankt-Lukas-Bad. Sanatorium, Trinkhalle und Thermalbereich lagen ruhig im Schein der Morgensonne, deren Strahlen auf der messingverkleideten Uhr neben dem Eingang aufblitzten. Es war kurz nach sechs.

Der Fahrer verstellte den Rückspiegel und beobachtete das kleine grünlackierte Eisentor, das sich neben dem Kassenpavillon befand. Einen winzigen Spalt geöffnet, verriet es ihm, dass sein Chef das Gelände noch nicht verlassen hatte. Er drückte eine halb gerauchte Zigarette aus, schlug die Fahrzeugtür zu und ging zur Kasse.

»Guten Morgen, István«, begrüßten ihn drei Damen, während sie die Rollos der Kartenschalter ruckweise hochzogen.

»Küss die Hand«, erwiderte der Chauffeur. »Habt ihr ihn schon gesehen?«

Die Kassiererinnen schüttelten den Kopf, woraufhin er seinen Blick auf den Innenhof richtete. Auf der anderen Donauseite würde viel Verkehr sein, und im Fall einer Verspätung bekäme er den Unmut ab.

»István, wie lange fährst du den feinen Herrn nun schon hierher?«, fragte die älteste der drei Damen.

»Fünfzehn Jahre.«

»Und mit wie vielen Geliebten hast du ihn schon erwischt?«

István verdrehte die Augen.

Mit den Worten »Geh nachschauen« winkte sie ihn durch, fügte jedoch hinzu: »Aber schieb die Schuld nicht auf uns, wenn du dir Ärger mit dem Bademeister einhandelst.«

Er nickte beschwichtigend, passierte den Pavillon und betrat das Gelände. Dort warfen riesige, uralte Platanen ihre

Schatten auf den Innenhof. Zielstrebig ging der Fahrer auf das ockergelbe Thermalgebäude zu. Rechts, an einer Seitenwand, befanden sich Marmortafeln, von denen auch Istváns Chef eine gestiftet hatte. In arabischer und kyrillischer Schrift, auf Ungarisch, Deutsch und Englisch bedankten sich die Spender für ihre Genesung im grünlich trüben Heilwasser. Sogar aus New York, Lemberg und Kairo waren sie nach Budapest gereist.

»Hallo? Herr Staatssekretär?«, rief István in das Gebäude hinein. Der würzige Duft der Thermalquellen strömte ihm durch die angelehnte Tür entgegen. Keine Antwort, einzig das Gurren einiger Tauben unterbrach die Stille auf dem weitläufigen Gelände.

Den Zutritt zum Bad sicherte ein elektronisches Drehkreuz, für das er keine Schlüsselkarte besaß. Er rüttelte vergeblich an den Metallstangen, und als er sich bereits auf dem Gerät abstützte, um über das Hindernis zu steigen, sah er eine Zugangskarte, die jemand neben dem Scanner liegen gelassen hatte. Ein Klick – und István befand sich auf dem langen Flur, der zu den Umkleidekabinen führte. Seine Schuhe quietschten auf den ausgelegten Gummimatten.

Er schwitzte. Feuchtheiße Luft erfüllte den Raum und erschwerte das Atmen.

»Ist da jemand? Herr Orosz?«

Ein Geräusch im Umkleidebereich nahm ihm die Entscheidung darüber ab, ob er vor der Schwimmhalle erst das Labyrinth der Schließfächer auskundschaften sollte.

»Hallo?«, rief er mit zunehmender Ungeduld und schritt eine Kabine nach der anderen ab. Dann blieb er stehen und horchte, als plötzlich jemand die Hand auf seine rechte Schulter legte. Er zuckte zusammen, erstarrte für Sekunden und drehte sich langsam um.

»Gar kein Schwimmzeug dabei?«, fragte der Bademeister, der sich über den frühen Gast im feinen Anzug wunderte.

»Ich bin der Fahrer«, erwiderte István und trat einen Schritt zurück.

»Der Fahrer?«

»Vom Staatssekretär.«

»Verstehe«, murmelte der Bademeister, als hätte er vergessen, welchen Beruf Orosz ausübte.

»Wo ist er?«

»Wo er ist?«

Bademeister László sah István erstaunt an. Er schien davon auszugehen, dass Orosz das Bad zur üblichen Zeit verlassen hatte. Jeden Donnerstag ließ er ihn die Thermalbecken eine halbe Stunde lang ungestört nutzen, bevor die regulären Badegäste eintrafen. Der Staatssekretär zahlte gut.

»Wie sind Sie hier überhaupt reingekommen?«

»Da lag eine Zugangskarte.«

Auf der Stirn des Bademeisters zogen sich Misstrauensfalten zusammen. Er schlurfte in Richtung Eingangsbereich.

»Was ist nun mit Orosz?«, rief István ihm hinterher.

Der Bademeister machte ein Zeichen, er möge sich nicht aufregen, blieb auf halbem Wege stehen und nahm einen Schlüssel von einem Brett.

»Immer die neunundvierzig«, sagte er und schlurfte zurück zu den Spinden. István, dem die Hitze zusetzte, zog seine Jacke aus und folgte ihm. Der Bademeister schloss den Schrank auf. Orosz' Anzug, Hemd, Krawatte und Unterwäsche: alles war sorgfältig darin verstaut, ebenso die Schuhe, sogar der Lendenschurz – anscheinend badete der Staatssekretär vollkommen nackt.

Bademeister László hob die Augenbrauen, als begreife er allmählich, warum István sich sorgte.

Sie beschlossen, im Thermalbereich nach dem Vermissten zu suchen, und durchquerten die verwinkelten Gänge. Als sie den Eingangsbereich passierten, trafen gerade die ersten Badegäste ein.

»Moment«, sagte László und ging zum Drehkreuz, durch das die Leute ins Bad drängten. »Bedaure, meine Herren, aber Sie müssen sich heute noch etwas gedulden. Wir haben ein technisches Problem.«

Er schickte die murrende Rentnergruppe wieder hinaus und suchte im Vorbeigehen nach der Karte, mit der István sich Eintritt verschafft hatte. Dann eilte er weiter in den Thermalbereich. István folgte ihm.

»Da liegt keine Zugangskarte«, meinte er missbilligend, als sie an einem kleinen, in den Boden eingelassenen Fußwaschbecken vorbeikamen. István ignorierte ihn und versuchte, seine Schuhe vor dem Wasser zu schützen, womit er den Unmut des Bademeisters noch verstärkte.

Nun standen sie vor einem ovalen Becken, das sich gegenüber einer Reihe abschließbarer Duschkabinen befand. Das Becken war leer, die Wasseroberfläche so ruhig, dass sich die ratlosen Gesichter der beiden Männer darin spiegelten.

Nach und nach stießen sie die Duschkabinen auf. Mit jeder weiteren wuchs ihre Sorge, dem Staatssekretär könnte etwas zugestoßen sein. Doch sämtliche Kabinen waren leer.

Nun blieben nur noch zwei Möglichkeiten: der hintere Raum mit seiner Auswahl verschieden heißer Becken und das Separee mit vierzig Grad heißem Wasser.

»Sie gehen da lang, ich hier!«, sagte der Bademeister zu István, der sich der Anweisung wortlos fügte.

László wandte sich dem Separee zu, einem winzigen runden Becken, das sich in einem Gewölbe mit kuppelartiger Decke befand. Ein ungutes Gefühl beschlich ihn. Er zog den Kopf ein und betrat die dunkle, dampfende Höhle. Kaum hatte er sich wieder aufgerichtet, bot sich ihm ein grausiger Anblick: Das Wasser war rot gefärbt, und mitten im Becken trieb leblos der Staatssekretär.

»Nichts«, tat hingegen István kund, der nach erfolgloser Suche zu ihm stieß. Dann sah auch er den trägen Körper im

Wasser. Sein Gesicht, das eben noch vor Hitze geglüht hatte, wurde schlagartig blass.

»Das ist ... das ist ja ...«, stammelte er nach einer Schrecksekunde. Staatssekretär Orosz lag auf dem Rücken, seine Augen waren ausdruckslos zur Decke gerichtet; er war offenkundig tot.

»Und was ...?« István zeigte auf den Leichnam, der am Oberkörper eine eigenartige aufgequollene Jacke trug.

»Das frage ich Sie«, entgegnete László mit einem Schulterzucken.

István stützte sich an einer feuchten Wand ab. Er starrte auf die gegenüberliegende Beckenseite, wo aus einem Rohr unaufhörlich frisches Thermalwasser nachfloss und das Blut seines Chefs mehr und mehr verdünnte. Verdunstete das Gemisch nicht längst und drang in seine Atemwege ein?

»Ich muss hier raus.« Schwindel überkam ihn, sein weißes Hemd klebte schweißdurchtränkt an seinem Oberkörper, die Luft schien ihm faulig, das Bad verkeimt. Er trat zurück und schleppte sich in Richtung Ausgang.

Bademeister László hätte gerne einen Schluck aus dem Kaltwasserbrunnen zu seiner Linken genommen, doch die Vorstellung, einen halben Meter durch das Becken zu gehen, ekelte ihn. So starrte er nur weiter auf die aufgedunsene Leiche, ihr bleiches Gesicht, die merkwürdige Jacke.

Auf Höhe der Umkleidekabinen fühlte sich István wieder etwas besser; er drehte sich um und ging langsam zurück zum Tatort. Der Bademeister schien Istváns vorübergehende Abwesenheit gar nicht bemerkt zu haben und fragte: »Sollen wir ihn aus dem Wasser ziehen?«

»Sie meinen, er könnte noch leben?«

»Nein, aus hygienischen Gründen«, erwiderte László und deutete auf den aufgequollenen Körper.

»Und die Spuren ... ich meine, sollte nicht die Polizei ...?«, stotterte István.

»Aber vielleicht gerade deswegen«, antwortete László verwirrt.

István verstand nicht, worauf der Bademeister hinauswollte, und zeigte mit der rechten Hand auf das Rohr, aus dem noch immer frisches Thermalwasser nachströmte.

»Das sollten Sie abstellen!«

»Ja, sicher.«

Erleichtert, einer klaren Aufgabe nachgehen zu können, drehte sich László um und ging zum technischen Kontrollraum. Er wollte die Tür bereits öffnen, als ihm ein beunruhigender Gedanke durch den Kopf schoss. Er kehrte um und sprach István mit leiser Stimme an: »Meinen Sie, der Mörder könnte noch hier sein?«

István sah den Bademeister erschrocken an und sagte: »Dann gehen wir zusammen hin.«

»Sollte nicht jemand hier bleiben, falls ...?«

»Falls er die Leiche in unserer Abwesenheit wegschaffen will?«

»So lange wird es nicht dauern, also kommen Sie schon mit!«

Die beiden Männer begaben sich zum Kontrollraum, István behielt die Umgebung im Blick, László drehte die Frischwasserzufuhr ab. Als das Rauschen des Zuflusses verstummte, trat vollkommene Stille ein.

»Es wird Zeit, die Polizei zu rufen«, sagte István.

»Ich kümmere mich um die Gäste, machen Sie das«, entgegnete der Bademeister.

Und während es László einige Mühe kostete, die aufgebrachten Rentner vom Betreten des Bades abzuhalten, wählte der Fahrer die zentrale Polizeirufnummer 107.

Nachdem er seine Angaben gemacht hatte, sagte die Stimme am Telefon abschließend: »Sorgen Sie dafür, dass alles unverändert bleibt. Niemand darf den Tatort verlassen, und keine weiteren Personen dürfen ihn betreten. Und fassen Sie nichts an – die Kollegen sind schon unterwegs, während wir hier noch reden.«

István ging zurück zur Leiche des Staatssekretärs und betrachtete den aufgeschwemmten Körper, der wie durch eine Schwimmweste getragen auf dem Thermalwasser ruhte. Während er am Beckenrand hockte, gingen ihm die Jahre durch den Kopf, die er für diesen Mann gearbeitet hatte.

Dann kam die Polizei.

2

Wenige Minuten später rollten Streifenpolizisten gelbe Kunststoffbänder mit dem Aufdruck »Rendőrsék« – Polizei – aus.

»Wollt ihr halb Buda absperren?«, rief ihnen der leitende Beamte zu, als sie damit begannen, den Kassenpavillon und das Sanatorium zu sichern. »Das Thermalbad reicht, schlimm genug, dass das Freibad keinen Extraeingang hat.«

Kurdirektor Török klopfte dem Beamten anerkennend auf die Schulter. Die beiden Männer hatten das Kommando übernommen, solange die Kriminalpolizei noch nicht eingetroffen war. Török, ein gemütlicher Kerl mit dickem Bauch, hasste nur eines mehr als frühes Aufstehen: Unruhe in einem seiner Badebetriebe.

Auf der Leó-Frankel-Straße vor dem Eingangsbereich flackerten die Blaulichter der Streifenwagen. Ein schwarzer Kleinwagen fuhr vor. Ihm entstieg ein kräftiger Mann mittleren Alters, der einen Schnurrbart trug. Es war der Rechtsmediziner.

»Ponty«, begrüßte ihn der leitende Streifenbeamte, »du kannst heute mal ganz in deinem Element sein.«

»Sehr komisch«, erwiderte der Pathologe, der allgemein Ponty – »Karpfen« – genannt wurde. Nicht allein die hervorstehenden Augen und die wulstigen, nach unten gezogenen Mundwinkel legten den Spitznamen nahe, sondern vor allem die Bartfäden, die links und rechts der Lippen herabhingen.

Der Pathologe begab sich in den Umkleidebereich, wo die Spurensicherer und der Polizeifotograf bereits dabei waren, sich helle Overalls aus Kunststoff und orangefarbene Gummihandschuhe anzuziehen.

Ponty, der schon entsprechend ausgerüstet war, ging mit der Arzttasche in der Hand den Männern auf dem Weg zum Fundort voran. Währenddessen sprach er bereits das Datum, den Ort und die Uhrzeit in sein Diktiergerät.

»Beeil dich«, drängte er den Fotografen, denn jede Minute, die die Leiche länger im Wasser lag, erschwerte die gerichtsmedizinische Untersuchung.

Das Blitzlicht erhellte mit seinem kurzen, kalten Schein das dunkle Gewölbe, dessen Decke mit kleinen weißen Mosaiksteinen ausgekleidet war. In der Mitte der Kuppel befand sich ein winziges rundes Loch, durch das Tageslicht in die Grotte drang. Es war jedoch so schwach, dass es sich eher für eine Dunkelkammer denn zum Belichten eignete.

Die Spurensicherer schwitzten in ihren Überzügen und kamen sich unnütz vor, denn das Wasser schien jede verwertbare Spur gleich nach ihrem Entstehen zu tilgen.

»Wenn allmählich ein Ermittler auftauchte, könnten wir die Leiche endlich aus dem Wasser ziehen«, sagte Ponty mürrisch zu einer Polizistin mit blauer Dienstkrawatte, die hinter ihm stand.

»Ist längst da«, antwortete die junge Frau.

»Und ... wo?«

»Steht hinter Ihnen.«

»Ich meine den Chef.«

»Steht hinter Ihnen.«

Ponty drehte seinen Karpfenkopf nach links und nach rechts, musterte die neue Kollegin und nahm schließlich mit gespielter Gleichgültigkeit zur Kenntnis, dass eine Frau die Ermittlungen leitete.

»Ponty, der Forensiker, also eigentlich Doktor …«

»Dr. Béres, ich weiß«, fiel sie ihm ins Wort.

»Sie sind?«

»Kiss Viktória, Kriminalhauptkommissarin.«

»Kiss Viki, aha«, sagte Ponty, als wolle er die Situation durch Nennung des Kosenamens etwas entspannen. Unverhohlen musterte er die Kommissarin: Sie hatte blondes, schulterlanges Haar und wache Augen, die durch eine eckige, schwarz umrandete Brille größer wirkten, als sie tatsächlich waren. Ihre linke Hand steckte in der Uniformtasche, und es sah aus, als habe sie sie zur Faust geballt oder umklammere etwas.

»Es wird Zeit, das Opfer aus dem Wasser zu holen, finden Sie nicht?«, bemerkte Viki, als hätte sie den Unmut der Männer um sie herum nicht wahrgenommen.

»Sicher«, sagte Ponty und wies die Spurensicherer an, den Leichnam herauszuziehen. Ins Becken führten vier glatt verflieste Stufen, deren grün-weiße Emailleschicht vom Thermalwasser angenagt war. Die Männer wuchteten den triefenden Körper vor die frei stehenden Duschen und überließen ihn dem Mediziner.

Mit den Worten »Mal sehen, wohin uns der alte Semmelweis diesmal führt« beugte Ponty sich über den Toten.

»Wer hat die Absperrungen zu verantworten?«, fragte Viki währenddessen in die Runde.

Kurdirektor Török trat vor, doch der leitende Streifenpolizist drängte ihn zurück und meldete sich mit Namen und Dienstgrad. Viki warf einen strengen Blick in Richtung des Kurdirektors, der daraufhin schnell den Tatort verließ.

»Was meinen Sie, könnte der Täter bereits gestern Abend das Gelände betreten haben und über Nacht hier geblieben sein?«, wollte Viki vom leitenden Beamten wissen.

»Ich gehe davon aus, dass hier nach Betriebsschluss sorgfältig kontrolliert wird«, antwortete dieser.

»Und Sie gehen sicher auch davon aus, dass der Täter nicht aus dem Sanatoriumsbereich gekommen ist …«, hakte sie nach.

»Ich, äh …«, kam es stotternd zurück.

»… und das Gelände inzwischen unbehelligt verlassen konnte.«

»Ich …«

»Meine Herren!« Viki nickte den Beamten auffordernd zu, während deren Chef kleinlaut versuchte, sich bei ihr zu entschuldigen.

»Und die Sonnenterrasse nicht vergessen!«, rief sie den Männern nach und wandte sich wieder dem Arzt zu.

»Sollten wir eine Wasserprobe nehmen?«

»Wenn Sie es wünschen, aber aus forensischer Sicht verspreche ich mir nichts davon. Vermutlich ist er gar nicht im Wasser gestorben. Aber Endgültiges … na, Sie wissen ja.«

»Im Obduktionsbericht«, seufzte Viki.

»Woher kommen Sie, Frau Kommissarin?«, wollte Ponty nun neugierig wissen.

»Szeged, danach habe ich an der Mitteleuropäischen Polizeiakademie studiert«, erklärte Viki bereitwillig.

»Sie sind die Frau, die den Puskás-Mord aufgeklärt hat!«, rief der Mediziner aus. »Gratuliere!«

Viki nickte, doch als Ponty einen Schnitt durch die Kehle andeutete, verzog sich ihre Miene.

»Wenn ich ehrlich bin«, flüsterte er und erhob sich, »ich habe bis zuletzt geglaubt, dass es die Zigeuner waren. Einen Polizisten so brutal abzustechen. Aber Frau Kiss, Ihre Beweisführung war absolut zwingend. Ein Ehedrama.« Er sah Viki vielsagend an, und als diese nicht reagierte, fragte er schließlich: »Vermissen Sie den Anblick der Theiß, seit Sie in Budapest arbeiten?«

»Vor allem vermisse ich Angaben, die mir bei der Lösung dieses Falles weiterhelfen, Herr Doktor«, entgegnete sie nun ungeduldig.

»Der Todeszeitpunkt liegt noch nicht lange zurück«, antwortete der Mediziner, jede Silbe des Wortes ›Todeszeitpunkt‹ einzeln betonend.

»Der alte Semmelweis wäre jetzt sicher ein wenig genauer gewesen.«

Ponty lächelte in sich hinein. Hat sie also doch Humor. Nur ein wenig unsicher noch, die junge Kollegin.

»Zwei Stunden, vielleicht.«

»Todesursache?«

»Bitte, Frau Kiss, ich kann Ihnen wirklich noch nicht mehr sagen.«

Viki bedankte sich und überlegte, in welcher Reihenfolge sie nun die Zeugen vernehmen sollte.

Sie entschied sich dafür, erst den Fahrer, dann Bademeister László und schließlich die drei Kassiererinnen sowie die frühen Badegäste zu befragen. Niemand hatte etwas Ungewöhnliches bemerkt. Um 5.28 Uhr war Orosz eingetroffen, hatte das Gelände durch das kleine Tor betreten, das Drehkreuz mithilfe des Bademeisters passiert, der ihm unmittelbar darauf das Schließfach zugewiesen und sich dann im Freibadbereich aufgehalten hatte.

»Gibt es Zeugen dafür, dass Sie zur mutmaßlichen Tatzeit auf der Sonnenterrasse gearbeitet haben?«, wollte die junge Kommissarin von ihm wissen.

»Zeugen?«

»Sie sind der Letzte, der den Staatssekretär lebend gesehen hat.«

Bademeister László zog einige Tausendforintscheine aus seiner Tasche und hielt sie der Kommissarin entgegen.

»Warum sollte ich darauf verzichten und mir stattdessen Ärger mit dem Kurdirektor einhandeln?«

»Also gut, eine Frage noch. Werden die Zählerstände des Drehkreuzes jeden Abend notiert?«

»Ja, warum?«

»Weil ich gerne den Stand von gestern Abend hätte, nach Schließung des Bades.«

»Ist das alles?«

»Nein, zeigen Sie mir bitte noch die Kabine mit den Sachen des Opfers.«

Viki ließ einige Spurensicherer kommen und den Inhalt des Schranks durchsuchen. Sie verglich die Nummer, die der Bademeister mit Kreide auf die Kabinentür geschrieben hatte, mit der Schlüsselmarke am Handgelenk des Opfers.

Anschließend zitierte sie István, den Fahrer, herbei.

»Die Steppjacke, gehört sie dem Staatssekretär?«

István schüttelte den Kopf. Er kannte lediglich den dunkelblauen Zegna-Anzug seines Chefs, das maßgefertigte Hemd und die blank geputzten Schuhe aus der Manufaktur von Vass. Der Chef ließ seine Wertgegenstände immer im Wagen, besonders den kleinen Koffer mit Terminkalender und Akten.

»Eine Frage noch ...«

»Chefin«, rief ein Beamter dazwischen, »wir haben hier was!« Er streckte Viki eine kleine Tüte mit zwei Patronenhülsen entgegen. »Offenbar ist er aus nächster Nähe erschossen worden, die Dinger lagen nur anderthalb Meter vom Becken entfernt.«

»Was sagt Ponty dazu?«

»Er geht davon aus, dass das Opfer von zwei Schüssen getroffen hintenüber ins Wasser gestürzt ist.«

»Die Jacke?«

»Hat der Staatssekretär anscheinend vorher angezogen. Es gibt Einschussspuren.«

»War er sofort tot?«

Der Beamte zuckte mit den Schultern.

»Und Sie können keine Fußspuren oder Fingerabdrücke finden?«

»Bei den vielen Badegästen, die hier täglich ein und aus gehen, würden uns die wohl nicht viel helfen. Der ideale Ort für einen Mord – sogar der Schall der Pistole wird von dem feuchten Gewölbe verschluckt.«

Vikis Gesicht verriet Besorgnis. Sie war exzellent ausgebildet, hatte einen beeindruckenden Start hingelegt, und vor allem: nach der Aufklärung des Polizistenmordes genoss sie die Unterstützung des Polizeipräsidenten. Doch dieser Fall konnte ihre Karriere rasch ins Stocken bringen. Die Männermehrheit im Präsidium wartete nur darauf.

»Frau Kommissarin, Sie wollten mich noch etwas fragen«, rief sich der Fahrer in Erinnerung.

»István, Sie sagten, eine Karte hätte Ihnen Zutritt zum Bad verschafft.«

»Ja, so eine hellblaue Plastikkarte. Als ich zurückkam, lag sie nicht mehr da. Frau Kommissarin, ich habe den Herrn Staatssekretär gemocht, und ich kann mir das alles gar nicht erklären.«

»Schon gut, István«, beschwichtigte sie ihn. »Zeigen Sie mir jetzt bitte den Aktenkoffer von Herrn Orosz.«

»Aber Frau Kiss, der Herr Staatssekretär war ein Geheimnisträger, ich meine, ich weiß nicht, ob ich Ihnen einfach so…«, hob der Chauffeur an.

»Keine Sorge, István. In welchem Bereich war der Herr Staatssekretär denn tätig?«

»Er hat dafür gesorgt, dass die Türken hier nicht alles in die Luft sprengen.«

»Sie meinen, Terrorabwehr?«

»Genau. Wir Ungarn haben ja so unsere Erfahrungen mit den Türken, das wissen Sie doch.«

»István, der Koffer!« Viki hatte keine Zeit zu verschwenden.

Draußen ging Kurdirektor Török nervös auf und ab. Er überraschte Viki mit einer kompletten Aufstellung der Beschäftigten und erwartete, im Gegenzug das Bad wieder öffnen zu dürfen. Zu seiner Enttäuschung erwiderte die Kommissarin, dass noch eine Übersicht aller Sanatoriumsgäste fehle.

Viki ließ ihn stehen und durchquerte mit István die verwaiste Kassenhalle, deren heller Marmor im Schein der Vormittagssonne leuchtete.

Der Wagen parkte unverändert gegenüber dem Gelände. In Sichtweite des Fahrzeugs entdeckte die Kommissarin einen Mann, der sich am Kofferraum zu schaffen machte. Sie zog István zurück, um den Unbekannten unbemerkt beobachten zu können. Der Mann hatte offenbar den Kofferraum geöffnet und durchsuchte nun Orosz' Aktentasche. Jetzt fiel ihr ein Streifenpolizist auf, der das Geschehen gänzlich ungerührt duldete. Viki kochte. Fünfzehn Jahre Rechtsstaat, schoss es ihr durch den Kopf, aber der Alltag sieht immer noch anders aus. Sie zog ihre Dienstwaffe und ging beherzt auf den Mann zu.

»Guten Morgen, Frau Kiss!«

Viki lief rot an.

»Wollen Sie mich verhaften?«

Vor ihr stand György Krassó, der hauptstädtische Oberstaatsanwalt.

»Ich schätze Ihr Engagement«, sagte er amüsiert.

Viki glühte. Sie sah ihren Fall bereits in andere Hände übergehen. Staatsanwalt Krassó und Polizeipräsident Ferenc Bibó rivalisierten nämlich miteinander, wo sie nur konnten. Viki war Bibós Schützling; Krassó würde also vermutlich jede Gelegenheit nutzen, dem Präsidenten das Leben schwer zu machen.

»Geben Sie mir einen ersten Sachbericht?«, fragte der Staatsanwalt.

Die Kommissarin nutzte das Angebot, auf dem sicheren

Grund sachlicher Polizeiarbeit Tritt zu fassen, und gab einen mustergültigen Rapport.

»Frau Kollegin, das klingt nach erstklassiger Arbeit«, gab sich Krassó gönnerhaft. Viki lächelte zögernd. »Ich erlaube mir jedoch anzumerken, dass Ihre Ermittlungen einen Aspekt vernachlässigen ... und wie ich glaube, den entscheidenden.«

Krassós Mutmaßungen konnten sich nur auf den Inhalt des Koffers beziehen, nahm Viki an.

»Staatssekretär Orosz leitete den Terrorabwehrdienst im Ministerium des Innern. Unter seiner Federführung sollte in einer knappen Woche die europäisch-transatlantische Anti-Terror-Konferenz in Budapest stattfinden. Dank Orosz' Verhandlungsgeschick hätten sich Europäer und amerikanische Regierung auf eine gemeinsame Linie verständigen können.«

Viki ahnte, worauf Krassó hinauswollte.

»Wir müssen also einen politischen Hintergrund bei dieser Tat annehmen.«

»Herr Krassó, nach bisherigem Ermittlungsstand weist die Tat keinerlei Merkmale einer terroristischen Aktion auf. Wollten der oder die Täter tatsächlich den Konferenzerfolg vereiteln, warum haben sie dann nicht Orosz' Unterlagen gestohlen? Außerdem wäre es viel wirksamer, während der Zusammenkunft selbst einen spektakulären Anschlag durchzuführen.« Aber diese Äußerung verkniff Viki sich in der schwachen Hoffnung, ihren Fall nicht abgeben zu müssen, bevor sie richtig loslegen konnte.

»Daher habe ich folgende Entscheidung getroffen«, hob der Oberstaatsanwalt an. »Wir bitten Europol um Mitarbeit. Der Ermittler aus Den Haag, ein Herr Peringer, ist bereits angefordert.«

»Aber Europol hat keine exekutiven Befugnisse, Herr Staatsanwalt.«

»Das weiß ich, Frau Kiss. Deshalb werden Sie mit dem Mann zusammenarbeiten.«

Geistesgegenwärtig bedankte sich Viki bei Krassó für dessen »Unterstützung«. Immerhin hatte er ihr den Fall nicht entzogen. Aber dann stieg doch Ärger hoch, Ärger darüber, dass sie nach wie vor gebremst wurde und ihr noch immer jemand reinreden durfte. Ein Mann, einer aus dem Westen, vielleicht ebenso jung und ehrgeizig, aber versierter und vernetzter, als sie es war und jemals sein konnte angesichts ihrer Herkunft aus dem provinziellen Szeged, wo ihre Eltern der akademischen Karriere wegen hingezogen waren.

Krassó zeigte auf seine massive Armbanduhr. »Er wird gegen vierzehn Uhr auf dem Flughafen ankommen, Terminal zwei. Holen Sie ihn bitte ab!«

3

Wie ein Vorhang öffnete sich die verspiegelte Glastür, und zwischen den Ankommenden lugte ein kleiner, rundlicher Kopf mit hoher Stirn und dünnem, nach hinten gekämmtem Haar hervor. Der Mann, der gerade die Passkontrolle hinter sich gelassen hatte, betrat zum ersten Mal seit neunundvierzig Jahren ungarischen Boden. Er hatte sich in die kurze Schlange der EU-Bürger eingereiht, vor und hinter ihm ehemalige Landsleute mit dunkelblauen Pässen, auf denen in goldfarbener Schrift das Wort »útlevél« – Reisepass – geprägt war. Obwohl er auch über einen britischen Pass verfügte, benutzte er zur Identifizierung seinen Dienstausweis:

Name: Peringer
Vorname: Antal
Geburtsort: Budapest
Geburtstag: 21.05.1936

Die graublauen Augen, in die der Grenzbeamte prüfend blickte, verrieten ein hohes Maß an Neugier und Lebendigkeit. Kurz darauf schauten sie suchend in der Empfangshalle umher. Vergebens hielt Antal Peringer nach der jungen Kollegin Ausschau, die man ihm angekündigt hatte. Er trug eine zerknitterte Anzughose, ein hundert Mal gewaschenes Hemd, darüber einen dünnen Wollpullover und ein Sakko aus festem Stoff. In der Eile hatte er gerade einmal das Nötigste in seinen kleinen Koffer packen können, Regenmantel und Hut übergeworfen und sich sofort auf den Weg zum Flughafen gemacht. Welcher Fall, hatte er sich während des Fluges gefragt, kann denn so wichtig sein, dass ich nach all den Jahren Hals über Kopf in meine Heimat zurückkehre? Doch als beim Landeanflug die beiden Stadthälften mit der sich dazwischen schlängelnden Donau in Sichtweite gerieten, verschwanden seine Zweifel augenblicklich.

»Kommissar Peringer?«, hörte er plötzlich einen Polizisten neben sich sagen.

»Die Polizei hat mich aus Ungarn vertrieben, die Polizei begrüßt mich bei meiner Rückkehr«, antwortete Peringer dem Beamten in tadellosem Ungarisch. Ein keckes, verschmitztes Lächeln huschte über sein Gesicht, wodurch unzählige Falten deutlich hervortraten. »Ich dachte, mich holt eine Dame ab.«

»Hauptkommissarin Kiss ist bei den Ermittlungen leider unabkömmlich, aber ich werde Sie selbstverständlich sofort zu ihr bringen.« Viki hatte es vorgezogen, einen Streifenbeamten zu schicken. Sie würde den Gast noch früh genug kennenlernen.

Peringer strahlte und verbat dem Polizisten, ihm seinen Koffer abzunehmen. Sie traten vor das Terminalgebäude, wo der Streifenwagen im Halteverbot parkte. Der Beamte bot Peringer den Rücksitz an, doch dieser öffnete die Beifahrertür und nahm vorne Platz.

»Was kostet heute ein Kaffee?«, fragte er den Polizisten, der ihn erst verdutzt ansah, dann aber den Betrag von 350 Forint nannte.

»Nicht billig, aber zumindest deutlich weniger als in London. Als ich zum letzten Mal hier war, gab man auf Forint noch Fillér heraus, doch mit so kleinen Beträgen kann man heute nichts mehr kaufen. Aber damals war Budapests Prachtstraße auch noch nach dem gütigen Vater der Arbeiterklasse benannt. So ändern sich die Zeiten.«

Wortlos ließ der Streifenpolizist den Wagen an. Das Fahrzeug – weiß mit einem hellblauen Querstreifen – bog in eine staubige Vorstadtstraße mit dem Namen »Ferihegyi repülőtérre vezető út« ein.

Wann habe ich zum letzten Mal einen so langen Straßennamen gelesen, fragte sich Peringer und schmunzelte.

Während das ungleiche Paar die Plattenbauten von Kispest links liegen ließ und zügig auf die Innenstadt von Budapest zusteuerte, konnte Peringer, aufgekratzt, wie er war, kaum ruhig sitzen bleiben.

»Rauchen Sie? In Österreich hab ich mich an diese ›Smart‹-Zigaretten gewöhnt.« Er zog eine schwarze Schachtel mit dem lateinischen Aufdruck ›semper et ubique‹ aus der Tasche. »›Immer und überall‹ steht da drauf, man raucht ja viel zu viel, aber hier ist es wenigstens noch erlaubt, denken Sie nur an Italien.«

Der Fahrer schwieg und ließ den Alten reden. Je näher sie dem Stadtkern kamen, desto ruhiger wurde Peringer, bis er kurz vor dem Großen Ring ganz verstummte. All mein Geschwätz ändert nichts daran, dass ich mit dieser Situation zurechtkommen muss, dachte er. Ich bin 1956 weggegangen, als junger Mann. Fast fünfzig Jahre ist das jetzt her. Habe ich wirklich geglaubt, ich könnte einfach so zurückkehren, würde mich immer noch bestens auskennen und wäre in der Lage, ungerührt einen heiklen Fall aufzuklären?

Als der Fahrer den Blinker setzte, um in den Josefring einzubiegen, wandte der Kommissar sich ihm mit den Worten zu: »Wie wollen Sie fahren?«

»Den Ring, dann über die Margaretenbrücke. Das ist der schnellste Weg.«

Peringer schüttelte den Kopf. »So werden wir es nicht machen.«

»Herr Kommissar, ich habe die Anweisung, Sie unverzüglich zum Tatort zu bringen.«

»Dahin kommen wir noch früh genug. Und fahren Sie bitte ein wenig langsamer.«

»Ausgerechnet hier, an der Kreuzung?«, fragte der Beamte gereizt.

Sie standen am Ferenc körút, von wo aus das mit gelb-grün glasierten Zsolnay-Kacheln versehene Dach des Museums für Kunstgewerbe zu sehen war.

»War alles zerschossen, das ganze Dach«, sagte Peringer leise.

Der Wagen bog um die Ecke, und der Corvin-Filmpalast tauchte neben ihnen auf.

»Langsam, langsam«, insistierte Peringer, woraufhin das Fahrzeug beinahe zum Stehen kam. Seit 1922 stand der imposante Kinobau an dieser Stelle, durch einen Vorplatz vor dem Verkehr der Ringstraße geschützt. Der alte Mann konnte seinen Blick nicht von der leuchtendgelben Fassade lösen.

»Alles in Ordnung, Herr Kommissar?«, fragte der Streifenbeamte beunruhigt.

»Ja, fahren Sie nur«, erwiderte Peringer mit feuchten Augen.

»Wo lang nun?«

Es dauerte einen Moment, bis Peringer sich gefasst hatte. Schließlich fand er zu seiner ursprünglichen Lebendigkeit zurück.

»Durch die Elisabethstadt, runter zum Belváros…«

»Soll ich Sie nicht lieber doch erst in Ihr Hotel bringen, Herr Kommissar?«

»Nein, nein, einfach nur rein ins Innenstadtgetümmel und dann ab über die Kettenbrücke.«

»Wir müssen mit Stau rechnen ...«

»Kettenbrücke, habe ich gesagt, und dabei bleibt es.« Er kurbelte die Scheibe herunter, genoss den Fahrtwind und blickte schönen Mädchen hinterher. Schneller als erwartet überquerte der Streifenwagen die Donau.

Der Fluss glitzerte im Nachmittagslicht, rechts die flachen Ufer Pests, links die Berge von Buda. Sie fuhren nach Norden und trafen innerhalb weniger Minuten am Tatort ein.

Peringer warf einen Blick auf den dunkelgrünen Schriftzug »Szent Lukács Gyógyfürdő«. Ein eilig zusammengestelltes Dossier hatte ihn während des Fluges mit den nötigen Informationen versorgt. So konnte er unverzüglich mit den Ermittlungen beginnen.

Die Leiche war bereits in die Gerichtsmedizin abtransportiert worden, die Sachen des Opfers aufs Präsidium. Peringer begann, sich einen Eindruck vom Ort des Geschehens zu machen. Er kannte das Lukasbad, aber sein letzter Besuch lag sehr lange zurück, und in der Zwischenzeit hatten eine Reihe von Umbau- und Renovierungsmaßnahmen stattgefunden. Das Bad selbst befand sich seit 1894 an dieser Stelle; die Ursprünge reichten sogar zurück bis ins sechzehnte Jahrhundert, als Ungarn unter türkischer Besatzung stand.

Warum ermordet jemand den Staatssekretär gerade hier? Kam dem Ort eine symbolische Bedeutung zu? Eine Möglichkeit, dachte Peringer. Genauso gut aber sprach die leichte Zugänglichkeit des Tatorts für das Lukasbad wie auch die geringe Wahrscheinlichkeit, dort zur Tatzeit entdeckt zu werden. Aber wer konnte wissen, dass das Opfer hier jeden Donnerstag zwischen halb sechs und sechs Uhr morgens allein anzutreffen war? Es lohnte sich kaum, den Bademeister danach zu fragen, denn es kamen auch andere Angestellte oder sogar neugierige Kurgäste als Quelle infrage. Letztendlich hatte der Täter einfach die Gewohnheiten seines Opfers auskundschaften müssen, um darüber Bescheid zu wissen.

Peringer stand auf der Sonnenterrasse, betrachtete das Gelände und versuchte, sich in die Lage des Mörders zu versetzen. Er stellte sich vor, über die Mauer geklettert zu sein, und stieg eine der Holztreppen hinunter zu den Außenbecken. Dann zog er seinen Kopf ein und näherte sich dem Tatort bis auf wenige Meter.

Wie mag das Baderitual des Staatssekretärs ausgesehen haben? Bemerkenswert, dachte Peringer, dass man das Opfer ausgerechnet im kleinsten und heißesten Becken gefunden hatte. Wollte ihm der Täter damit jede Fluchtmöglichkeit nehmen? Sollte das Wasser die Spuren besonders zuverlässig beseitigen? Auf jeden Fall dürfte sich der Staatssekretär für gewöhnlich nur kurz in diesem Becken aufgehalten haben, befand sich doch ein Schild darüber, das davor warnte, länger als fünf Minuten im Wasser zu verweilen.

Wahrscheinlich hatte der Täter darauf gewartet, bis sein Opfer dieses Becken benutzte, hatte es gezwungen herauszukommen, die merkwürdige Jacke anzuziehen, und dann – der Kommissar stellte sich vor die frei stehenden Duschen, streckte den Zeigefinger seiner rechten Hand nach vorne und klemmte den Daumen zwischen die zur Faust geballten übrigen Finger – peng! Peringer imitierte das Pistolengeräusch so laut, dass sich Wassertropfen von der Decke lösten und auf seinen Kopf fielen. Er schmunzelte und beeilte sich, den regulären Weg zum Ausgang zu nehmen. Am Drehkreuz stellte er sich Bademeister László vor.

»Herr Kommissar, es ist schon Viertel nach sieben, wie lange wird das hier alles noch dauern? Ich, also, die Angestellten möchten nämlich gerne nach Hause gehen.«

»Das Kommando hat die Kommissarin Kiss. Ich sollte sie endlich kennenlernen. Wo ist sie eigentlich?«

»Im Sanatorium. Sie kommt gleich zurück.«

Peringer nutzte die Wartezeit, um den Innenhof auszukundschaften.

»Ihre Kollegen haben schon jeden Zentimeter durchsucht«, bemerkte der Bademeister in der Hoffnung, die Prozedur abzukürzen. Der Kommissar warf einen Blick auf die Gedenkplatten an der Seitenwand und las den Text derjenigen Tafel, die das Opfer gestiftet hatte. Taubendreck verschmutzte den Marmor; auch der Erdboden war davon übersät. Kommissar Peringer bückte sich. Aus dem Dreck fischte er einen kleinen Stofffetzen. Er wollte gerade einen genaueren Blick darauf werfen, als eine junge Frau aus dem Sanatorium heraustrat. Peringer ließ das Stück in seiner Jackentasche verschwinden.

»Sie müssen Kommissarin Kiss sein! Peringer Antal, angenehm.«

Viki, überrascht, einen Ungarn anzutreffen, begrüßte Peringer formlos, fast beiläufig. Sein Alter beruhigte sie: kein junger, ehrgeiziger Konkurrent.

»Was hat Ihre Tatortbegehung ergeben, Herr Kollege?«

Peringer äußerte die Vermutung, dass der Täter sich durch das Freibad Zugang zum Thermalbereich verschafft haben könnte.

»Wir wissen mittlerweile, dass er das Drehkreuz benutzt haben muss. Die Zählerstandsanalyse lässt kaum einen Zweifel«, erwiderte Viki.

»Aber woher, wenn ich fragen darf, hatte der Täter die Schlüsselkarte?«

»Ein Aufseher muss sie am Drehkreuz liegen gelassen haben.«

»Davon wüsste ich«, mischte sich der Bademeister ein, bemerkte jedoch sogleich, dass diese Aussage seinen Feierabend in weite Ferne rücken könnte. »Andererseits: Ich kann nicht überall sein.«

Viki warf Peringer einen komplizenhaften Blick zu, als stelle sie die Glaubwürdigkeit des Zeugen infrage. Oder wollte sie ihre Wirkung auf den alten Mann testen?

»Herr László hat einen langen Tag hinter sich. Was meinen Sie, gönnen wir ihm seinen Feierabend?«

»Aber selbstverständlich«, antwortete Peringer.

»Nicht weit von hier, am Bemplatz, hat ein Eszpresszó bis neun Uhr abends geöffnet. Gehen wir doch dorthin, um uns bei einem Kaffee zu besprechen«, schlug Viki ihrem Kollegen vor. Zu gerne wollte sie vor der Dienstbesprechung am nächsten Morgen wissen, was Europol zur Lösung ihres Falles beizutragen hatte. Peringer hingegen dachte, ein paar persönliche Worte könnten der Zusammenarbeit vielleicht dienlich sein. Was für ein Mensch war diese junge Frau, die ihren Fall so forsch anpackte?

Das Lokal befand sich in einem spätstalinistischen Plattenbau. Im warmen Abendlicht wirkte die großzügig verglaste Fensterfront ungewöhnlich einladend. Die meisten Gäste saßen jedoch auf der Außenterrasse, von der aus man mit einigem Kopfverrenken die Donau sehen konnte.

Die Kommissare wollten ungestört reden und nahmen deshalb drinnen Platz, auf schwarzlackierten, mit rotem Kunstleder bezogenen Stahlrohrstühlen.

»Espresso?«, fragte die Kellnerin, als Peringer einen Kaffee bestellte.

»Espresso!«, nickte der Kommissar, und Viki schloss sich seiner Wahl an.

Peringer drehte sich um. Hinter ihm stritt sich eine Handvoll Männer über den Ausgang eines Brettspiels. Ihm gegenüber, am Ende einer langen Wandbank, saß eine einzelne Frau und rauchte. Das Kunstleder hatte Brandlöcher.

Die Bedienung brachte die Espressi und sagte: »Zwei Fekete, dreihundertzehn Forint bitte.«

Der Kaffee kam in alten, an Colaflaschen erinnernden Duritgläsern, die in den vornehmeren Häusern der Stadt aus der Mode geraten waren.

»Dichte Crema, dünner Geschmack«, urteilte Peringer und lachte.

»Hier riecht es wenigstens nach Kaffee, nicht nach Bier. Das gibt es selten genug«, verteidigte Viki das Lokal.

Peringer, überrascht davon, dass die Kollegin seinen Spruch ernster nahm als er selbst, trank einen langen Schluck, als könnte er dadurch die Stimmung verbessern.

»Also, Herr Peringer, was hält Europol von der Terrorismushypothese?«

»Deswegen hat man mich wohl hierher gebeten.«

»Verfügt Den Haag über Anhaltspunkte, die darauf hindeuten?«

»Europol weiß nicht mehr als die nationalen Behörden. Falls man jedoch die Kombination der einzelnen Erkenntnisse als eine höhere Form des Wissens …«

Viki fiel ihm ungeduldig ins Wort. »Herr Peringer, was – weiß – Europol?«

»Nichts, was Ihnen nicht bereits bekannt wäre. Den Haag hält mich auf dem Laufenden. Wenn es etwas Neues gibt, informiere ich Sie, Frau Kollegin.«

Die Kommissarin überlegte, ob der alte Mann sie hinhalten und gar ausbremsen wollte. Aber warum sollte er das tun?

»Und, wenn ich fragen darf, wie stehen Sie persönlich zum Terrorverdacht?«

»Naiv«, sagte Peringer und blickte auf die Stadt aus Keramik, mit der die Wand über der langen Bank verziert war. Meinte er den Stil der Keramikstadt, die Terrorthese oder gar die Art, wie Viki ihn auszufragen versuchte? Erwartungsvoll sah sie ihren neuen Kollegen an.

»Gehen Sie häufiger in dieses Café?«, fragte Peringer schließlich.

»Warum wollen Sie das wissen?«

»Nun, uns hat man solche Lokale aufgezwungen; wir wären froh gewesen, andere wählen zu können.«

Viki ärgerte sich über den Alten. Anstatt ihr zu helfen, hatte er an allem etwas auszusetzen: Der Kaffee schmeckte ihm nicht, das Lokal gefiel ihm nicht.

»Es ist etwas anderes, wenn man es sich aussuchen kann, und es ist billig.«

Peringer nickte. Warum war die junge Kollegin so gereizt? Lag die Welt ihrer Generation so weit von seiner eigenen entfernt, dass er den richtigen Ton nicht mehr traf?

Viki sah auf die Uhr. Die Erinnerung daran, was sie heute noch vorhatte, verdarb ihr endgültig die Laune. Aber letztlich war dieser Tag ohnehin nicht mehr zu retten. Und weil Peringers Hotel auf halbem Weg zu ihrem Ziel lag, bot sie dem Kommissar eine Mitfahrgelegenheit an und setzte ihn nach kurzer, schweigsamer Fahrt im Stadtzentrum ab.

4

Das Astoria: Gelegen an einer viel befahrenen Kreuzung, war es zugleich ein Knotenpunkt der ungarischen Geschichte. Hier erklärte Ungarn 1918 seine Unabhängigkeit von Österreich, hier überwachten die Nazis von den oberen Stockwerken aus das nahe gelegene jüdische Getto. Als Peringer 1956 sein Land verließ, diente das Hotel den sowjetischen Besatzern als Hauptquartier. Dichtertreff, Jazzklub und Filmkulisse, verstaatlicht und wieder privatisiert – dieses Haus spiegelte seit seiner Erbauung die Geschichte des Landes wider, jede Ideologie war über den Marmorboden getanzt, in den vergilbten Vorhängen hing die verbrauchte Luft vergangener Aufbrüche.

Peringer stand in der Lobby und schüttelte den Kopf. Da standen Kunstblumen unter Kristallleuchtern, knallbunte Speisekarten zwischen dunklem Holz, Metall und Samtvorhängen. Auf die schweren Fauteuils und Teppiche waren schlecht versteckte Überwachungskameras gerichtet. Einzig die Rezeption gefiel ihm. Schlüssel mit schweren Anhängern lagen akkurat in schmalen, hohen Holzfächern, jedes einzelne davon liebevoll mit einer kleinen Messingplakette versehen. Dem Kommissar fiel sofort auf, dass die Schlüsselfächer gegenläufig zu den sechs Stockwerken angebracht waren: unten die mit den hohen Nummern, oben die mit den niedrigen.

»Zimmer sechshundertelf für den Herrn. Sie haben Glück, die günstigen sind alle belegt, da dürfen Sie ohne Aufpreis in die oberste Etage.«

Der Portier überreichte Peringer den Zimmerschlüssel und zog einen Brief aus dem Fach mit der Nummer sechshundertelf hervor. Überrascht nahm der Kommissar das Kuvert entgegen, bedankte sich, verzichtete auf die Begleitung eines Pagen und benutzte einen der engen, verspiegelten Fahrstühle.

Das Zimmer – es hätte überall auf der Welt sein können, so gesichtslos war sein Interieur – roch nach frischer Farbe. Peringer öffnete ein Fenster, und milde Mailuft strömte in den Raum.

Immerhin blieb er hier oben verschont von Lachsrosa, Edelmetallen und dunklem Furnier. Doch zwischen dem Empirestil des Erdgeschosses und dem Allerweltsdesign der frisch renovierten Suite war das Besondere Ungarns abhandengekommen.

Der Kommissar warf seinen Mantel achtlos aufs Bett. Ihn beschäftigte etwas anderes als die phantasielose Inneneinrichtung des Zimmers. Er schaute hinaus in die Pester Nacht und dachte: Was habe ich hier verloren? Ich könnte längst pensioniert sein, ich hatte mir geschworen, nie wieder zurückzukommen …

Draußen rauschte der Verkehr.

Habe ich mich überreden lassen, bloß weil sie jemanden suchten, der fließend Ungarisch spricht? Nein, nein, ich hätte ablehnen können. Ich wollte es so. Aber wer bin ich hier – ein Heimkehrer, ein Durchreisender? Was hilft es zu sagen, ich sei Europäer?

Er schloss das Fenster, packte ein paar Sachen aus und legte sich schlafen. Neben dem Bett lag der Brief. Er hatte vergessen, ihn zu öffnen.

Während Peringer bereits schlief, war Viki damit beschäftigt, eine Wohnung in der Josefstadt aufzubrechen.

Sie hatte den Wagen in einer Seitenstraße der Népszinház utca geparkt, nicht weit entfernt von einer winzigen Geigenbauerwerkstatt, wo ein paar Musiker mit ihrem improvisierten Spiel eine wachsende Menschenmenge anlockten. In den vergangenen Monaten hatte sie den Musikern häufig zugehört, denn Tamás kam selten pünktlich zu ihren Verabredungen, und bis er endlich einen Zweitschlüssel für seine Wohnung rausgerückt hatte, war ihre Beziehung beinahe schon wieder beendet gewesen.

An der Tür hing ein Zettel: »Hab das Schloss austauschen lassen (Einbruch). Réka lässt Dich rein. Warte nicht auf mich. Tamás.« Verärgert klingelte Viki bei Réka, der Nachbarin. Aber niemand öffnete. Wut stieg in ihr hoch. Mühsam hatte sie sich mit Tamás auf diesen Zeitpunkt verständigt, um ihre wenigen Sachen abzuholen und noch einmal über alles zu reden. Aber es war wie immer: Tamás wich ihr aus, wenn es darum ging, über Gefühle und das gemeinsame Leben zu sprechen.

Erneut läutete Viki bei der Nachbarin, dann verlor sie die Geduld. Wozu habe ich die Polizeischule besucht?, sagte sie sich und begann, sich ohne Schlüssel Eintritt zu verschaffen. Das Schloss war so dilettantisch montiert, dass man lediglich die Befestigungen lösen und die Tür dann mit einem leichten Stoß eintreten musste. Keine Minute später stand Viki in der vertrauten Zweizimmerwohnung, die Tamás in ihren glücklichen Monaten als »unser Nest« bezeichnet hatte.

Sie wollte ohne Umschweife mit dem Zusammensuchen ihrer Sachen beginnen, aber etwas stimmte nicht. Argwöhnisch sah sie sich um, musterte die Ecke mit der Matratze, die Kleiderstange, das Buchregal. Viki brauchte etwas Zeit, um herauszufinden, was sich verändert hatte, bis ein Blick in den Küchenschrank die Klärung brachte: Es war aufgeräumt. Da Tamás kaum imstande war, eine Haushaltshilfe zu bezahlen, und seine Mutter in Sopron lebte, ließ das nur einen Schluss zu: Er musste eine Frau gefunden haben, die seinen Vorstellungen von einer Partnerschaft näherkam, als es in ihrer Beziehung der Fall gewesen war.

Viki setzte sich an den Küchentisch und kämpfte mit den Tränen. Er war so unbeweglich, so stur. Tamás schien wirklich nicht mit einer Frau zusammenleben zu wollen, die sich weigerte, seine Hemden zu bügeln und den Abwasch zu machen. Immerzu wollte er Spaß haben, mit seinen Kumpels durch die Romkocsma ziehen, aber Verantwortung für ein gemeinsames Leben zu übernehmen, fiel ihm schwer. Wenn doch sein Lachen nicht so unwiderstehlich wäre …

Sie begann, ihre Sachen zusammenzusuchen. Viel war es nicht, doch je mehr Erinnerungen an Tamás sie mit einem Gegenstand verband, desto schwerer fiel es ihr, ihn in dem dunkelgrünen Rucksack zu verstauen, den er ihr einmal geschenkt hatte. Seltsam, dachte sie, es fühlt sich an, als ob ich Beweismaterial in einer fremden Wohnung sichere. Aber was belegten diese Beweisstücke? Und wohin führte die Spur?

Das Gedankenspiel gefiel ihr. Es lenkte sie ab vom Gefühlsdurcheinander, das ihr allmählich Magenschmerzen verursachte. Für Augenblicke war Viki so sehr mit sich selbst beschäftigt, dass sie unwillkürlich zusammenzuckte, als plötzlich die Wohnungstür knarrte und jemand das Apartment betrat.

»Tamás?«, fragte eine Frauenstimme.

»Réka?«, erwiderte Viki.

Es war die Nachbarin. Erleichtert darüber, dass es kein Fremder war, nicht die neue Freundin und auch nicht Tamás selbst, atmete Viki tief durch. Dann kamen ihr die Tränen.

»Komm«, sagte Réka und bat die aufgelöste Kommissarin in ihre Wohnung.

»Magst du etwas trinken?«

Viki schüttelte vehement den Kopf.

»Eine Zigarette?«

Wieder verneinte sie, aber weniger entschieden.

»Wenn du willst, kannst du heute Nacht bei mir bleiben und über alles reden«, bot Réka an.

»Ach«, sagte Viki, »es ist wirklich alles Mist gerade. Mit Tamás ist es aus, und bei meinem neuen Fall haben sie mir eine alte Nervtüte an die Seite gestellt...«

Am nächsten Morgen saß die Kommissarin übernächtigt im Foyer des Astoria und wartete auf Peringer. Sie trug dieselbe tadellos sitzende Uniform wie am Vortag, hatte ihre Brille jedoch abgenommen, um sich den Schlaf aus den Augen zu reiben. In ihrer linken Hosentasche zeichnete sich ein quadratischer Gegenstand ab. Sie griff in die Tasche, und eine Miniaturausgabe von »Rubiks Würfel« kam zum Vorschein. Viki begann, sich mit dem Geduldsspiel, das der Budapester Ingenieur Ernő Rubik in den Achtzigerjahren erfunden hatte, die Zeit zu vertreiben.

Peringer beendete währenddessen gerade seine Rasur. Eine Tube »Musgo Real«-Rasierschaum lag auf der Ablage, daneben ein alter Dachshaarpinsel. Frisch rasiert setzte er sich aufs Bett und öffnete das Kuvert. Wer konnte wissen, dass er hier einquartiert war? Der Brief – auf offiziellem Papier, doch von Hand geschrieben – kam aus Brüssel und war per Expressversand zugestellt worden. Sein Verfasser, ein hochrangiger EU-Beamter namens János Németh, stellte sich als Freund des Mordopfers vor. Zusammen hätten sie die Anti-Terror-Konferenz in Budapest vorbereitet. Trotz Drohungen gegen ihn werde er den gemeinsamen Weg fortsetzen; unter seiner Federführung finde die Konferenz wie geplant statt. Er sicherte Peringer seine persönliche Unterstützung bei der Aufklärung des Verbrechens zu, »… war Gyula doch weit mehr als ein Kollege für mich, er war mein engster Freund seit Kindertagen. Hochachtungsvoll, Ihr Németh János«.

Peringer griff nach Mantel und Hut und ging zum Fahrstuhl. Unten angekommen, begrüßte er Viki, die so sehr damit beschäftigt war, aus den bunten Bausteinen des Würfels einheitliche Farbflächen zu bilden, dass sie erschrak, als er ihr einen guten Morgen wünschte.

»Ist dieses Spiel wieder populär?«

»Das weiß ich nicht. Mir hilft es, meine Gedanken zu sortieren.« Sie sah den Kommissar müde an. Als hätte sie die Nacht durchgemacht, dachte Peringer.

»Was steht heute auf dem Programm, Frau Kollegin?«

»Begrüßung durch Oberstaatsanwalt Krassó und Polizeipräsident Bibó, vorausgesetzt, wir kommen nicht zu spät, Obduktionsbericht, Festlegung der Ermittlungslinie. Sie haben also Gelegenheit, unser neues Präsidium kennenzulernen.«

»Ist denn die Polizei nicht mehr am Erzsébet tér untergebracht?«

Viki lächelte, denn aus dem alten Hauptquartier hatten französische Investoren bereits vor Jahren ein Luxushotel gemacht.

»Das neue Präsidium befindet sich im Norden, nahe der Árpádbrücke«, erklärte sie.

Bei dem Gebäude, das die beiden wenig später erreichten, handelte es sich um einen Glaspalast, aus dessen rundem Vorderflügel sich ein Antennenturm in den Himmel schraubte. Die verspiegelte Fassade schimmerte blau wie Vikis Dienstkrawatte. Vor dem Eingang flatterten Ungarn- und Europaflagge auf gleicher Höhe nebeneinander.

Bibó und Krassó ließen mitteilen, dass sich der Begrüßungstermin um zwei Stunden verschiebe. Viki schlug Peringer vor, ihm in der Zwischenzeit die Büros zu zeigen und Pontys Bericht anzuhören.

»Vielen Dank, aber ich brauche kein Büro.«

Viki starrte ihn ungläubig an. »Kein Büro? Aber wo wollen Sie den Kontakt nach Den Haag halten, Berichte schreiben, Akten einsehen?«

Sie standen auf einem langen Flur im siebten Stock, umgeben von hellem Holz, mattem Metall und kalten Fliesen. Alles war klimatisiert; unmöglich, ein Fenster zu öffnen.

»Wissen Sie, Viki, ich bin ein alter Mann«, sagte Peringer und blickte durch die Fensterfront auf die Donau und den Budapester Norden. Träge und majestätisch zog sich der Fluss durch die Stadt. »Je mehr ich darüber nachdenke, desto klarer wird es mir: Ich habe diesen Auftrag angenommen, weil ich noch einmal raus wollte, raus aus dem Büro, weg von den Hochleistungsrechnern, Rasterfahndungen und biometrischen Profilen ...«

Peringers Antwort irritierte die junge Kommissarin. Krassó hatte Europol eingeschaltet, weil er das organisierte Verbrechen hinter dem Mord vermutete. Damit lag der Oberstaatsanwalt vermutlich gar nicht so falsch. Doch statt einen kriminaltechnisch versierten Ermittler zu schicken, der sie hätte übertrumpfen, von dem sie aber immerhin auch hätte lernen können, kam aus Den Haag dieser sonderliche Alte. Vielleicht hielt er ihr gegenüber gar kein Wissen zurück, sondern wusste tatsächlich nicht mehr als sie. Der Mann stammt aus einer anderen Zeit, dachte Viki und beschloss, Peringer so weit wie möglich zu ignorieren oder sich zumindest von ihm nicht aufhalten zu lassen.

»Gehen wir zu Ponty?«, sagte sie voll neuem Tatendrang.

»Ponty?« Peringer schaute seine Kollegin fragend an.

»Unser Gerichtsmediziner.«

Der Kommissar blies seine Backen auf und ließ die Luft sogleich wieder entweichen, woraufhin Viki herzlich lachte.

Der Mediziner zeigte Peringer den Leichnam und begann, aus seinem Bericht vorzulesen: »Name des Opfers: Orosz Gyula. Mädchenname der Mutter: Mándy. Alter: siebenundsechzig. Datum des Todes: 19. Mai 2005.«

»Dr. Béres, das wissen wir doch schon. Uns interessieren der Todeszeitpunkt, die Todesursache …«, unterbrach Viki den Mediziner.

»Langsam, langsam, Frau Kiss. Ich komme gleich darauf. Sehen Sie diese Stellen hier? Da sind die Projektile eingetreten. Durch die Jacke hindurch, wie Faserspuren deutlich zeigen.«

»Und die Löcher in der Jacke«, bemerkte Peringer mit einem Schmunzeln.

»Ja, sicher«, erwiderte Ponty ein wenig gereizt. »Jetzt lassen Sie mich aber mal ausreden. Interessant an dieser Leiche, einer typischen Wasserleiche, wie die fortgeschrittene Autolyse deutlich zeigt, ist nämlich Folgendes: Wir haben Spuren von Kalzium, Magnesium, Natrium, Chlorid, Sulfat, Hydrogenkarbonat und Fluoridionen in ihr gefunden.«

»Also wurde der Staatssekretär vergiftet?«, fragte Viki.

»Nein, Frau Kiss. Diese Elemente stammen natürlich aus dem Thermalwasser. Der Mann wurde erschossen. Aber dank labortechnischer Analysen können wir mithilfe der chemischen Spuren den Todeszeitpunkt ungewöhnlich exakt datieren: frühestens um Viertel vor sechs, spätestens um sechs Uhr. Darüber hätte sogar der alte Semmelweis gestaunt!«

»Beeindruckend«, sagte Peringer. »Wir wissen also, wann und womit der Mann erschossen wurde. Wir wissen, dass er davor die merkwürdige Jacke angezogen hat, obwohl er sich in einem überaus heißen Thermalbad befand. Wir haben das Kaliber der Waffe, wir haben die Jacke. Haben wir sonst noch etwas?«

»Nein«, antwortete Ponty.

Peringer zückte einen Kugelschreiber und machte sich ein paar Notizen.

»Darf ich bitte die Jacke sehen?«, bat er und entfernte, ohne auf Zustimmung zu warten, das inzwischen getrocknete Stück aus einer Plastikhülle.

Peringer zog die Augenbrauen fragend in die Höhe. »Kein Etikett?«

»Wir haben keines gefunden, aber es gibt eine eingerissene Stelle, an der könnte ein Etikett entfernt worden sein.«

Vikis Mobiltelefon gab ein Signal. »Herr Peringer, die Herren erwarten uns jetzt.«

Peringer nickte nur kurz. »Ich komme gleich.«

»Wir sollten uns nicht verspäten«, drängte Viki und ging zum Ausgang. Peringer zog den Stofffetzen, den er am Tatort gefunden hatte, aus seiner Sakkotasche und hielt ihn an die beschädigte Stelle der Steppjacke. Er passte.

»Herr Peringer, bitte!«, rief Viki, die bereits den Fahrstuhl erreicht hatte.

Der Alte folgte ihr, und sie fuhren ohne Halt in den obersten Stock. Dort wurden sie dann ins Konferenzzimmer begleitet, wo man sich dann einander vorstellte.

»Bibó Ferenc.«

»Peringer Antal.«

»Krassó György.«

»Peringer Antal.«

»Setzen wir uns. Frau Kiss, bitte!« Krassó zeigte mit der Hand auf einen Stuhl.

An Krassó fiel Peringer auf, dass er braune Slipper zum grauen Anzug trug, während Bibó einfache schwarze Schnürschuhe bevorzugte.

»Sie wissen«, hob der Oberstaatsanwalt an, »dass wir von einer politischen Motivlage ausgehen.«

Viki und Bibó, der Polizeipräsident, warfen sich einen ungeduldigen Blick zu.

»Deshalb haben wir Sie, Herr Peringer, zurate gezogen. Nichts bedroht unser aller Sicherheit so sehr wie der internationale Terrorismus«, fuhr er fort.

»Diese Sicherheit zu garantieren ist unsere vornehmste Aufgabe«, flüsterte Viki Bibó zu.

»Diese Sicherheit zu garantieren ist unsere vornehmste Aufgabe«, verkündete Krassó. Bibó schmunzelte.

»Ich denke, wir alle stimmen dieser Einschätzung zu«, schloss der Oberstaatsanwalt und warf einen tadelnden Blick auf Bibó, dessen Schmunzeln er bemerkt hatte.

»Sicherheit – und Freiheit!«, sagte Peringer.

»Natürlich, Freiheit«, erwiderte Krassó indigniert und bat Viki darum, den Stand der Ermittlungen darzulegen.

Als Viki ihre Ausführungen beendet hatte, wandte der Oberstaatsanwalt sich dem Kommissar zu. »Herr Peringer, haben Sie den Anmerkungen von Frau Kiss noch etwas hinzuzufügen?«

Peringer räusperte sich. »In jedem Fall sollte der Personenschutz für Europasekretär János Németh auf höchster Stufe erfolgen.«

»Für wen?«, fragte Viki, noch bevor Bibó sie mit einem sanften Stoß seines Ellenbogens warnen konnte.

»Ach, Frau Kiss, Sie sind aber gar nicht gut informiert«, zischte Krassó. »Stimmen Sie sich bitte künftig besser mit Europol ab.«

Viki blickte Peringer verärgert an, doch konnte sie in seinem Gesicht nichts anderes als Bedauern erkennen. Verfügte der Alte also doch über mehr Informationen, als sie angenommen hatte! Aber was führte er im Schilde? Stünde er auf Staatsanwalt Krassós Seite, hätte er sich den Spruch mit der Freiheit gespart. Eines stand immerhin fest: Ignorieren, wie sie es vorgehabt hatte, konnte sie den Mann nicht.

»Also, an die Arbeit! Ich erwarte Ergebnisse, so schnell wie möglich, auf jeden Fall aber noch vor der Konferenz«, beendete Krassó die Sitzung und verabschiedete sich.

Während Krassó sofort in seinem Büro verschwand, blieb Polizeipräsident Bibó mit Peringer und Viki noch kurz auf dem Flur stehen und sagte: »Arbeiten Sie zusammen, beide, bitte!« Dann verbeugte er sich kurz und ging ebenfalls.

»Es tut mir leid«, sagte Peringer mit einem bedauernden Blick zu seiner jungen Kollegin.

»Kann ich Sie irgendwo hinbringen?«, bot Viki an, was Peringer bereitwillig annahm.

Sie fuhr ihren Kollegen in die Innenstadt. Die beiden wechselten kein Wort. Beim Aussteigen klagte Peringer über Rückenschmerzen, und wie er sich so umständlich aus dem Wagen quälte, tat ihr der Alte beinahe leid. Bin ich etwa zu ehrgeizig und misstrauisch?, fragte sie sich und blickte Peringer hinterher. Der ging zielstrebig in ein Blumengeschäft, verließ den Laden nach kurzer Zeit wieder mit einem Strauß weißer Rosen in der Hand und bog in eine Seitenstraße ein.

Was hatte er vor? Wo ging er hin? Viki beschloss, ihren Kollegen zu beschatten, und stieg kurz entschlossen aus dem Wagen. Auf diese Weise würde sie vielleicht herausfinden, was es wirklich mit ihm auf sich hatte und ob sie ihm trauen konnte.

5

Schlank, strahlend weiß und leicht zitternd zeigte sich Peringer die Elisabethbrücke, die den Verkehr ins Gewimmel der Inneren Stadt schleuste. Ihre Träger und Kabelstränge leuchteten so hell in der Maisonne, dass Peringer seine Augen zusammenkneifen musste. Er sah die Brücke zum ersten Mal, denn sie war erst 1964, acht Jahre nach seiner Emigration, errichtet worden.

Am Fuß der gleißend hellen Konstruktion begann der Donaukorso, eine Promenade, die sich über einen knappen Kilometer am Wasser entlangzog. Der Kommissar wandte seinen Blick von der Brücke ab und begab sich, die Blumen in seiner Linken, auf den Uferweg.

Bestimmt hat er ein Rendezvous am Fluss, dachte Viki, die ihm mit einigem Abstand folgte.

Zu den wenigen Dingen, die Peringer bei seiner Flucht aus Ungarn mitgenommen hatte, gehörte ein Foto aus dem Jahr 1937. Es zeigte seine Eltern auf dem Korso: elegante, für den Sonntag herausgeputzte Leute, stolz hält die Mutter den gerade einjährigen Jungen auf dem Arm. Im Hintergrund das Grand Hotel Hungária, dessen Wintergarten die Eltern gerne aufgesucht hatten. Ihre Erzählungen – vom Donaupalais, vom Hangli-Kiosk, vom Klavierspieler im Café Mignon – verbanden ihn mit der Zwischenkriegsgeneration, die hier noch gefeiert hatte, als die Zerstörung des alten Kontinents bereits unübersehbar am Horizont heraufgezogen war.

Zwischen den Eltern bestand ein großer Altersunterschied. Der Vater, ein Architekt, war bereits Anfang vierzig, als Antal auf die Welt kam, während die Mutter gerade erst ihren einundzwanzigsten Geburtstag gefeiert hatte, als ihr künftiger Mann der zierlichen Schönheit einen Heiratsantrag machte.

Vaters Büro ging gut. Er baute Villen in den Budaer Bergen, im modernen Stil, aber nicht so konsequent wie die Bauhäusler in Deutschland. Peringer hatte nie herausgefunden, wie wichtig dem Vater das moderne Bauen wirklich gewesen war. Hatte er zähneknirschend Zugeständnisse machen müssen, um seine konservativen Klienten nicht vor den Kopf zu stoßen? Oder passte er sich nur so weit wie nötig der neuen Zeit an, bevorzugte aber im Grunde genommen die protzige Vorkriegsarchitektur? Vielleicht doch eher Letzteres, dachte der Kommissar, warum sonst sollten seine Eltern sonntags zumeist in die Grandhotels auf dem Korso gegangen sein anstatt in die modernen Kaffeehäuser am Fuß der Margaretenbrücke?

Peringer blickte nach oben. Von der Sonntagswelt seiner Eltern war nichts geblieben. Nicht einmal das Bristol, das die Bombardierungen des Zweiten Weltkriegs überstanden und in dem ihm seine Großmutter zum achtzehnten Geburtstag ein üppiges Essen spendiert hatte. Heute befanden sich an der Stelle des Hotels unerhört scheußliche Betonburgen.

Der erste Verbrecher, den ich in Budapest verhafte, ist der Architekt dieser Gebäude, dachte der Kommissar und setzte sich auf einen der Stühle, die hier und da wieder herumstanden, wenn auch nicht in so großer Zahl, wie auf alten Postkarten zu sehen war.

Er beobachtete eine Frau mit einer violetten Sonnenbrille, die im Park vor der Redoute auf einer Bank saß.

Das wird sie sein, dachte Viki.

Aber Peringer erhob sich unverrichteter Dinge wieder, passierte das Thonet-Haus und stützte sich auf ein gusseisernes Geländer, um die Schiffe auf der Donau zu betrachten. Eine Straßenbahn fuhr vorbei, versperrte die Sicht, verschwand in einem Tunnel und gab den Blick wieder frei auf eine etwas tiefer gelegene vielspurige Autostraße, die den Korso vom Anleger trennte. Der Autoverkehr erledigt den Rest, dachte

Peringer und verließ, die Blumen noch immer in seiner Hand, den »Duna Corso«, der in seiner Kindheit zu den lebendigsten Flecken Europas gezählt hatte.

Viki zweifelte mittlerweile daran, dass sich die sonderbare Observation tatsächlich lohnte. Sie war hundemüde, die letzte Nacht hatte an ihren Kräften gezehrt. Immer wieder ertappte sie sich dabei, laut zu gähnen, so laut, dass sie befürchtete, allein durch das peinliche Geräusch entdeckt zu werden.

Peringer verschwand in einer kleinen Seitengasse, die von Budapests Einkaufsstraße, der Váci utca, abzweigte. Beinahe hätte sie ihn aus den Augen verloren, beobachtete dann aber, dass der Alte eine Weinhandlung betrat. Er blieb sehr lange im Laden. Ewig schien er sich mit dem Verkäufer zu beraten. Schließlich entschied er sich für zwei oder drei Flaschen, sie konnte nicht erkennen, ob Weiß- oder Rotwein, zahlte und trat gut gelaunt auf die Straße.

Eine Verabredung, dachte Viki, Blumen für die Dame, Wein für den Herrn. Die Eltern dürften kaum noch leben, aber vielleicht Geschwister oder einfach nur alte Freunde. Doch Peringer ging zurück ins Hotel, gab die Flaschen an der Rezeption ab, behielt die Blumen aber in der Hand und verließ das Gebäude wieder.

Führt er mich an der Nase herum? Vikis Ehrgeiz gewann jetzt die Oberhand über die Hoffnung, bei dieser Aktion etwas Brauchbares herauszufinden. Aber vielleicht ging es gar nicht darum, eine überraschende Entdeckung zu machen. Der Mann war seit vielen Jahrzehnten zum ersten Mal wieder in seiner Geburtsstadt. Was mochte in ihm vorgehen? Gab sein Verhalten Aufschluss darüber? Sie folgte ihrem Kollegen bald selbstsicher – fast ohne Scheu, entdeckt zu werden –, bald beschämt, mit nervös umherwandernden Augen.

Der Kommissar ging auf dem Kleinen Ring in Richtung Deák tér. Eines hatte sich seit Peringers Emigration nicht geändert: die ring- und strahlenförmige Anordnung des Pester Straßennetzes. Donau, Kleiner Ring, Großer Ring.

Er befand sich jetzt einen Halbkreis weiter östlich als vorhin am Korso, und Viki war sich fast sicher, dass er zum äußeren Ring wollte. Welchen Weg würde er dorthin einschlagen? Durch die alte Radialstraße, die Andrássy út? Was sagte er dazu, dass die Konditorei Lukács, zu seiner Zeit Geheimdienstkantine, heute zur Hälfte eine Bankfiliale beherbergte? Was erst dazu, dass sich das Kaffeehaus Savoy in ein Fastfoodrestaurant verwandelt hatte? Alles vertraut, alles verändert: andere Reklame, höhere Preise, aber wie damals ertönte Gesang aus den offenen Fenstern der Musikakademie am Liszt Ferenc tér.

Viki war enttäuscht, dass Peringer die prachtvolle Andrássy út mied und stattdessen Richtung Metro ging.

Deren drei Linien kreuzten sich am Deák tér, den der Kommissar unterdessen erreicht hatte. Zum Großen Ring führte die Linie 1, die erste Untergrundbahn auf dem europäischen Festland, seit 1896 in Betrieb. Als Peringer das Land verlassen hatte, waren die alten Wagen noch in Gebrauch gewesen, doch mittlerweile hatte man sie durch schnellere ersetzt. Er stand vor dem Eingang zur Metrostation und wurde beinahe von hastenden Passanten umgerannt. Gehetzter als in Wien und undisziplinierter als in London – nach vielen Jahren in diesen Städten fiel ihm das Verhalten der Budapester unangenehm auf. Wie hier über- und unterirdisch, auf Plätzen und Treppen, kreuz und quer, hin und her gelaufen wurde, daran musste sich der alte Mann erst gewöhnen. So viele Turnschuhe, die hintraten, wo sie wollten, so viele schlecht gelaunte, grimmig dreinblickende alte Frauen, die selbst im Mai ihre Pelzkappen trugen wie Helme einer Alltagsuniform: Waren sie die Schönheiten seiner Jugendjahre gewesen?

Beherzt gliederte Peringer sich in den Strom der Leute ein, sah sich jedoch sogleich einer neuen Herausforderung ausgesetzt: dem Schritt auf die Rolltreppe. In rasendem Tempo ratterten die soliden Stufen steil abwärts in vierzig Meter Tiefe. Wie hatte ein so gemächliches Volk eine dermaßen abenteuerliche Konstruktion hinnehmen können? Endlich unten, stieg er in die Bahn und hatte für einen Augenblick das Gefühl, seine Kollegin Viki gesehen zu haben.

Am Oktogon verließ er den Untergrund und trat wieder ans Tageslicht.

Viki folgte ihm in sicherem Abstand. Der alte Mann verschwand in der Menge, Richtung Elisabethstadt. Jetzt hatte er unzählige Möglichkeiten: durch das jüdische Viertel zurück zum Hotel oder in eines der alten Kinos, die sich am Ring befanden. Dann aber sah Viki, wie Peringer am Straßenrand stand und sich ein Taxi herbeirief. Sie wollte ihm folgen, doch es war kein zweites Taxi in Sicht, und der Wagen fädelte sich bereits in den dichten Verkehr ein. Sie lief los, rannte, zu spät, das Fahrzeug war verschwunden.

Zuerst überlegte Viki, dem Auto hinterherzulaufen, doch als eine Straßenbahn herannahte, bestieg sie diese. Am Blaha Lujza tér holte die Bahn das Taxi wieder ein. Viki hatte den Eindruck, dass der Wagen langsamer als nötig fuhr, als suchte Peringer etwas oder als wollte er aussteigen. Aber dann beschleunigte das Taxi wieder und entfernte sich erneut aus ihrer Sicht. Jetzt schien sie Peringer endgültig verloren zu haben. An jeder neuen Haltestelle suchte sie nach dem Wagen, nach dem Kommissar – aber vergebens.

Dort, wo der József in den Ferenc körút überging, stieg sie schließlich aus. Sie sah das Corvin-Kino, beschloss, einen Blick auf das aktuelle Programm zu werfen, und ging über den Vorplatz. Wenngleich in den Zwanzigerjahren erbaut, zierten eigentümlich barocke Reliefs das gelb gestrichene Gebäude mit dem spitzen Dach. Sieben Stufen führten zu den Eingangstüren, an deren rechter und linker Seite Gedenktafeln daran erinnerten, dass hier 1956 gegen die sowjetischen Besatzungstruppen gekämpft worden war. Durch den Vorplatz geschützt, hatten sich bewaffnete Widerstandskämpfer im Kino verschanzt und die Panzer auf der Ringstraße angegriffen.

Viki hätte nicht weiter auf die Tafeln geachtet, wäre ihr nicht ein Strauß frischer weißer Blumen auf der Treppe aufgefallen. Peringers Rosen! Er musste die Blumen hier abgelegt haben. Sie sah sich um. Niemand war zu sehen, lediglich ein kleiner Junge saß auf der Treppe und schien sich zu langweilen.

»Wie heißt du?«, sprach sie ihn an.

»Attila«, erwiderte der Kleine schüchtern.

»Ich heiße Viki. Hast du die Blumen dort hingelegt?«

»Nein, der alte Mann.«

»Welcher alte Mann?«

»Der so traurig war.«

»Traurig war der?« Viki schaute den Jungen verblüfft an.

Der Kleine nickte. »Ja, der hat geweint. Dann hat er mir über den Kopf gestrichen und ist weggegangen.«

»Wo ist er denn hingegangen?«, wollte Viki noch wissen, doch da kam eine junge Frau aus dem Kino und forderte den Jungen auf mitzukommen.

Der Kleine stand auf. »Ich muss jetzt gehen, meine Mama ist fertig.«

»Sagst du mir denn noch, wo der traurige Mann hingegangen ist?«, versuchte es die Kommissarin erneut.

Der Junge zeigte in Richtung Kunstgewerbemuseum. Viki trat vor zur Ringstraße, lief zur Kreuzung und sah aus einiger Entfernung, wie Peringer vor dem Museum mit den gelbgrünen Zsolnay-Kacheln stand, den Blick nach oben gerichtet.

Die grimmigen Winter, die heißen Sommer hatte er nie vermisst, am wenigsten jedoch die Winter, diese grauen, lausig kalten Novembertage, wie damals, vor neunundvierzig Jahren. Aber der melancholische Herbst, der milde Frühling – oh, das hatte ihm doch gefehlt. Gerade in Den Haag lag Peringer den Kollegen oft mit seinen Schwärmereien von den Vorzügen des pannonischen Frühlings in den Ohren. Zu Recht, wie er in diesem Augenblick dachte. Er putzte sich die Nase und atmete tief durch. Jetzt bin ich hier, jetzt fehlt nur noch eines. Er winkte ein Taxi herbei.

»Nádor utca vierzehn, bitte!«

Dieses Mal hatte Viki Glück. Ein weiteres Taxi hielt, und beim Einsteigen wies sie den Chauffeur an: »Folgen Sie bitte dem Wagen dort.«

Der Fahrer verzog keine Miene.

Die Nádor utca gehörte zu jenem Teil des V. Bezirks, den man Lipótváros, Leopoldstadt, nannte. Bankgebäude und Bürgerhäuser prägten diesen engen, ernsten und vornehmen Straßenzug. Die Nummer vierzehn befand sich an der Ecke Vigyázó Ferenc utca, vom Nordende des Donaukorsos nur wenige Gehminuten entfernt. Peringer stand auf der gegenüberliegenden Straßenseite und blickte auf das Gebäude.

Warum ist er nicht gleich hierhin gegangen? Er hätte sich den Umweg über den Ring sparen können, dachte Viki.

Das Haus wurde renoviert, die große grüne Tür zum Hof stand offen, Bauarbeiter gingen ein und aus. Peringers Blick streifte den niedrigen, langgezogenen Balkon über der Hoftür so flüchtig, als wolle er eigentlich wegschauen. Er kam Viki nervös vor, unkonzentriert.

Nach kurzer Zeit überquerte der Kommissar die Straße und las die Klingelschilder. Almásy, Balázs, Hatvany, Kosztolányi, Szabó lauteten einige der Namen; fast vierzig Parteien wohnten hier.

»Suchen Sie jemanden?«, fragte ihn ein junger Mann, der mit schnellen Schritten aus dem Treppenhaus kam. Peringer zuckte zusammen, so sehr war er in die Liste vertieft.

»Lukács«, antwortete der Kommissar schließlich, aber da war der Mann schon um die Ecke gebogen.

Viki blickte ihm hinterher, richtete ihre Aufmerksamkeit aber rasch wieder auf den Kollegen.

Sie war zu weit von Peringer entfernt, um zu erkennen, dass die Hand des Kommissars zitterte, als er den Klingelcode der Familie Lukács eingab, den er schließlich auf dem Schild gefunden hatte. Er tippte auf die erste Ziffer, kratzte sich im Nacken, auf die zweite, die dritte, zögerte, gab die vierte ein, doch statt abschließend das Schlüsselsymbol zu berühren, drückte er plötzlich die Korrekturtaste und brach den Vorgang ab.

Peringer sah sich auf der Straße um, als hätte er etwas Verbotenes getan und wollte nun sichergehen, dabei nicht erwischt worden zu sein. Viki – von Peringers Manöver überrascht – zog ihren Kopf blitzschnell in den Schatten eines Hauseingangs zurück, doch sie war sich sicher, dass er sie entdeckt hatte.

Was habe ich nur getan?, dachte die junge Kommissarin, die sich in ihrer Uniform plötzlich eingeengt vorkam. Mich blamiert, indem ich einen Kollegen observiert habe, noch dazu schlecht, wie ein Anfänger. Ich habe mich unprofessionell verhalten. Anstatt meinen Fall zu lösen, habe ich mich um Dinge gekümmert, die mich nichts angehen. Es hat mich nicht zu interessieren, was Peringer hier neben seinem Job erledigen will. Wenn er schon nicht ermittelt, sollte ich es wenigstens tun.

Sie zog ihre dunkelblaue Jacke aus, wartete ab, bis Peringer in den Straßen der Leopoldstadt verschwand – er ging nach Norden, Richtung Freiheitsplatz –, und begab sich unverzüglich ins Präsidium.

6

Wie viele Textilgeschäfte, wie viele Kaufhäuser, Ketten und Boutiquen mochte es in Budapest geben? Viki saß an ihrem Schreibtisch, grübelte und schaltete den Computer an. Das riesige Einkaufszentrum am Westbahnhof verzeichnete hundertvierzehn Bekleidungsläden: dreiundfünfzig für Damen, zwanzig für Herren und einundvierzig für beide Geschlechter. Im Raum Budapest gab es dreizehn solcher Einkaufszentren. Und dann kamen noch die zahllosen einzelnen Läden hinzu, die über die Zweimillionenmetropole verteilt waren. Es hatte keinen Sinn, sie alle abzuklappern und ein Foto der Steppjacke vorzuzeigen. Noch dazu im Mai. Denn die Jacke stammte gewiss aus der Winterkollektion. Ich weiß nicht einmal, ob der Täter sie überhaupt in Budapest gekauft hat, dachte Viki. Aber ich habe keine andere Spur …

Sie ging in die Asservatenkammer und warf einen erneuten Blick auf das Kleidungsstück. Für ein Teil von der Stange war die Jacke bemerkenswert sorgfältig verarbeitet; ihre eigenen Klamotten jedenfalls hatten eine weitaus schlechtere Qualität. Und befanden sich in Massenware nicht normalerweise zwei Etiketten: das der Marke und die Waschanweisungen? Aber dieses Stück wies nur eine Stelle auf, an der vermutlich ein Etikett entfernt worden war – was auf eine Sonderanfertigung schließen lassen könnte. Die Vorstellung, der Staatssekretär oder sein Mörder hätte eine Steppjacke nach Maß bestellt, kam ihr zwar merkwürdig vor, doch immerhin grenzten ihre Beobachtungen die mutmaßlichen Herkunftsadressen deutlich ein.

Früher hatte es eine hohe Zahl an Maßschneidern in Budapest gegeben, und noch heute fanden sich Stoffläden und Schneiderateliers in der Stadt, die in der Zwischenkriegszeit eröffnet worden waren. Die Anzahl der Ateliers mochte etwa zwei Dutzend betragen, vielleicht mehr, vielleicht weniger. Viki machte sich daran, deren Adressen in Erfahrung zu bringen, steckte ein Foto der Jacke ein und begann damit, Werkstatt für Werkstatt aufzusuchen.

Unterdessen ruhte sich Peringer, nachdem er nun doch noch die Andrássy út entlangspaziert war, im Café Művész aus. Er rauchte und beobachtete die Passanten. Nach einer Weile zog er das Etikett aus seiner Jackentasche, auf dessen schwarzem Stoff »Fleischer BP. VI NAGYMEZŐ U. 7« stand, aufgestickt mit goldenem Faden.

Das Atelier der Hemdmacherin Györgyné Fleischer befand sich seit den Zwanzigerjahren gleich um die Ecke des Cafés Művész, in der Nagymező utca 7. Tafeln aus schwarz gestrichenem Glas mit vergoldeten Buchstaben informierten den Kunden über das Angebot: »MÉRET UTÁN ING«, Hemd nach Maß, stand darauf. Die Schaufenster mit ihren vertikalen Milchglasstreifen imitierten feine Nadelstreifen und erschwerten den Blick in den winzigen Atelierraum.

Peringer drückte auf den Klingelknopf. Nach kurzer Wartezeit öffnete ihm eine Dame mittleren Alters die Tür.

»Kezét csókolom!«, grüßte Peringer.

»Was kann ich für Sie tun?«, erkundigte sich die Frau und bat ihn herein.

Peringer sah sich um: Vitrinenmöbel aus dunklem Holz bestimmten den Raum, ein großer Spiegel, eine Schneiderpuppe. Links befand sich ein Regal mit Stoffballen, rechts eine Kleiderstange mit Hemdmustern.

»Ich bräuchte ein weißes Hemd, wenn es recht ist.«

»Aber selbstverständlich«, erwiderte die Dame.

Peringer warf seine Jacke auf einen abgewetzten Polstersessel, wählte einen englischen Popelinestoff, entschied sich für eine schlichte Knopfleiste und gegen eine Brusttasche. Die Dame maß Armlänge, Kragenweite und Brustumfang.

»Fertigen Sie nur Hemden an?«

»Fast ausschließlich. Die Kunden« – sie zeigte auf ein Regal, in dem die Kundendaten in Zettelkästen alphabetisch sortiert waren – »schätzen unsere jahrzehntelange Erfahrung.«

»Aber manchmal wünscht jemand doch sicher etwas Ungewöhnliches, nicht wahr?«, bohrte Peringer nach.

»Das kommt vor. Welche Kragenform bevorzugen Sie?«

»Kent. Und eine französische Manschette.«

Er wagte einen weiteren Vorstoß. »Wenn ich, sagen wir, eine Jacke haben wollte, würden Sie die für mich anfertigen?«

»Durchaus. Vor ein paar Wochen beispielsweise kam ein Junge und bestellte zwei Steppjacken.«

»Ein Junge?«, fragte Peringer verwundert.

»Ein Botenjunge. Er hat die Maße des Herrn gleich mitgebracht«, erklärte die Schneiderin.

»Und den Herrn haben Sie nie gesehen?«

»Nein, aber wir wussten ja, was er wünschte, und bezahlt wurde bar. Apropos, Herr ...«

»Peringer Antal.«

»Herr Peringer, wir erwarten fünfzig Prozent Anzahlung. In einer Woche ist Anprobe, nach weiteren zwei Wochen können Sie Ihr Hemd abholen.«

»Haben Sie die Adresse dieses Kunden?«

»Welches Kunden?« Die Schneiderin schaute ihn verwirrt an.

»Des Kunden mit den Steppjacken.«

»Nein, aber selbst, wenn ich sie hätte – Diskretion gehört zu unserem Geschäft. Achttausendneunhundertfünfzig Forint, bitte!«

Viki traute ihren Augen nicht. Nach fast einem Dutzend Fehlschlägen war sie bei Fleischer Györgyné angekommen und blickte durch die Fenster mit den vertikalen Streifen. Es war ohne Zweifel ihr Kollege Peringer, der da gerade Wechselgeld von der Schneiderin entgegennahm.

Der Türöffner surrte, der Kommissar trat zufrieden auf die schattige Straße hinaus und erblickte seine Kollegin.

»Sagen Sie nichts, Viki. Ich bin beeindruckt. Durch Kombination und Fleiß zur richtigen Adresse – das soll Ihnen erst einmal jemand nachmachen. Nur das Observieren müssen wir noch ein wenig üben.«

»Herr Peringer, ich, es ist mir …«, stotterte die Kommissarin mit hochrotem Kopf.

»Schon vergessen, Viki. Was halten Sie davon, wenn wir von nun an zusammenarbeiten?«

Viki schaute ihn skeptisch an. »Voll und ganz?«

»Ja, voll und ganz. Eine einzige Bedingung müssen Sie allerdings erfüllen«, sagte Peringer mit prüfendem Blick.

»Welche Bedingung?«

»Kommen Sie heute Abend gegen, sagen wir, elf Uhr ins Hotel Astoria.«

»So spät, Herr Peringer?«, fragte Viki und unterdrückte ein Gähnen.

Peringer nickte. »Die Gründe werde ich Ihnen dann verraten.«

»Abgemacht. Aber nun sagen Sie mir endlich, wie Sie auf dieses Atelier gekommen sind und was die Dame preisgegeben hat.«

Ausführlich beantwortete Peringer die Fragen seiner Kollegin, während die beiden die Andrássy út in Richtung Innenstadt heruntergingen. Nur eine Antwort blieb er ihr schuldig: was er mit dem nächtlichen Treffen im Astoria beabsichtigte.

Vier Kellner mit schwarzer Fliege und bordeauxfarbener Weste standen gelangweilt im Café Astoria, schwenkten ihre Serviertücher und trommelten mit den Fingern auf die Bar. Das Lokal war vollkommen leer. Der niedrige Saal, der sich stilistisch kaum von der Hotellobby unterschied, war jetzt noch schwächer ausgeleuchtet als tagsüber, wenn blasse Samtvorhänge und stumpfe Fensterscheiben verhinderten, dass Sonnenlicht eindrang.

Peringer betrat den Raum, sprach mit einem der Kellner und steckte ihm eine Handvoll Geldscheine zu. Daraufhin deckte dieser einen Ecktisch mit Weingläsern ein und legte sein Kellnerbesteck auf den Tisch. Die Flasche brachte der Kommissar selbst mit; es war eine derjenigen, die er am Vormittag gekauft hatte.

Viki erschien pünktlich. Sie passierte die Marmorsäulen in der Mitte des Saales und nahm Platz, was durch eine großblättrige verstaubte Zimmerpflanze hinter ihrem Stuhl erschwert wurde.

»Schön, dass Sie gekommen sind. Einer der beiden Gründe, warum ich Sie so spät hierher bitte, ist, dass ich morgen Geburtstag habe. In einer Stunde werde ich ...«

»... neunundsechzig!«, kam ihm Viki zuvor.

»Genau.«

»Aber was ist der andere Grund?«

»Ich möchte Sie einladen, bei einem Ritual mitzumachen, das ich nun schon seit vielen Jahren praktiziere.«

Viki schaute den alten Mann fragend an.

»Zu Beginn eines jeden Falles kaufe ich mir drei Flaschen Wein. Einen weißen, einen roten und einen Dessertwein. Am besten ungarischen, versteht sich. Wenn die Ermittlungen beginnen, trinke ich den weißen. Der macht mich frisch. Im Laufe der Zeit liegen alle Tatsachen auf dem Tisch, und doch kann man sich keinen richtigen Reim auf die Zusammenhänge machen. Dann wird es Zeit, den Roten zu entkorken. Und schließlich, wenn der Fall gelöst ist, belohne ich mich mit einem edelsüßen Tropfen.«

Damit hatte Viki nicht gerechnet. Als Polizeischülerinnen waren sie um die Häuser gezogen, waren abgestürzt in verrauchten Weinkellern am Moszkva tér, wo der Weiße warm und der Rote kalt serviert wurde und man Pálinka aus kleinen Plastikbechern trank. Nach einer Nacht in einem solchen Borozó war ihr einmal ein Ermittlungsfehler unterlaufen; seither trank sie nur noch Fröccs, sauren Weißwein mit Sodawasser.

Sogar gestern Nacht hatte sie der Versuchung widerstanden, obwohl Réka überzeugt gewesen war, dass eine Flasche Rotwein zu einem Gespräch über Männer gehörte. Und jetzt bot Peringer ihr an, die Lösung des Falles durch Weingenuss voranzutreiben!

»Was ist, machen Sie mit?«, fragte der Kommissar und drehte das Gewinde des Flaschenöffners in den Korken.

Sie fasste sich ein Herz, und wie zur Bestätigung ploppte der Korken aus dem Flaschenhals.

»Heute gönnen wir uns einen Lindenblättrigen.«

»Einen Lindenblättrigen?«

»Hárslevelű, lindenblättrig, so heißt diese Traube, die man nur in unserer Heimat findet. Sie liebt den pannonischen Sand; steif emporragende Rebhölzer auf verwittertem Vulkangestein. Das werden Sie schmecken.«

Peringer füllte die Gläser und stellte die Flasche in einen Eiskübel, den der Kellner unauffällig gebracht hatte. Die Gläser beschlugen.

Er prostete ihr zu. »Auf unsere Zusammenarbeit!«

»Ja, auf unsere Zusammenarbeit!«

»Kommt aus Somló, dieser Wein. Schmecken Sie die mineralischen Noten? Das ist ungarischer Boden! Da spüre ich die Heimat förmlich auf der Zunge.«

Viki hatte ihre Schwierigkeiten, die Geschmackserlebnisse des alten Mannes nachzuvollziehen, und hoffte, dass er nicht die ganze Nacht über Wein reden würde. Aber es gefiel ihr, wie er sich dafür begeisterte und dass er Ungarn auf so ungewöhnliche Weise pries.

»Warum sind Sie heute eigentlich so müde, Viki?«, fragte Peringer und entschuldigte sich sogleich, als er bemerkte, dass seine Kollegin mit den Tränen zu kämpfen begann.

»Machen Sie sich keine Sorgen, von nun an werde ich besonders viel Zeit für die Arbeit haben«, antwortete Viki und gab sich keine Mühe, dabei die Bitterkeit in ihrer Stimme zu unterdrücken.

»Eine Trennung?«, fragte Peringer vorsichtig.

Viki nickte, überlegte, ob sie dem alten Mann überhaupt davon erzählen sollte. Aber warum eigentlich nicht? Was konnte sie schon dafür, dass Tamás sich mit einer berufstätigen Frau keine dauerhafte Beziehung vorstellen konnte. Jedenfalls nicht mit einer, die ihren Beruf so ernst nahm wie sie.

»Hat sich denn so wenig getan in den vergangenen Jahrzehnten?«, fragte Peringer verwundert und erkannte sich selbst kaum wieder. Er war doch sonst kein großer Fürsprecher der Frauenemanzipation!

»Wechseln wir das Thema«, schlug Viki vor, die trotz allem erleichtert war, ihre Situation erklärt zu haben. Ausgerechnet einem alten, im Zweifel reichlich konservativen Ungarn, amüsierte sie sich im Stillen und leerte ihr Glas.

»Sie werden neugierig sein, was es mit dem Blumenstrauß auf sich hat«, setzte der Kommissar das Gespräch fort.

»Das geht mich ja gar nichts an«, erwiderte Viki.

»Doch, Sie sollen wissen, mit wem Sie es zu tun haben.«

Peringer schenkte Wein nach, lehnte sich zurück und erzählte: »Ich war zwanzig, als Stalins Standbild vom Sockel gestürzt wurde. Auf dem Blaha Lujza tér haben wir den Kopf zerlegt. Die Leute jubelten, eine unvergleichliche Zeit begann: Versammlungen, ein freies Radioprogramm, Politiker, die sich auf die Seite des Volkes schlugen, Austritt aus dem Warschauer Pakt.«

Viki änderte ihre Sitzposition, um Peringer aufmerksamer zuhören zu können.

»Für Sie ist das ein Kapitel aus dem Geschichtsunterricht. Aber für uns war es die Jugend, unsere Jugend. Wir wollten die Dinge selbst in die Hand nehmen. Doch nach hundertfünfzig Stunden, an einem nebligen, nasskalten Sonntagmorgen Anfang November, begann der Generalangriff der sowjetischen Truppen. Eine fünffache militärische Übermacht. Wir hatte keine Chance.«

»Aber Sie haben gekämpft?«

»Ja, am Corvin-Kino. Zusammen mit meinen beiden besten Freunden gehörte ich zu den Straßenkämpfern. Péter, Béla und ich harrten bis zuletzt aus. Nur einen Tag vor der Niederschlagung des Aufstandes haben die Russen Péter erwischt.«

»Für ihn haben Sie die Blumen niedergelegt?«

»Ja, ein Grab gibt es nicht.«

»Und Béla wohnt in der Nádor utca?«

»Béla hatte eine schwangere Frau, Katalin. Sie wollten fliehen, aber als er am Morgen vor der Abreise vom Brotholen zurückkam, war das Versteck ausgehoben worden und Katalin verschwunden. Er ist geblieben, um sie zu suchen. Er hat mir seinen Platz im Zug abgetreten.«

»Sie verdanken ihm sein Leben?«

»Ja, vermutlich.«

»Warum ...«

»... warum ich heute nicht bei ihm geklingelt habe?« Peringers Augen wurden feucht. Viki bemerkte, wie unangenehm ihm diese Frage war.

»Sie brauchen nicht weiterzuerzählen.«

»Wissen Sie, Viki, ich war einer der Viertelmillion Emigranten, die Ungarn nach 1956 verließen. Als das Frühjahr kam, beschloss ich, ein neues Leben zu beginnen. Und bin nie zurückgekehrt.«

»Aber Sie werden doch Kontakt nach Ungarn gehalten haben. Zu Ihrer Familie. Zu Freunden.«

Peringers Gesicht, das Züge von Traurigkeit, Bedauern und Einsicht ins Unabwendbare trug, gab ihr eine unmissverständliche Antwort. Er hatte tatsächlich alle Kontakte abgebrochen. Aber warum?

Der alte Mann seufzte. War es wirklich eine gute Idee, dieser jungen Frau zu erzählen, was nur wenige von ihm wussten? Er spürte, wie die ungarische Sprache, der Wein, die Stimmung der Stadt, das Licht, die Luft, diese ganz besondere Mischung sinnlicher Eindrücke, die ihn den Tag über begleitet hatte, etwas in ihm löste. Er war zurückgekehrt. Er hatte die Tür in die Vergangenheit aufgestoßen. Und seine Menschenkenntnis sagte ihm, dass diese junge Frau sein Vertrauen verdiente.

»Meine Großeltern starben bereits in den Fünfzigerjahren, vor dem Aufstand. Ich habe eine jüngere Schwester, Ágnes, die ebenfalls auswanderte und heute in Zürich lebt. Bleiben meine Eltern.«

Die Kommissarin unterbrach ihren Kollegen und gab ihm zu verstehen, dass sie keine Antwort erwartete, aber dann bemerkte sie, dass es Peringer war, der weiterreden wollte.

»Vor dem Krieg hatten meine Eltern ihre beste Zeit. Es mag seltsam klingen, denn jene Jahre waren ja weder wirtschaftlich noch politisch besonders stabil. Aber mein Vater, der sich Anfang der Dreißigerjahre mit einem Architekturbüro selbstständig gemacht hatte, verstand es, von der seltsam unentschlossenen Stimmung zu profitieren, die Ungarn nach Trianon erfasst hatte. Seine Klienten gaben sich modern, aber letztlich waren sie konservativ, um nicht zu sagen reaktionär. Im Zweifel zogen diese Leute einen katholischen Architekten einem jüdischen vor, selbst wenn der jüdische besser baute. Und daran verdiente mein Vater.«

»Also brachen Sie den Kontakt zu Ihren Eltern ab, weil Sie deren Antisemitismus verachteten?«

»Nein, nein. Mein Vater verhielt sich durchaus anständig.

Er beschäftigte sogar jüdische Mitarbeiter, obwohl ich bis heute nicht weiß, ob der Grund dafür tatsächlich Toleranz oder eher ein schlechtes Gewissen war oder ganz einfach die Tatsache, dass diese Architekten erstklassige Arbeit leisteten.«

»Dann lag der Grund aufseiten Ihrer Mutter«, bemerkte Viki.

»Meine Eltern lernten sich 1934 kennen. Im Gegensatz zu Ihnen, Viki, hatte meine Mutter keinerlei berufliche Ambitionen. Sie wollte ganz einfach die Frau an der Seite eines erfolgreichen Mannes sein. Und mein Vater, mit Ende dreißig ein etablierter Geschäftsmann, dem zu seinem Glück nur noch eine repräsentative und muntere Frau fehlte, machte ihr rasch einen Antrag. Sie müssen wissen, dass er eine melancholische Seite hatte. Es tat ihm gut, wenn meine Mutter ihm einen Ruck gab und ihn dazu bewegte, mit ihr im Royal einen Tanztee zu besuchen oder einen glanzvollen Ball. Außerdem überzeugte sie ihn davon, dass sich solche Anlässe nicht nur dazu eigneten, ihre neuesten Pelzmäntel vorzuführen, sondern auch, um neue Kunden zu akquirieren.«

Viki begann, mit der Müdigkeit zu kämpfen. So genau hatte sie Peringers Familiengeschichte nun auch wieder nicht kennenlernen wollen.

»Krieg und Besatzung zerstörten die Welt meiner Eltern. Vergebens versuchte mein Vater Ende der Vierzigerjahre, sein Büro wieder zu eröffnen. Im Stalinismus war dafür kein Platz. Er bekam einen Posten in der Bauverwaltung, doch die Planung von Plattenbauten verwandelte seine Melancholie in eine handfeste Depression. Er wurde lethargisch und trank zu viel. Diese Situation überforderte meine Mutter. Sie kam mit dem Verlust an Unbeschwertheit, Wohlstand und gesellschaftlicher Anerkennung nicht zurecht.«

»Sie müssen damals etwa vierzehn gewesen sein«, unterbrach die Kommissarin ihren Kollegen, der die Gelegenheit nutzte, einen Schluck Wein zu trinken.

»Ja, ausgerechnet in diesem schwierigen Alter geriet die Ehe meiner Eltern in die Krise. Meine Mutter drängte meinen Vater, sich mit den Verhältnissen zu arrangieren und eine Karriere im Staatsapparat anzustreben. Sie muss tatsächlich geglaubt haben, auf diese Weise ließe sich etwas vom Glanz ihres Vorkriegslebens in die neue Zeit hinüberretten. Aber mein Vater gab ihrem Druck nicht nach.«

»Weil seine Schwermut ihn schwächte?«

»Ich glaube, weil ihn sein Gewissen plagte und er Angst hatte, ein zweites Mal in seinem Leben auf der falschen Seite zu stehen.«

»Hat er sich denn etwas zuschulden kommen lassen?«

»Das nicht, aber er hatte vergebens versucht, das Leben zweier Mitarbeiter zu retten, die von den Pfeilkreuzlern gequält und in die winterliche Donau geworfen worden waren. Als sich später herausstellte, dass einer seiner Kunden die Verantwortung dafür trug, brach die Welt meines Vaters endgültig zusammen.«

Viki schwieg, die Sekunden dehnten sich, schließlich schluckte sie und sagte: »Wie konnte Ihre Mutter annehmen, das frühere Leben ließe sich einfach so wiederherstellen?«

Peringer, der mehr und mehr in seinem Sessel versunken war, richtete sich auf und räusperte sich.

»Irgendwann hörte sie auf, daran zu glauben. Dieses Irgendwann lässt sich sogar recht genau datieren, denn eines Tages geschah etwas, das dazu führte, dass sich die Lage zuspitzte, und uns zu Ihrer Ausgangsfrage zurückführt, warum ich den Kontakt nach meiner Flucht endgültig abbrach.«

Viki richtete sich auf und leerte ihr Glas.

»Es ist schon spät, deshalb will ich nicht lange drumherum reden: Meine Mutter hatte eine Affäre mit einem Funktionär, einem Stalinisten, einem Angehörigen der Nomenklatura. Sie war ja schon Ende dreißig, und es sieht so aus, als wollte sie ihre letzte Chance auf ein privilegiertes Leben nutzen.«

»Wie hat Ihr Vater davon erfahren? Wie hat er darauf reagiert? Und Sie … wie haben Sie …?«

Peringer atmete tief ein und mit einem raschen Stoß wieder aus. Er schüttelte den Kopf.

»Die Details sind so unerfreulich, dass ich sie uns beiden ersparen will. Jedenfalls starb mein Vater an einem Leberleiden im Alter von neunundfünfzig Jahren. Meine Schwester hat dafür gesorgt, dass er in der Schweiz begraben wurde.«

»Was denken Sie, war Ihr Kampf gegen die Kommunisten damals auch eine Art Loslösung von der Mutter?«

Peringer schmunzelte. »Sie sollten Psychoanalytikerin werden, Viki. Aber für heute ist die Sitzung beendet.«

»Entschuldigen Sie, Herr Peringer. Darf ich noch eine letzte Frage stellen?« Als der alte Mann nickte, fuhr Viki fort: »Warum haben Sie sich nie bei Béla gemeldet, er war doch auf Ihrer Seite, Ihr Freund, dem Sie die Fahrkarte nach Wien verdankten.«

Seit man ihm diesen Fall angetragen hatte, beschäftigte Peringer diese so lange verdrängte Geschichte wieder.

»Natürlich meldete ich mich bei ihm«, erwiderte der Alte gereizt. »Die Briefe wurden abgefangen, ich erhielt keine Antwort.«

Aber ihm war nur zu bewusst, dass diese Erklärung lediglich die halbe Wahrheit enthielt. Denn sie verriet nicht, warum es der Kommissar später unterließ, den Kontakt wieder aufzunehmen, als sich die Verhältnisse entspannten und der Gulaschkommunismus seine Rückkehr erlaubt hätte.

Viki wagte es nicht, weiter nachzuhaken. Vielleicht schämte er sich dafür, dass es ihm so gut ergangen war – auf Kosten seines alten Freundes. Oder aber es verbanden ihn zu viele unangenehme Erinnerungen mit diesem Land.

Tatsächlich war der wahre Grund ein anderer und quälte Peringer so sehr, dass er nur mit seinem Jugendfreund selbst darüber sprechen wollte.

»Woher kannten Sie eigentlich Bélas Adresse?«

»Dort war einst die Wohnung seiner Eltern, da wohnte er auch damals, weil es keine Apartments für junge Paare gab. Vermutlich hat er sie geerbt.«

»Werden Sie wieder hingehen? Werden Sie ihn besuchen?«

Peringer nickte zaghaft, dann schenkte er Viki den letzten Tropfen Hárslevelű ein und sagte: »Es wird Zeit anzustoßen.«

Viki sah auf ihre Armbanduhr, halb eins. Die Kellner hatten die beiden im Café allein gelassen.

Überrascht, dass sich dieser Abend so entwickelt hatte, prostete sie ihrem Kollegen voller Sympathie zu.

»Alles Gute zum Geburtstag!«

7

Am nächsten Morgen wachte Viki früh auf. Sie hatte unruhig geschlafen. Die Nacht hatte keine Abkühlung gebracht und die halbe Flasche Wein zusätzlich dazu beigetragen, dass es in ihrem Unterbewusstsein arbeitete. Peringers Lebensgeschichte war ihr nicht aus dem Kopf gegangen, doch jetzt drängte sich der Fall wieder in den Vordergrund. Warum hatte der Täter zwei Jacken anfertigen lassen? War Europasekretär János Németh tatsächlich gefährdet, wie ihr Kollege annahm?

Das Telefon klingelte.

»Lángos gegen den Kater, was halten Sie davon?«

Eine halbe Stunde später trafen sich die Kommissare in der Markthalle am Hunyadi tér. Fett tropfte von den frisch frittierten Fladen, die die Imbissinhaberin mit saurer Sahne bestrich und mit Käseflocken bestreute.

»Wer hat eigentlich die Witwe benachrichtigt?«, fragte Peringer.

»Krassó«, antwortete Viki.

»Hat sie etwas Brauchbares zu Protokoll gegeben?«

Viki schüttelte den Kopf.

»Dann sollten wir die Dame noch einmal aufsuchen.«

»Sie wohnt in der Magyar utca, direkt am Károly-kert.«

»Großartig! Was könnte es Schöneres geben als den Károly-kert an einem sonnigen Maitag, dort im Schatten der Bäume zu sitzen und auf die Universitätskirche zu blicken. Wussten Sie, dass in diesem Garten früher Konzerte stattfanden?«

»Herr Peringer, wir wollen eine Hinterbliebene vernehmen.«

»Ach Viki, seien Sie doch nicht immer so prosaisch«, sagte der Kommissar und verschlang den letzten Bissen Lángos.

Frau Orosz reagierte erst nach dem zweiten Klingeln.

»Bitte?«, meldete sich ihre Stimme aus der Sprechanlage.

»Peringer Antal von der Kriminalpolizei. Meine Kollegin und ich suchen den Mörder Ihres Gatten. Dürfen wir Ihnen ein paar Fragen stellen?«

»Ich bin bereits befragt worden.«

»Es wird nicht lange dauern.«

»Sprechen Sie doch nicht so laut.«

»Bitte?«

»Wenn uns jemand hört, Sie sollten vorsichtiger sein.«

»Frau Orosz, am besten, wir unterhalten uns in Ihrer Wohnung.«

»Das ist viel zu unsicher, da könnte uns jemand abhören.«

»Dann vielleicht im Park?«

»Also gut, ich komme gleich runter.«

Peringer und Viki sahen sich überrascht an. Vor wem fürchtete sich die Dame?

Der Károly-kert war ein von einem schlichten Gitter eingefasster kleiner Park voller Nischen und Winkel, mit Spielplatz, Springbrunnen und alten Laubenbögen. Die Maisonne schien durch die frischen Blätter, Blumen dufteten.

»Wie viele Regime diese Bäume kommen und gehen gesehen haben«, sagte Peringer und zeigte auf Kastanien, Buchen, Pappeln und Ahorn.

Während der Alte seine Betrachtungen zum Besten gab, behielt Viki die Haustür im Blick, aus der Frau Orosz nach einigen Minuten auf die Straße trat. Sie sah sich nervös um, überquerte die Magyar utca und betrat den Park. Frau Orosz war mindestens zwanzig Jahre jünger als ihr verstorbener Mann, schlank, groß und dunkelhaarig. Sie trug ein leichtes schwarzes Sommerkleid und hatte eine schwarze Strickjacke über ihre Schultern gelegt. Ihre Nägel waren lackiert.

»Gehen wir ein Stück?«, fragte sie die beiden Kommissare, während sie sich hektisch umschaute.

Der Park war durchzogen von gewundenen, ungepflasterten Wegen, die von quadratischen Steinen gesäumt wurden.

»Frau Orosz, Sie wollten nicht in Ihrer Wohnung befragt werden, weil Sie Angst davor haben, abgehört zu werden. Warum diese Befürchtung?«, begann Peringer, denn sie hatten abgesprochen, dass er die Befragung übernehmen sollte.

»Haben Sie ihn, haben Sie den Mörder?«

»Unsere Ermittlungen stehen noch am Anfang. Wir erhoffen uns unter anderem von Ihnen wichtige Hinweise.«

»Er läuft noch herum, er läuft frei herum. Ich wusste es. Ich wusste es.«

»Frau Orosz…«

»Was macht denn die Polizei den ganzen Tag? Sagen Sie es mir!«

»Wir tun, was in unserer Macht steht.«

»Ich mache Ihnen keinen Vorwurf. Was bleibt Ihnen auch übrig.«

»Frau Orosz, wollen wir uns vielleicht setzen?«

Sie nahmen auf einer der gusseisernen Parkbänke Platz, von deren Sitzflächen die Farbe im Laufe der Jahre fast gänzlich abgeblättert war. Die Witwe drehte sich um und sah misstrauisch auf Büsche und Sträucher. Peringer betrachtete die Rasenfläche vor ihnen, auf der Löwenzahn und Gänseblümchen blühten, während Viki die Witwe beobachtete.

»Frau Orosz, werden Sie bedroht?«, fuhr der Kommissar fort.

»Sie denken, ich bin verrückt, stimmt's? Die Alte leidet unter Verfolgungswahn, das denken Sie doch.«

»Frau Orosz, nein. Wir nehmen jede Spur ernst. Sagen Sie uns einfach, was passiert ist. Die Tatsachen, darauf kommt es uns an.«

»Seit mein Mann tot ist ...«

»Ja?«

»Seit mein Mann tot ist, herrscht Ruhe. Rätselhafte Ruhe.«

»Und vorher?«

»Er hatte sich verändert. Genau genommen gleich zweimal.«

»Zweimal? Wie meinen Sie das?«

»Zuerst Anfang des Jahres. Da war er plötzlich so beschwingt, ungewöhnlich gut gelaunt.«

»Hat er Ihnen gesagt, warum?«

»Ich habe zunächst angenommen, dass er eine Geliebte hat.«

»Kam das vor, wenn ich fragen darf?«

»Das kam vor, ja.«

»Aber dieses Mal war es nicht so?«

»Nein. Er sprach von einem komfortablen Ruhestand, wenn die Sache wie geplant laufe.«

»Welche Sache?«

»Ich sagte: Gyula, wir haben alles, was wir brauchen. Das Haus in der Stadt, das Ferienhaus am Balaton.«

»Welche Sache, Frau Orosz?«, fasste Peringer nach.

»Dann fiel mir eines Tages auf, dass unser Eurokonto fast leer war. Neunzigtausend Euro fehlten.«

Viel Geld für einen Ungarn, dachte Viki.

»Haben Sie Ihren Mann zur Rede gestellt?«

»Selbstverständlich. Aber er antwortete nur, ich solle mir keine Sorgen machen.«

»Erinnern Sie sich noch an den Zeitpunkt?«

»Ja, im April, kurz vor seinem Geburtstag.«

»Sie sagten, er habe sich ein weiteres Mal auffällig verändert?«

»Anfang Mai. Plötzlich war seine gute Laune weg. Er fühlte sich bedroht, hatte Angst.« Frau Orosz' Blick schweifte ab, und sie sah gedankenverloren ins Leere.

Der Kommissar gewährte der Witwe diese kurze Pause. Eine Handvoll Spatzen badete in einer Vogeltränke. Eine Amsel, die eben noch im Gebüsch geflötet hatte, landete auf dem Rasen.

»Sie sagten, seit dem Tod Ihres Mannes herrsche Ruhe. Was meinen Sie damit?«

»Vorher gab es anonyme Telefonanrufe. Der Anrufer sagte nie etwas und legte nach einer Weile wieder auf. Das hat von einem Tag auf den anderen aufgehört. Außerdem sind die neunzigtausend Euro plötzlich wieder auf dem Konto aufgetaucht, normal verzinst.«

»Frau Orosz, wir werden dem nachgehen müssen und eine Bankauskunft einholen. Und wir werden auch herausfinden, wer bei Ihnen angerufen hat.«

»Davon kann ich Sie wohl nicht abhalten. Aber ich bitte Sie, äußerst diskret vorzugehen. Ich habe Angst, dass das alles wieder losgeht.« Sie sah Peringer mit sorgenvollem Blick an.

»Gehen wir noch ein Stück spazieren?«

»Ja, lassen Sie uns noch etwas gehen. Die Blumen sind so schön, nicht wahr? Das Violett der Stiefmütterchen, mein

Mann mochte diese Farbe ganz besonders gern.« Die Frau begann zu weinen, fasste sich aber rasch wieder.

»Jetzt wollen Sie bestimmt noch wissen, in was für eine Sache mein Mann da verwickelt war.«

»Können Sie uns denn etwas dazu sagen?«

»Wie gesagt, mein Mann hat darüber mit mir nicht sprechen wollen. Als dann die Anrufe kamen und er immer nervöser wurde, habe ich ihn erneut zur Rede gestellt. Viel hat er aber auch dann nicht verraten.«

»Uns interessiert jede Kleinigkeit«, warf Peringer ein.

»Zuerst sprach er nur davon, dass es sich um ein Immobiliengeschäft handle. Und dann, das war seltsam ...«

»Ja?«

»Wir haben hier manchmal gesessen, abends, im Schein der Laternen. Früher fanden im Park ja Konzerte statt.«

»Diese Konzerte habe ich als junger Mann auch besucht«, sagte Peringer.

»Er hat gesagt, unser Budapest würde wieder wie früher werden, als wir jung waren.«

»Das hat er im Zusammenhang mit diesem Immobiliengeschäft geäußert?«

»Ja, er wurde dann ganz wehmütig und hat auf den Kapitalismus geschimpft, ich meine, auf die Globalisierung hat er dann geschimpft und gesagt, die macht alles gleich überall auf der Welt, und dass man dagegen etwas unternehmen müsse, und er wolle eben auch seinen Teil dazu beitragen.«

»Vielleicht ging es um die Renovierung eines alten Gebäudes?«

»Gyula ist da in etwas reingezogen worden. Er hatte bestimmt nur die besten Absichten. Wenn es sich einfach um eine Renovierung handelte, weshalb dann die Anrufe?«

»Wissen Sie etwas über die Geschäftspartner Ihres Mannes?«

Frau Orosz überging die Frage und sagte stattdessen

schluchzend: »Er wollte doch nur etwas Gutes tun, und jetzt ist er tot.« Dann setzte sie sich erschöpft auf die nächstgelegene Parkbank. Viki ließ sich neben ihr nieder und legte ihren Arm vorsichtig um die Witwe.

»Frau Orosz, wir lassen Sie jetzt in Ruhe«, sagte Peringer. »Wenn Ihnen noch irgendetwas einfällt, rufen Sie uns bitte an.«

Der Kommissar gab ihr eine Visitenkarte und begleitete sie zum Ausgang. Viki ging voraus und öffnete das Tor zur Straße.

Doch kurz davor blieb Frau Orosz plötzlich stehen und rief: »Der Terminkalender!«

»Ihr Mann führte einen Terminkalender?«

»Das Berufliche organisierte seine Sekretärin, aber private Termine trug er von Hand in ein Notizbuch ein. Jahr für Jahr kaufte er sich ein neues und archivierte das alte. 2005 liegt noch aufgeschlagen auf seinem Schreibtisch. Warten Sie, ich hole es Ihnen.«

Als Frau Orosz in ihre Wohnung entschwunden war, sahen sich die Kommissare erleichtert an.

»Wir haben uns einen Kaffee verdient, finden Sie nicht, Viki?«

»Allerdings.«

Nach kurzer Zeit kam die Witwe zurück und gab den Ermittlern das Notizbuch.

»Versprechen Sie sich aber nicht zu viel davon, mein Mann hat ausschließlich mit Kürzeln gearbeitet. Sehen Sie hier: 3/18 20 O A«

»Was bedeutet das?«

»Achtzehnter März, zwanzig Uhr, Oper, Anna.«

»Anna – das sind Sie?«

»Ja«, bestätigte Frau Orosz.

»Kennen Sie auch die anderen Kürzel?«

»Die meisten, nur auf zwei kann ich mir keinen Reim machen.«

»Nämlich?«

»Das eine lautet BK, das andere Z.«

»Sie haben keine Idee, was diese Buchstaben bedeuten könnten?«

»Ich habe schon hin und her überlegt ... Z taucht entweder im Zusammenhang mit BK auf oder an Donnerstagen, wenn er vor der Arbeit das Thermalbad besuchte.«

Peringer schlug das Notizbuch auf und suchte den 19. Mai, Orosz' Todestag.

»Am vorvergangenen Donnerstag hat er ein Z neben dem Thermaltermin eingetragen, aber für den letzten Donnerstag hat er das Kürzel wieder durchgestrichen.«

»Herr Peringer, das ist alles, was ich weiß. Wenn es Ihnen recht ist, würde ich jetzt gerne wieder in meine Wohnung zurückgehen«, sagte sie mit müdem Blick.

»Ja, natürlich. Sie haben uns sehr geholfen. Vielen Dank. Das Buch benötigen wir noch für unsere weiteren Ermittlungen. Sie bekommen es nach Abschluss des Falles selbstverständlich zurück.«

Peringer reichte Frau Orosz zum Abschied die Hand, Viki nickte ihr kurz zu, und dann war die Witwe auch schon im Haus verschwunden.

8

Peringer hielt Viki die Tür auf, betrat hinter seiner Kollegin das Büro und ließ sich dann in einen Drehstuhl fallen, während Viki ihre Uniformjacke an einen Kleiderständer hängte. Sie lockerte ihre Krawatte und schaltete den Computer auf ihrem Schreibtisch an.

»Z und BK – nicht gerade ein üppiges Ergebnis nach zweieinhalb Ermittlungstagen«, sagte Peringer.

»Seit wann sind Sie Pessimist?«

»Alle Ungarn sind Pessimisten, das wissen Sie doch. Bei unseren unübertroffenen Selbstmordraten …«

»Soweit ich weiß«, unterbrach Viki ihn, »haben die Balten uns in dieser Angelegenheit mittlerweile überholt. Und wenn's ums Durchwurschteln geht, lassen wir uns so schnell nichts vormachen, oder?«

Insgeheim freute sich der Kommissar über den Widerspruch seiner Kollegin, auch wenn er das – schon wegen des Vergnügens, das ihm ihre Repliken bereiteten – niemals zugegeben hätte.

»Was meinen Sie, ist die Witwe in Gefahr?«, fragte Viki Peringer mit besorgter Miene.

»Ich glaube nicht. Die Anrufe galten mit großer Wahrscheinlichkeit ihrem Mann. Und der scheint sich aus seinen seltsamen Geschäften ja wieder zurückgezogen zu haben.«

»Vielleicht sollte sein Tod weitere Geschäftspartner warnen und auf Linie bringen«, wandte Viki ein.

»Genauso gut könnte der Mann einer seiner Geliebten dahinterstecken. Das ist alles reine Spekulation«, antwortete Peringer und begann, mit einem Kugelschreiber zu spielen. »Wussten Sie eigentlich, dass der Ungar Lászlo József Biró den Kugelschreiber erfunden hat?«

»Womit Sie den entscheidenden Hinweis gegeben hätten …«, erwiderte Viki so nachdrücklich, dass Peringer für einen Augenblick überzeugt war, ihre Bemerkung sei ernst gemeint.

»Herr Kollege. Ich mache Ihnen ein Angebot, um Ihren Ehrgeiz ein wenig anzutreiben.«

Der Kommissar blickte sie neugierig an.

»Ich serviere Ihnen einen starken schwarzen Kaffee, der macht Sie wach und schärft Ihre Logik. Im Gegenzug beteiligen Sie sich an einem kleinen kollegialen Wettbewerb.«

»Einem Wettbewerb? Was für einem Wettbewerb?«

»Hier sind vier gleich große, neutrale Zettel. Auf zwei

schreibe ich ›Z‹, auf zwei ›BK‹. Jetzt nehmen sie Ihren Kugelschreiber, den wir dem Ungarn Lászlo József Biró verdanken …«

»… weshalb der Kugelschreiber im Englischen ›biro‹ heißt …«, konnte sich Peringer nicht verkneifen noch anzumerken.

»… und schreiben auf, wen oder was Sie hinter den Abkürzungen vermuten. Ich mache das Gleiche, wir falten die Zettel und öffnen sie erst wieder, wenn wir die Rätsel gelöst haben.«

»Und was gibt es zu gewinnen?«, fragte Peringer.

»Die nächste Portion Lángos geht auf Kosten des Verlierers. Einverstanden?«

Peringer nahm zwei Zettel und notierte seine Vermutungen, Viki tat das Gleiche, dann machten sich beide an die Arbeit.

Da Peringer auf ein eigenes Büro verzichtet hatte, nun aber doch um ein wenig Innendienst nicht herumkam, mussten die Kommissare sich in Vikis kleinem Zimmer miteinander arrangieren. Zwei Telefone standen zur Verfügung, doch war es kaum möglich, beide gleichzeitig zu nutzen, ohne das Gespräch des anderen zu stören. Von dem kleinen Spiel angestachelt, hätte Peringer am liebsten gleich zum Hörer gegriffen, aber es blieb ihm nichts anderes übrig, als Viki den Vortritt zu lassen; es war ihr Büro, und vor allem: Sie war die Dame.

»Kiss Viktória von der Budapester Kriminalpolizei. Ich benötige einen Verbindungsauszug … am besten per Fax … Danke vielmals.«

»Kiss Viktória, Kripo Budapest. Wir brauchen eine Übersicht sämtlicher Bankbewegungen seit April für folgendes Konto … ein Fax wäre großartig … Ich danke Ihnen. Auf Wiederhören.«

Kurze Zeit darauf summte das Faxgerät. Zuerst trafen die Informationen der Telefongesellschaft ein. Offenbar hatte der Staatssekretär von seinem privaten Anschluss aus nicht viel telefoniert. Längere Gespräche, die tagsüber stattgefunden hatten und vermutlich von seiner Frau geführt worden waren, bezogen sich ausschließlich auf Nummern in Budapest. Blieben die kurzen Gespräche, die stets nachts oder sehr früh am Morgen stattgefunden hatten. Bei ihnen handelte es sich ausschließlich um eingehende Telefonate, geführt von öffentlichen Zellen an weit auseinanderliegenden Orten der Stadt. Es gab nur eine einzige Ausnahme: drei kurz hintereinander erfolgte Anrufe, wenige Tage vor dem Tod des Staatssekretärs.

»Wollen Sie mal, Herr Peringer? Ihre tiefe Stimme sorgt bei unserem anonymen Anrufer bestimmt für den nötigen Schreck.«

Peringer lächelte und wählte die Nummer.

»Bist du es, Teréz?«, krächzte eine alte Dame am anderen Ende der Leitung.

»Peringer Antal hier, habe ich mich etwa verwählt?«

»Aber das macht doch nichts, ich verwähle mich ja auch so oft in letzter Zeit. ›Vier – sechs – sechs, so fängt die Nummer an, nicht zwei – sechs – sechs‹, sagt meine Freundin dann immer. Trotzdem bringe ich beim nächsten Mal wieder alles durcheinander.«

Zwei – sechs – sechs – das waren die ersten drei Ziffern der Rufnummer des Ehepaars Orosz. Peringers unbekannte Gesprächspartnerin musste sich eines Nachts verwählt und erst beim dritten Versuch ihren Irrtum bemerkt haben. Es kostete den Kommissar einige Mühe, den Redefluss der Dame zu stoppen und sich von ihr zu verabschieden.

»Es hat also diese Drohanrufe gegeben, aber wir wissen nicht, von wem sie stammen«, konstatierte Viki.

»Das Vorgehen lässt auf einen Profi schließen. Vermutlich auf jemanden, der seine Leute für solche Aufgaben hat«, gab Peringer zu bedenken.

Während die Kommissare noch diskutierten, meldete sich erneut das Faxgerät. Der Bankauszug traf ein. Tatsächlich hatte der Staatssekretär im April zunächst vierzigtausend und dann noch einmal fünfzigtausend Euro an eine Firma mit dem Namen »Pannonia Patria KFT« überwiesen; vor zwei Tagen war die komplette Summe plus Zinsen von derselben Gesellschaft rückerstattet worden.

»Dann können wir unseren ersten Zettel jetzt ja aufklappen«, sagte Peringer und entfaltete das Papier.

Viki schaute ihren Kollegen ungläubig an. Er war tatsächlich zum selben Schluss gekommen wie sie!

»Wie sind Sie draufgekommen?«

»Wir haben nur einen großen ungarischen Fisch in Europols zentraler Datenbank, der mit Z beginnt.«

»Zoltán!«

»Genau: Zoltán Horváth, den man besser nur mit seinem Vornamen anspricht, wie wir wissen. Ihm gehört unter anderem die ›Pannonia Patria KFT‹, eine Investmentgesellschaft. Er kam mir gleich in den Sinn, als Frau Orosz von der nationalen Gesinnung und den dubiosen Geschäften ihres Mannes erzählte. Und was hat Sie auf ihn gebracht?«

»Zoltáns Leute tragen Steppjacken«, sagte Viki.

»Tatsächlich?«, antwortete Peringer erstaunt. »Das wusste ich ja gar nicht. Glauben Sie an einen Ritualmord?«

»Vermutlich hat Orosz mit Zoltán ein Geschäft geplant. Die Sache wurde ihm zu heiß, der Staatssekretär wollte aussteigen, aber Zoltán statuierte ein Exempel, um zu zeigen, was Leuten droht, die sich nicht an die Absprachen halten. Als ›sauberer‹ Geschäftsmann hat er das Geld natürlich korrekt verzinst zurücküberwiesen.«

Peringer wiegte seinen Kopf hin und her und gab seinem Kugelschreiber einen Stoß, sodass er sich auf der Tischplatte drehte.

»Klingt nicht unplausibel. Aber …«, setzte er an.

»Nehmen wir uns Zoltán also vor?«, überging Viki voller Eifer seine Äußerung.

»… aber wo sind die Beweise?«

Viki sah Peringer ungeduldig an.

»Wir müssen ihn eben geschickt befragen, dann wird er einen Fehler machen.«

»Vergessen Sie nicht, dass bislang niemand diesem Mann eine Straftat nachweisen konnte.«

Der Kugelschreiber drehte sich immer langsamer, bis er schließlich ganz aufhörte, sich zu bewegen.

»Trotzdem ist er bei Europol erfasst«, insistierte die junge Kommissarin.

»Rufen wir zunächst alle Daten ab, die wir über ihn bekommen können. Befragen wir auch noch einmal den Fahrer, ob er Orosz zu unserem Mann chauffiert hat. Bereiten wir uns gut vor, an Zoltán haben sich schon viele erfahrene Ermittler die Zähne ausgebissen.«

Peringers Vorsicht ärgerte Viki. Ihm fehlt einfach der Elan, dachte sie bei sich. Was wäre es doch für ein Triumph, diesen Zoltán als Erste zu überführen ... Doch sah sie schließlich ein, dass gute Vorbereitung die Erfolgsaussichten erhöhte.

»Okay, Sie kontaktieren unsere europäischen Kollegen, und ich kümmere mich um den Fahrer.«

Bald darauf klingelten fast zur gleichen Zeit das Autotelefon von István, Orosz' Fahrer, und ein abhörsicherer Dienstapparat am Raamweg 47 in Den Haag. Mit ihren Telefonaten beschäftigt, überhörten die beiden Kommissare den Eingang eines weiteren Faxes.

Die Befragung des Fahrers verlief enttäuschend. Falls Zoltán ihn nicht bestochen oder Orosz ihm Stillschweigen verordnet hatte, war der Staatssekretär niemals zu diesem Mann oder der Pannonia Patria KFT chauffiert worden. Zumindest nicht von István.

Europol sammelte seit Jahren Daten über Zoltán: Schutzgelderpressung, Geldwäsche, Bestechung ... Nationale Behörden hatten immer wieder genug Material für einen Anfangsverdacht zusammenstellen können, doch verliefen die

Ermittlungen stets im Sande. Nun hoffte man, durch das Erstellen eines Gesamtbilds der Geschäftsaktivitäten des Siebenundvierzigjährigen Aufschluss über dessen Organisation zu bekommen. Ganz gleich, ob er Sicherheitsdienste anbot, mit Immobilien handelte oder als Unternehmensberater auftrat, stets gelang es ihm anscheinend mühelos, Konkurrenten zum Rückzug zu bewegen. Bei den Ermittlern blieb jedes Mal das ungute Gefühl zurück, dass es dabei nicht mit rechten Dingen zuging. Was jedoch fehlte, war der Nachweis, dass all die dubiosen Zahlungen und Drohungen tatsächlich auf Zoltán zurückgingen. Bisweilen schien sich ein Muster in seinen Transaktionen abzuzeichnen, aber irritierend war, dass er offenbar auch ganz legale Geschäfte tätigte.

»Ein gerissener Bursche, das ist genau genommen alles, was wir wissen. Die Pannonia Patria KFT scheint überdies zu seinen sauberen Aktivitäten zu gehören.«

»Bleiben uns also nur die Überweisungen.«

»Eine normale Geldanlage, mit Rücktrittsrecht.«

»Aber was ist mit den Drohanrufen? Wofür steht BK?«, grübelte Viki.

Dann fiel ihr das Fax auf, das ungelesen im Eingangsfach des Gerätes lag.

»Die Liste der Sanatoriumsgäste am Todestag des Staatssekretärs, das wurde ja auch mal Zeit.«

Die Kommissare gingen die Namen durch. Nur einer sagte ihnen etwas: Zoltán Horváth. Ein Anruf im Lukácsbad ergab, dass der Verdächtige eine mehrwöchige Kur an der Frankel Leó út gemacht und das Sanatorium einen Tag nach dem Mord verlassen hatte.

Peringer und Viki eilten zur Metro. Das Präsidiumsgebäude, dazu bestimmt, die Sicherheit der Budapester zu garantieren, glänzte ruhig im Spätnachmittagslicht.

»Raten Sie mal, wo unser Mann wohnt«, forderte Viki ihren Kollegen auf, während die beiden die U-Bahn bestiegen.

»Ein Neureicher, der wohnt nicht in Pest. Solche Leute bevorzugen Buda. Rózsadomb, irgendeine ruhige und langweilige Villengegend.«

»Falsch! Városligeti fasor.«

»Városligeti fasor! Nicht zu fassen! Kennen Sie eine schönere Straße in Pest als diese?«

»Hoffentlich ist seine Wohnung wenigstens geschmacklos eingerichtet, von irgendeinem teuren Designer, der den Leuten einredet, Sie lebten auf internationalem Niveau.«

»Viki, Sie können ja richtig böse sein! Wie wohnen Sie denn?«

»Das verrate ich Ihnen, wenn wir diesen Zoltán überführt haben. Dann lade ich Sie zu mir ein, und wir trinken die nächste Flasche Wein.«

»Abgemacht!«

Am Westbahnhof stiegen die Kommissare aus, gingen ein kurzes Stück zu Fuß und warteten auf einen Oberleitungsbus.

»In dieser Stadt liegt der Westbahnhof im Norden und der Südbahnhof im Westen«, sagte Peringer.

»Jetzt fangen Sie nicht schon wieder mit Ihren Stadtbetrachtungen an«, entgegnete Viki mit gespieltem Unmut.

»Tun Sie nicht so, als ob Sie das alles schon wüssten. Wir warten auf den Bus Nummer 70, nicht wahr. Aber warum trägt er die Nummer 70?«

»Damit man ihn nicht mit der 71 verwechselt oder mit der Linie 7 oder dem 6É-Nachtbus.«

»Prosaisch, viel zu prosaisch. Die Trollibusse wurden 1949 zum siebzigsten Geburtstag von Stalin eingeführt. Deshalb trägt die erste Linie die Nummer 70, die zweite, die ein Jahr später eingeweiht wurde, die Nummer 71 und so fort.«

»Und man hat diese Nummern nie geändert?«

»Nein. Noch heute fährt die 75 dort entlang, wo einst die große Stalin-Skulptur stand.«

»Wenn sie fährt. Manchmal stinkt und qualmt der Wagen auch nur und bleibt stehen.«

Peringer lachte und bestieg den Bus, dessen Fahrer seinem Feierabend entgegenzueilen schien. Das Fahrzeug legte sich mit bedrohlichem Schwung in die Kurven, beschleunigte, bremste abrupt, ruckelte weiter. Am oberen Ende der Király utca, kurz bevor diese in die Városligeti fasor mündete, blieb der Bus dann aber überraschend stehen. Die Passagiere mussten aussteigen und ihren Weg zu Fuß fortsetzen.

»Was habe ich Ihnen gesagt«, meinte Viki grinsend, doch der Wagen hatte gar keinen Motorschaden. Straßenbauarbeiten bereiteten der Fahrt ein verfrühtes Ende. Die Fahrbahndecke war aufgerissen, Staub und der Geruch von Teer lagen in der heißen Luft.

»Endlich schließen sie die Schlaglöcher«, rief Peringer gegen den Lärm an.

»Das versuchen sie schon, solange ich lebe«, erwiderte Viki.

Kaum hatten die Kommissare die quirlige, enge Király utca verlassen und die Városligeti fasor betreten, tat sich ihnen eine vollkommen andere Welt auf.

9

Eine sehr breite Straße, drei Fahrbahnen, die mittlere sogar zweispurig, und doch wirkte die Városligeti fasor so ruhig wie eine schmale Sackgasse. Lag es an den hohen Rosskastanienbäumen, die die Gehwege säumten? Waren es die bald zwei-, bald dreistöckigen Jahrhundertwendevillen, deren Mauern jede Hektik, jeden Lärm abzufangen schienen?

Peringer konnte sich kaum sattsehen an den alten Häusern mit ihren verwilderten Gärten, aber ebensowenig entging ihm das leise Surren der Überwachungskameras in den Einfahrten.

Am Eingang von Zoltáns Stadtvilla hielten die Ermittler ihre Ausweise vor ein Kameraauge, woraufhin sich ein automatisches Tor so unverzüglich in Bewegung setzte, dass Viki sich fragte, ob der Hausherr ihr Eintreffen bereits erwartet hatte. Unter blühenden Kirschbäumen gingen die Kommissare durch den Vorgarten.

Die Klaviermusik, die eben noch aus den offenen Fenstern des benachbarten Bartók-Kollegs ertönte, war verklungen. Peringer meinte jedoch, ein anderes Stück des ungarischen Komponisten zu hören – nun aber in Zoltáns Villa, deren Eingangstür sie mittlerweile erreicht hatten.

»Willkommen. Folgen Sie dem Kaffeeduft. Im Entree kitzelt er Ihre Nase, auf der Treppe wird er kräftiger, oben links, im Bibliothekszimmer, stehen die Tassen für Sie bereit.«

Es war Zoltáns Stimme, die durch eine Sprechanlage zu vernehmen war, bevor die Haustür sich mit einem sanften Surren öffnete.

Die Kommissare folgten der Beschreibung, und was sie im Bibliothekszimmer zu sehen bekamen, widersprach ganz und gar Vikis Erwartungen.

Zoltán saß in einem Fauteuil, umgeben von unzähligen Büchern, die Regale reichten bis zur Decke. Auf dem knarrenden Holzparkett in der Mitte des Zimmers lag ein gemusterter Teppich. Darauf standen weitere Sessel; auf einem Beistelltisch dampfte der Kaffee, serviert in Herender Porzellan.

»Es ist seltsam, aber mittlerweile freue ich mich sogar über den Besuch von Polizisten.«

Zoltáns rechte Hand war mit einer Bandage verbunden, neben seinem Sessel standen zwei Krücken. Mit einer zitternden Bewegung griff seine Linke nach einer Fernbedienung und stellte die Musik leiser. Peringer hatte sich nicht geirrt, es war die Sonate für Violine solo, die aus versteckten Lautsprechern erklang.

»Nehmen Sie Platz, bedienen Sie sich! Ich lese die Zeitungen, ich weiß, warum Sie mich besuchen.«

Zoltáns Salon war offensichtlich nicht von einem zeitgenössischen Designer eingerichtet worden, er selbst kein solariumgebräunter Schläger mit kahl geschorenem Nacken und auffälligen Accessoires. Der Mann irritierte Viki. Wo war der musternde Blick, mit dem solche Typen für gewöhnlich ihren Körper taxierten? Wo die grobe Selbstsicherheit dessen, dem der Erfolg unwiderstehlich recht gab?

Zoltán musste Vikis Verwirrung bemerkt haben. »Ein paar Wochen, vielleicht zwei Monate. Ich habe nicht mehr lange zu leben. Eine seltene Knochenkrankheit. Ich war in der Schweiz, ich war in den Staaten. Nichts zu machen. Zoltán Horváth, ein Krüppel im Alter von siebenundvierzig Jahren.«

Peringer spürte, dass weder höfliche Floskeln noch eine routinemäßige Vernehmung angebracht waren. Zoltán, der Mann, dem niemand jemals etwas hatte nachweisen können, wollte auspacken. Oder schob er seine Krankheit nur vor, um sich ein letztes Mal davonzustehlen?

»Ihr Verband ...«

Zoltán gab durch eine Geste zu verstehen, dass er später noch einmal auf Peringers Anmerkung zurückkommen werde. Hatte er auch seine physische Dominanz verloren, so war er gleichwohl entschlossen, bis zuletzt Herr der Lage zu bleiben.

»Da draußen ...« – er deutete auf die weiß gestrichenen Fensterläden, die das Zimmer von Vorgarten und Straße abschirmten – »befinden sich Zahnkliniken und chirurgische Praxen für Ausländer, die indonesische Botschaft, Banken, bei denen Ungarn keine Konten haben, und dazwischen das Evangelische Gymnasium, das schon lange keinen János Neumann mehr hervorgebracht hat. Die Városligeti fasor ist ein Abbild unseres Landes. Ich frage Sie: Wo kommen wir noch vor, die Budapester?«

Viki wollte Zoltán unterbrechen, zur Sache kommen, ihn darauf hinweisen, dass er von seinen Kontakten zur internationalen Finanzwelt nur zu gut lebte, aber Peringers strenger Blick ließ keinen Zweifel daran, dass sie jetzt besser den Mund hielt und Zoltán nicht unterbrach.

»Die Menschen spüren die Überfremdung. Und, warum sollte ich es nicht zugeben, mit diesen Gefühlen lässt sich eine Menge Geld machen. Noch Kaffee? Zigarre?«

Die Spätnachmittagssonne fiel durch die Lamellen der Fensterläden auf eine zerbrochene Kaminplatte aus schwarzem Marmor. Der Kamin war schon lange nicht mehr in Betrieb. Hinter dem Metallgitter befand sich ein Heizkörper.

»Danke«, antwortete Peringer, »es fehlt uns an nichts.«

»Im Winter begann ich meine erste Kur im Lukács-Bad; die zweite im Frühjahr. Vielleicht, so hoffte ich, hilft unser Heilwasser. Dort lernte ich Gyula kennen. Wir empfanden ähnlich, was unser Land betrifft. So wurde unsere Idee geboren.«

»Welche Idee?«

»Langsam, Herr Peringer. Ich weiß, was Sie vermuten. Aber wenn Sie glauben, ich wollte Gyula bestechen, haben Sie nichts verstanden. Deshalb brachte er ja auch sein eigenes Geld ein. Warum sollte er das tun, wenn ich ihn gleichzeitig bezahlte?«

Um alles zu vertuschen, dachte Viki, die Zoltán nach wie vor misstraute, vor allem angesichts seiner so offenen, geradezu geständigen Art.

»Gut. Sie haben über Ihr Motiv gesprochen. Sie haben ein geschäftliches Vorhaben angedeutet. Reden wir Klartext! Worin bestand Ihr Plan?«, fragte Peringer.

»Ich will, dass Sie verstehen«, erwiderte Zoltán und schenkte sich Kaffee nach.

»Das tun wir durchaus«, bekräftigte Peringer und warf wie zur Bestätigung einige flüchtige Blicke auf die Ölgemälde an den Wänden, die heroische Momente aus der ungarischen

Geschichte zeigten. »Aber selbst wenn wir Ihre Beweggründe nachvollziehen können, müssen wir doch alle Fakten kennenlernen.« Zum ersten Mal seit Beginn der Unterredung stimmte Viki mit ihrem Kollegen überein. Zoltán sollte endlich auf den Punkt kommen.

»Sie kennen den Klothildenpalast am Pester Kopf der Elisabethbrücke?«, fragte Zoltán.

Peringers Augen leuchteten auf. In seiner Studienzeit hatte der westliche Flügel dieses Gebäudes die Mensa beherbergt. Aber wirklich legendär war das Kaffeehaus, das sich seit 1901 darin befunden hatte. Gleich nach dem Krieg war es das erste gewesen, das seinen Betrieb wiederaufgenommen hatte.

Jetzt hat er ihn für sich gewonnen, dachte Viki, als sie Peringers Begeisterung bemerkte. Unruhig, bereit, endlich in das Gespräch einzugreifen, rutschte sie auf ihrem Sessel hin und her.

BK, schoss es Peringer durch den Kopf, Belvárosi Kávéház, das Innerstädtische Kaffeehaus! Vorhin im Büro hatte er keine Auflösung für dieses Kürzel gefunden und den zweiten Zettel mit einem Fragezeichen versehen. Auch Viki, wie er später erfuhr, war nicht auf die Lösung gekommen.

»Wir wollten es wieder auferstehen lassen, das alte Kaffeehaus«, sagte Zoltán.

Peringer hob die Augenbrauen und hörte ihm gefesselt zu. Viki ging innerlich alle Fakten durch und versuchte fieberhaft herauszufinden, ob Zoltáns Erzählung stimmen konnte. Steckte wirklich nicht mehr dahinter?

»Leider ist es nicht leicht, in Budapest solch ein Gebäude zu erwerben, die notwendigen Genehmigungen zum Umbau zu bekommen und so weiter und so weiter. Ich denke, Herr Peringer, Sie verstehen. Und weil Sie es ohnehin herausbekommen hätten: Ja, im ersten Stock sollten Glücksspiele stattfinden. Zoltán lebt nicht vom Kaffeekochen, warum sollte ich das verschweigen?«

Während Peringer noch über das weitere Vorgehen nachdachte, schlug eine alte Wanduhr zur vollen Stunde. Es war sechs Uhr.

»Ich habe einen kleinen Imbiss vorbereiten lassen. Seien Sie meine Gäste«, lud Zoltán sie ein.

Ein Mädchen mit tiefbraunen Augen und langem, dunkelblondem Haar brachte Pogatschen, Salami und eingelegte Paprika. Die Ermittler bedienten sich, während Zoltán – »Sie gestatten« – sich eine Zigarre anzündete. Das Mädchen zog die Vorhänge zurück, Bleiglasfenster kamen zum Vorschein, durch die nun die warmen Strahlen der tief stehenden Sonne fielen.

»Ich nehme an, Sie trinken nicht im Dienst?«

Peringer war versucht, gegen das bekannte Prinzip zu verstoßen. Er war überzeugt, dass Zoltán einen besonderen Tropfen anbieten würde.

»Leider nicht, danke«, sagte er bedauernd und blickte beinahe melancholisch auf das Spiel der Sonnenstrahlen, das erst durch den Zigarrenrauch richtig hervortrat.

»Gyula schaffte es, dass die Behörden im nationalen Interesse entschieden«, sagte Zoltán und konnte sich die Andeutung eines Lächelns nicht verkneifen. Viki nahm das Zucken in Zoltáns Mundwinkel als entlarvend wahr, als sei die Maske des Gentlemans für die Dauer eines Augenblicks verrutscht.

»Alles konnte beginnen, aber dann kamen die Anrufe.«

»Drohanrufe?«

»Ja. Nun belaste ich mich wohl kaum, wenn ich Ihnen gegenüber zugebe, dass Zoltán sich von so etwas nicht einschüchtern lässt.«

»Aber Gyula, Ihr Partner, er ließ sich einschüchtern.«

»Das war nicht der entscheidende Punkt.«

»Sondern Ihre Krankheit?«

»Nein, auch die nicht.«

»Was dann?«

Zoltán hob seine rechte Hand. Der Verband trat vor der dunklen Textiltapete hinter seinem Sessel deutlich hervor.

Jetzt war Viki das Theater leid. Überzeugt davon, dass Zoltán diesen Auftritt für die Kommissare inszeniert hatte und dass Peringer sich vom altungarischen Gehabe des Verdächtigen einwickeln ließ, entschloss sie sich, Zoltán die Regie durch ein paar klare Fragen zu entreißen.

»Herr Horváth, es ist bekannt, dass Ihr Personal Steppjacken trägt ...«

Peringer zuckte zusammen. Zoltán indes betätigte einen Klingelknopf, woraufhin ein stämmiger, stiernackiger Mann den Salon betrat. Er trug eine Steppjacke.

»Tibor, die Jacke«, sagte Zoltán ruhig und nickte dem Mann zu, der sich daraufhin vor Viki aufbaute und seine Jacke auszog.

»Und es ist bekannt, dass Sie ausgerechnet am Tag nach dem Tod des Staatssekretärs aus dem Sanatorium entlassen wurden«, fuhr Viki fort, als habe sie der Auftritt des Leibwächters erst recht angespornt.

»Viki«, zischte Peringer und fuhr mit gedämpfter Stimme fort: »Wollen Sie wirklich behaupten, dass ein todkranker Mann seinen Geschäftspartner unter so offenkundig verdächtigen Umständen ermorden würde? Und das, obwohl seine Leute die Sache hätten erledigen können?«

Der Schrank, den Zoltán Tibor genannt hatte, warf seine Jacke mit einer etwas ruppigen Geste auf Vikis Schoß.

»Frau Kiss, wir lassen diese Jacken aus Italien kommen«, bemerkte Zoltán, »überzeugen Sie sich selbst. Ich glaube kaum, dass das Opfer ein derart exklusives Exemplar trug.«

Dem Kleidungsstück haftete der Geruch eines aufdringlichen Männerparfums an. Widerwillig begutachtete Viki das Etikett im Innenfutter, das Zoltáns Äußerungen zu bestätigen schien.

»Und jetzt würde ich gerne mit meinen Ausführungen fortfahren, bevor Sie mein Haus verlassen.«

Tibor zog sich auf ein Nicken seines Chefs hin wieder zurück, während Zoltán begann, den Verband von seiner rechten Hand abzuwickeln.

Der Anblick, der sich ihnen jetzt bot, ekelte Viki noch mehr als der Geruch der Jacke. Zoltáns Haut war übersät von schwarzen Knötchen und dunkelroten, eitrigen Blasen.

»Anthrax«, sagte Zoltán.

»Wo?«, fragte Peringer.

»In der Ruine des Kaffeehauses. Ein Briefumschlag, es sah aus wie eine Nachricht. Zum Glück ist der Erreger nicht in die Blutgefäße vorgedrungen.«

»Milzbrandanschläge werden mit dem internationalen Terrorismus in Verbindung gebracht«, sagte Peringer.

»Das festzustellen überlasse ich Ihnen. Und jetzt entschuldigen Sie mich bitte. Ich gehe früh zu Bett; vorher möchte ich noch ein wenig Musik hören.«

Zoltán griff mit der gesunden Hand zur Fernbedienung, drückte einen Knopf, und schon ertönte erneut Bartóks Sonate für Violine solo.

Den Kommissaren war klar, dass sie hier nichts weiter erreichen konnten, und so verließen sie das Zimmer, ohne ein weiteres Wort zu sagen. Viki schaute Zoltán nicht mehr an, nur Peringer nickte ihm zur Verabschiedung zu.

»Ein widerlicher Typ«, sagte Viki, nachdem die beiden das Grundstück verlassen hatten.

»Trotzdem müssen Sie sich in solchen Situationen beherrschen, Viki.«

Sie gingen die Városligeti fasor hinunter, Richtung Stadtwäldchen und schwiegen eine Zeit lang.

»Und jetzt? Liegt der Oberstaatsanwalt also doch richtig mit seinem Terrorverdacht?«, fragte Viki schließlich.

»Auf jeden Fall müssen wir das Belvárosi Kávéház durchsuchen lassen. Sicherheitshalber sollten wir den Terrorabwehrdienst hinzuziehen.«

»Wenn Sie wollen, veranlasse ich das für morgen früh, und wir treffen uns gleich dort.«

Peringer nickte, und als sie am Ende der Straße angelangt waren, zeigte er auf einen leeren Parkplatz vor dem Stadtwäldchen.

»Sehen Sie die Stelle dort? Da stand die riesige Stalin-Skulptur, die wir dann zerlegt haben.«

Viki schwieg.

»In Ihrem Alter war ich auch ungestüm. Machen Sie sich nichts draus. Sie sind eine gute Polizistin.«

»Danke, Herr Peringer. Bis morgen.«

»Bis morgen, Viki.«

10

In der Nacht träumte Peringer von einem Kaffeehaus. Die Räume kamen ihm unendlich groß vor, mit einer Vielzahl intimer Ecken, verraucht, die Innenausstattung gehalten im Braunton alter Bugholzmöbel. An den Garderobenständern hingen steife Zeitungshalter, Dampf entwich den Espressomaschinen, Porzellantassen schlugen aneinander, ein Ort voller Lebendigkeit, in ständiger Bewegung.

Doch plötzlich, als hätte er sich im Schlaf von einer Seite auf die andere gewälzt und damit den Traum in eine neue Richtung gelenkt, war der Saal vollkommen leer. Er saß alleine da, an einem kleinen, runden Tisch mitten im Lokal. Der Zahlkellner schlief im Stehen, die Arme über seinem Pult verschränkt. Keine Stimmen mehr, keine Schritte, und sogar die Neonröhren draußen in der Nacht hatten aufgehört zu leuchten.

Dann zog jemand den Windfang am Eingang zur Seite, und

frische, kühle Luft strömte in den Saal. Ein Mann betrat das Café. Es war Béla. Ohne sich umzuschauen, ging sein alter Freund auf ihn zu. Woher wusste Béla, dass er dort anzutreffen war?

Peringer wachte früh auf. Es kam ihm vor, als hätte er gar nicht geschlafen, so groß war seine Müdigkeit. Sein Traum kam ihm in den Sinn. Er konnte sich nicht daran erinnern, wie alt Béla darin gewesen war, aber dass es sich um seinen Jugendfreund gehandelt hatte, stand außer Frage. Hatten sie sich unterhalten? Oder waren sie nur stumm dagesessen? Er wusste es nicht mehr. Beim Rasieren schnitt er sich am Kinn. Anschließend trank er zwei Dupla, deren Bohnen aus einer sehr dunklen Röstung stammten.

Dann ging er zu Fuß den kurzen Weg vom Astoria zum Belvárosi Kávéház. Die frische Luft tat ihm gut, aber der Lärm auf der Kossuth Lajos utca verdarb ihm die Freude an seinem Morgenspaziergang.

Sie waren für sieben Uhr verabredet; jetzt war es kurz vor halb. Vor dem Kávéház schiss eine Taube auf Peringers Mantel. Es gab nun nichts mehr, was seine Laune noch weiter hätte verschlechtern können.

Eine Viertelstunde später fand sich Oberstaatsanwalt Krassó vor dem ehemaligen Kaffeehaus ein.

»Was haben Sie da auf Ihrem Mantel, Herr Peringer?«

Peringer zeigte nach oben, wo die Tauben saßen.

»Ich hatte also recht mit meinem Anfangsverdacht. Internationaler Terrorismus. Sie haben sehr gute Arbeit geleistet, Herr Kollege. Ich danke Ihnen dafür.«

»Den Mörder haben wir allerdings noch nicht, Herr Oberstaatsanwalt.«

»Aber nun können wir davon ausgehen, dass er aus dem Terrormilieu stammt.«

»Abwarten, Herr Krassó, abwarten.«

Der Staatsanwalt, unzufrieden mit dem Gesprächsverlauf und von Peringers schlechter Laune angesteckt, setzte sich in seinen Wagen und wartete darauf, dass das Antiterrorkommando eintraf. Ungeduldig trommelte er mit seinen Slippern auf Brems- und Gaspedal.

Um Punkt sieben fuhr ein unauffälliges Fahrzeug vor, dem vier Männer in weißen Overalls entstiegen. Inzwischen war auch Viki eingetroffen. Krassó gab die Anweisung, das Kaffeehaus mit größter Vorsicht und Sorgfalt zu durchsuchen. Man könne nicht ausschließen, dass sich Sprengkörper oder biochemische Waffen darin befänden.

Passanten blieben stehen und betrachteten das Geschehen. Mancher unter ihnen mochte in früheren Jahren zu den Besuchern des Kaffeehauses gehört haben.

Während die vier weiß gekleideten Männer nach einem geeigneten Eingang suchten, entzifferte Peringer die Zeichen, die Unbekannte mit ihren Fingern in die dicke Staubschicht geschrieben hatten, welche die Fenster zur Straßenseite hin überzog. Hinter ihm rasten Autos auf die Elisabethbrücke.

»Haben Sie etwas herausgefunden?«, fragte Viki.

Peringer gähnte.

»Ich war hier. Ich liebe dich. Tötet J.N.«

»Tötet J.N.? Müssen wir das nicht ernst nehmen?«

Peringer gähnte erneut.

»Attentäter kritzeln nicht auf Fensterscheiben, an denen niemand vorbeigeht, Viki.«

Die Kommissare versuchten, einen Blick durch die Fenster zu werfen, aber die Scheiben waren nicht nur verstaubt und zerkratzt, auch verhinderten schäbige graugrüne Vorhänge die Sicht ins Innere.

Peringer blickte nach oben, besorgt, erneut vom Taubendreck getroffen zu werden. Aber er sah keine Tiere, lediglich die abgeschrägten schwarzen Glasplatten, die das Zwischengeschoss begrenzten und in blassgoldener, serifenloser Type die Aufschrift »BELVÁROSI KÁVÉHÁZ« trugen.

»Unerhört modern, finden Sie nicht?«

»Ja«, antwortete Viki zu seiner Überraschung und wandte ihre Augen erst nach einigen Sekunden wieder ab.

Dann hörten die Kommissare, wie die Spezialeinheit eine Tür einbrach.

»Bleiben Sie zurück, um Himmels willen«, rief Krassó den beiden Ermittlern hinterher, die der Einheit nach innen folgen wollten.

Das Eintreten der Tür wirbelte Staub auf, der sich nur langsam wieder senkte. Die Männer leuchteten mit Taschenlampen in den Raum, und die Strahlen bildeten lange Lichtkegel.

Die beiden Kommissare spähten durch die Öffnung in das Haus. Der Raum war beinahe entkernt. Bretter lagen herum, Rohre waren freigelegt, Kabel hingen aus den Wänden und von der Decke herab. Wenig erinnerte hier an den alten Glanz: Reste von Stuck an den Säulen, eine Kordel für den Windfang, ein vergessener Kleiderbügel. Wie vertrocknete Spinnen hingen die fünfarmigen Kronleuchter von der Decke.

Die Männer, deren Overalls bereits Spuren vom Dreck der Ruine zeigten, begannen sich im Gebäude aufzuteilen. Zwei kümmerten sich um das Erdgeschoss, die beiden anderen stiegen auf die Galerie. Der unverwüstliche Schwung des schmiedeeisernen Geländers trotzte dem Elend dieses Hauses wie eine alte Dame, die ein Jahrhundert in Würde überlebt hatte.

Was mochte hier alles geschehen sein? Liebespaare hatten sich verabredet; Habitués ihre Post auf silbernen Tabletts empfangen und genickt, wenn sie noch einen Kaffee wünschten. Elegante Leute hatten hier verkehrt, nervöse, getriebene und ganz unscheinbare, Menschen aus unterschiedlichen Welten, und sie alle hatten versucht, sich an die wenigen Regeln zu halten, die in einem Kaffeehaus unumstößlich gelten.

»Oben klar!«, rief einer der Männer von der Galerie.

»Brauchen hier Verstärkung«, antwortete dagegen einer von denen, die sich im Erdgeschoss umsahen.

Peringer und Viki betraten, anders als Krassó und gegen dessen ausdrückliche Anweisung, nun doch das Gebäude.

»Der Mantel muss ohnehin in die Reinigung«, sagte der Kommissar, nicht ohne aufmerksam nach Fußspuren Ausschau zu halten, die sich von den Profilsohlen der Sondereinheit unterschieden.

»Wo sind unsere Leute?«, fragte Viki und sah sich um.

Peringer zeigte in eine Ecke des Raumes, wo der Boden aufgerissen war.

»Im Keller.«

Noch bevor die Ermittler dort angekommen waren, sahen sie Blitze aus dem Loch zucken. Die Experten machten Fotos. Anscheinend waren sie fündig geworden.

»Holen Sie den Staatsanwalt!«, rief ihnen eine Stimme von unten zu.

Was Krassó, Peringer und Viki zu sehen bekamen, bestätigte Zoltáns Aussage, beunruhigte den Oberstaatsanwalt und wurde der Weltpresse einige Tage lang vorenthalten. Erst dann, nach dramatischen und für die Polizei höchst unangenehmen Ereignissen – von denen die Kommissare zu diesem Zeitpunkt noch nichts ahnten –, gab die Pressestelle des Präsidiums die Nachricht frei. Davor zirkulierte das Dossier über diesen Fund ausschließlich in den Kreisen des Terrorabwehrdienstes.

»Vier Kilo Plastiksprengstoff«, sagte einer der Männer im weißen Overall.

»Keine Milzbranderreger?«, fragte Krassó.

»Doch, aber nur in einer winzigen Menge, die vermutlich dazu dient, etwaige Finder vom näheren Hinschauen abzuhalten«, antwortete der Experte. »Übrigens sieht es so aus, als habe nach Zoltáns mutmaßlichem Kontakt mit dem Erreger niemand mehr diesen Ort aufgesucht.«

»Die Täter scheinen also noch nicht von Zoltáns Fund zu wissen. Aber woher kamen dann die Drohanrufe?«, wandte Peringer ein.

»Sie bemerkten, dass Zoltán an ihrer Lagerstätte Interesse hatte, drohten ihm und dachten, dass das Abschreckung genug sei. Zoltán aber hat sich nicht einschüchtern lassen und ist trotzdem hierhergekommen«, antwortete der Staatsanwalt.

»Und Staatssekretär Orosz?«

»Vorsorglich ermordet.«

Peringer kratzte sich skeptisch den Nacken und schüttelte ungläubig den Kopf. Viki sah ihn vorsichtig an. Krassó ignorierte beide.

»Wir lassen das Gebäude rund um die Uhr überwachen. Und selbstverständlich untersuchen wir die Funde eingehend.«

»Sie glauben also, der oder die Täter kommen hierher, um ihr Lager zu benutzen.«

»So ist es. Frau Kiss, meine Herren, ich empfehle mich.«

Krassó verschwand, und nachdem die Männer in den weißen Overalls mit ihrer Arbeit fertig waren, blieben nur noch Viki und Peringer im alten Belvárosi Kávéház zurück. Sie setzten sich auf die Treppe zur Galerie.

»Krassós Theorie überzeugt Sie nicht, stimmt's?«, wollte Viki wissen und begann, an ihrem Würfel zu drehen.

»Was Zoltán angeht, kann ich ihm folgen. Nur glaube ich nicht, dass unser Mord etwas mit diesem Kaffeehaus zu tun hat. Ich denke noch nicht einmal, dass diejenigen, die den Sprengstoff hier deponiert haben, von Zoltáns Plänen mit dem Gebäude wussten.«

»Wie erklären Sie sich dann die Drohanrufe?«

»Zoltán ließ die Anrufe tätigen. Aber die Entdeckung des

Sprengstoffs und der Kontakt mit den Anthraxerregern brachten ihn dazu, Abstand von seinem Vorhaben zu nehmen. Können Sie mir folgen?«

»Also«, begann Viki Peringers Standpunkt zusammenzufassen, »Zoltán zeigt Interesse an der Renovierung des alten Kaffeehauses, um dort mit Nostalgie und Glücksspielen ein gutes Geschäft zu machen. Er gewinnt Staatssekretär Orosz, der über die nötigen Kontakte verfügt, und bindet ihn über eine finanzielle Beteiligung in die Operation ein. Als Orosz herausfindet, dass es Zoltán eigentlich mehr um Glücksspiele geht denn um die Wiederbelebung alter Zeiten, will er sich aus dem Geschäft zurückziehen. Zoltán lässt ihn sodann mit anonymen Anrufen einschüchtern. Aber dann findet er das Sprengstofflager und verletzt sich an dessen Sicherung, den Anthraxerregern. Daraufhin gibt er – ohnehin von seiner Krankheit geschwächt – den Plan auf.«

»So sehe ich die Sache«, nickte Peringer und klopfte den Staub vom Ärmel seines Mantels.

»Bleiben zwei Fragen«, sagte Viki. »Wer hat den Sprengstoff hier deponiert?«

»Und wer hat den Staatssekretär ermordet?«, ergänzte Peringer. »Die erste Frage wird sich tatsächlich durch eine Observation des Klothildenpalastes beantworten lassen. Irgendwann wird hier jemand auftauchen, um das Zeug abzuholen. Dann können wir ihn noch ein wenig beobachten und schließlich zugreifen.«

»Aber warum glauben Sie, dass die Ermordung des Staatssekretärs nichts mit den Leuten zu tun hat, die den Sprengstoff hier gelagert haben? Und das nehmen Sie doch an, oder?«

Peringer blickte versonnen in den heruntergekommenen Saal. Vor seinen Augen schien alles lebendig zu werden: Gäste kamen und gingen, Kellner bewegten sich geschickt zwischen den Tischen hin und her, Stimmengewirr, Kaffeeduft ... nach wenigen Sekunden riss ihn Vikis Nachfragen aus seinem Tagtraum.

»Vergessen Sie nicht die Drohungen gegen Europasekretär Németh. Das Lager deutet doch auf Terroristen hin, die nach Orosz nun den zweiten Kopf der Antiterrorkonferenz beseitigen wollen.«

»Jetzt reden Sie wie Ihr geschätzter Chef Krassó«, erwiderte Peringer, »übersehen dabei aber eines.«

Viki, von Peringers Bemerkung bei ihrem Stolz gepackt, fasste sich rasch und erwiderte geistesgegenwärtig: »Die Steppjacke!«

»Genau«, antwortete Peringer. »Warum zuerst ein ritueller Mord und dann ein Sprengstoffanschlag?«

»Um den Verdacht auf Zoltán zu lenken und nicht vor der Konferenz aufzufliegen.«

»Dann hätten sie bis zur Konferenz warten und beide spektakulär in die Luft jagen können.«

Peringer schaute erneut in den Saal, als sähe er darin etwas, das Viki verborgen blieb.

»Und was hat es nun Ihrer Ansicht nach mit der Jacke auf sich? Führt sie uns irgendwie zum Täter?«

»Ich habe eine Vermutung. Eine reichlich abwegige Vermutung«, sagte der Kommissar, stand auf und ging zum Ausgang.

»Wollen Sie mir denn gar nicht sagen, wie diese lautet?«, rief Viki ihm hinterher.

»Später«, sagte der alte Mann, während er den letzten Staub aus seinem Mantel schüttelte, »später.«

»Wann denn?«

»Heute Abend, halb neun.«

»Und wo?«

»Wie wär' s bei Ihnen zu Hause?«

Überrumpelt sagte Viki zu und nannte ihrem Kollegen die Adresse.

»Aber warum erst heute Abend? Wo gehen Sie denn jetzt hin?«

»Ich muss noch etwas aus der Welt schaffen. Und eine Auskunft einholen«, antwortete Peringer und verließ das Belvárosi Kávéház.

II

Wenig später stand Peringer erneut vor dem Haus in der Nádor utca 14. Die frische Morgenluft hatte einem feuchten, schwülwarmen Wetter Platz gemacht. Trotzdem lief ihm ein kalter Schauer den Rücken hinunter; er war aufgeregt. Ob Béla zu Hause war? Ob er ihn hereinließ? Was mochte aus Katalin geworden sein? Was aus ihrem Kind? Er gab den Klingelcode ein.

»Lukács«, meldete sich eine Frauenstimme.

»Peringer Antal. Ich bin ein alter Freund von Béla Lukács.«

Einige Sekunden, endlose Sekunden lang kam keine Antwort aus dem Lautsprecher, nur das feine Grundrauschen der Anlage war zu hören.

»Ein Jugendfreund?«, fragte die Frau schließlich zurück.

»Ja. Wir haben uns sehr lange nicht gesehen.«

»Béla ist nicht da. Er besucht unseren Sohn.«

Peringer überlegte, was er jetzt tun sollte, aber die Frau nahm ihm die Entscheidung ab: »Wenn Sie möchten, können Sie hier auf ihn warten. Die Wohnung ist im Hinterhaus, oberster Stock, links.«

Der Türöffner summte, doch die Hoftür stand ohnehin offen, damit die mit der Renovierung des Gebäudes beschäftigten Arbeiter ein und aus gehen konnten. Sie saßen gerade im Schatten und ruhten sich aus.

Bevor Peringer den Hof betrat, ging er in ein Geschäft im Vorderhaus und kaufte Blumen für Frau Lukács. Dann erst durchquerte er den Innenhof und überlegte kurz, ob er den Aufzug oder die Treppen nehmen sollte. Der Marmor der Stufen erzeugte eine so angenehme Kühle, und das abgegriffene Holzgeländer kam ihm so eigentümlich vertraut vor, dass er sich gegen den Fahrstuhl entschied. Schnaufend erreichte er wenig später den dritten Stock.

Auf jeder Etage des Hauses umgab eine schmale Galerie den quadratischen Innenhof und führte zu den Eingängen der Apartments. Auch die Wohnung von Béla Lukács und seiner Frau war über einen dieser Umlaufbalkone zugänglich. Frau Lukács stand bereits in der Eingangstür und wartete, als Peringer auf die Galerie trat und mit leichtem Schwindelgefühl in den kahlen Hof blickte.

»Béla dürfte bald zurück sein. Treten Sie ein«, forderte ihn die Dame auf.

Peringer überreichte die Blumen. Frau Lukács war kaum jünger als er selbst, trug ein graues Wollkostüm und eine Perlenkette. Sie ging am Stock.

Die Wohnung, ausgestattet mit dunkelroten Polstermöbeln, Keramikvasen und zahlreichen alten Fotografien, war in ein warmes Licht getaucht. Ein nicht ganz regelmäßig verlegtes Holzparkett bedeckte die Böden vom Eingangsbereich bis ins Wohnzimmer.

»Béla spricht nicht gerne über die alten Zeiten. Aber einmal fand ich ein Foto von drei jungen Männern in seiner Schreibtischschublade, und er verriet mir, dass die anderen beiden Péter und Antal hießen und er mit ihnen während seiner Studienzeit befreundet war. Sie müssen Antal sein.«

»Ja, das ist richtig.«

»Darf ich Ihnen einen Tee anbieten?«

»Danke, gerne. Wann lernten Sie Béla kennen?«

»1963. Wir haben einen Sohn und mittlerweile sogar zwei Enkelinnen. Haben Sie Kinder?«

»Nein.«

»Heutzutage wollen die Kinder ja so früh von zu Hause ausziehen. Das war ganz anders zu unserer Zeit, nicht wahr?«

»Alles war anders, damals. Kam man nachts zu spät nach Hause, musste man dem Hausmeister das ›Torgeld‹ in die Hand drücken, damit er einen noch ins Haus ließ.«

»Ja ja, so war es«, erwiderte die alte Dame. Gerade als Peringer sich zu langweilen begann, hörte er, wie jemand die Haustür aufschloss und in den Flur trat.

»Imre geht es gut und den beiden Kleinen auch!«, rief eine Männerstimme. Anscheinend brachte der Mann ein paar Einkäufe in die Küche.

»Du hast Besuch, Béla.«

»Besuch? Von wem?«

»Von Antal.«

»Von welchem Antal?«

»Antal Peringer, dein Jugendfreund.«

Peringer hörte, wie ein Einkaufsbeutel voller Lebensmittel auf den Boden fiel und ein Glas auf den Fliesen zerplatzte. Dann trat Béla Lukács ins Wohnzimmer, wo Peringer sich von einem Sessel erhoben hatte. Das graue Haar, der dunkle Oberlippenbart, die Brille, der Bauch – nichts erinnerte an jenen Béla, den Peringer vor fast fünfzig Jahren gekannt hatte, aber ein markanter Leberfleck an der linken Schläfe ließ keinen Zweifel. Die beiden Männer sahen sich an, erstaunt, sich gegenseitig musternd, für Sekundenbruchteile wie erstarrt, dann fielen sie sich um den Hals.

Anschließend ging Béla wortlos zu einem Vitrinenschrank, holte zwei Gläser und eine Flasche Pálinka heraus, schenkte ein und erhob das Glas.

»Auf deine Rückkehr!«

»Auf uns!«

Die Männer schüttelten ungläubig die Köpfe und tranken ein weiteres Glas Pálinka. Béla zog den Vorhang des Wohnzimmerfensters zurück. Aus diesem Fenster bot sich ein herrlicher Blick auf die Stadt, vor allem aber auf die Donau. Der Fluss schimmerte im Sonnenlicht, Boote fuhren auf und ab.

»Dieser Blick kann über so vieles hinwegtrösten, Antal. Über so vieles.«

Peringer sah das Glitzern der Sonnenstrahlen auf dem Wasser, die leichten Wellen und die Budaer Berge auf der gegenüberliegenden Seite. Eine Zeit lang schauten beide wortlos aus dem Fenster, dann wandte Peringer sich seinem alten Freund zu.

»Béla, dass ich mich nie gemeldet habe in all den Jahren … es tut mir leid.«

»Anfangs habe ich jeden Tag auf ein Lebenszeichen von dir gewartet«, antwortete er nach einer Pause. »Du kanntest diese Adresse, konntest aber nicht wissen, dass ich im Gefängnis saß.«

»Meine Briefe wurden abgefangen. Aber später, ich …« Peringer überlegte, auf welche Weise er seinem Freund gestehen konnte, wofür er sich so sehr schämte.

»Wann haben sie dich rausgelassen?«

»Dreiundsechzig, bei der großen Amnestie.«

»So spät erst.«

»Nach sechs Jahren, vier Monaten und zweiundzwanzig Tagen. Man lernt die Tage zählen in der Haft.«

Peringer schwieg. Innerlich überschlug er die Zeit, die sein Freund im Gefängnis verbracht hatte.

»Wie ging dein Leben weiter?«

»Ich konnte nicht an die Universität zurück, das war klar. Ich entschloss mich, eine Lehre als Fotograf zu machen. In diesem Beruf habe ich dann auch gearbeitet. Unerwünschte Bilder verkaufte ich unter falschem Namen an ausländische Agenturen.«

»Du bist unserer Sache also treu geblieben.«

Béla zuckte unschlüssig mit den Schultern. Peringer wagte es nicht, nach dem Verbleib von Katalin, Bélas damaliger schwangerer Frau, zu fragen, obwohl Frau Lukács in die Küche gegangen war, damit die Männer unter sich waren.

»Du hast einen Sohn?«

»Ja, und ich bin sehr stolz auf ihn. Er hat studiert und eine gute Anstellung bekommen. Und zum Großvater hat er mich gemacht.«

Peringer schmunzelte. Die Vorstellung, dass der sehnige, nervöse Béla sich zum dickbäuchigen Opa gewandelt hatte, amüsierte ihn. Er war froh, seinen Freund endlich aufgesucht zu haben.

»Béla, ich möchte mich bei dir bedanken. Du hast damals meine Flucht ermöglicht. Ohne dich …«

Béla machte eine abwehrende Geste, schenkte erneut Pálinka ein und forderte seinen Jugendfreund auf, mit ihm anzustoßen.

»Egészségedre!«

»Egészségedre!«

Sie tranken die Gläser in einem Zug leer und setzten sich.

»Erzähl mir, welchen Verlauf dein Leben nahm, Antal. Bist du viel herumgekommen in der Welt?«

»Zuerst muss ich dir erklären, warum du nie wieder von mir gehört hast. Du hast ein Recht darauf, das zu erfahren.«

»Da gibt es nichts zu erklären. Deine Briefe, sagtest du, gerieten in die falschen Hände. Das reicht. Warum sollte ich dir verübeln, dass du keine Lust mehr auf Scherereien mit dem ungarischen Staat hattest? Auf dich wartete ein neues Leben, und das wird deine ganze Kraft gefordert haben.«

»Diese Sache liegt mir einfach auf dem Herzen. Ich muss meine Geschichte deshalb von Anfang an erzählen.«

Béla nickte.

»Erinnerst du dich noch, wie kalt es damals war? Wann immer ich an jene Jahre zurückdenke, fällt mir als Erstes dieser lausige Winter ein. Wien: das deutsche Wort klang so warm in meinen Ohren. Ich stellte mir Wien als einen warmen Ort vor, voller gut geheizter Kaffeehäuser und gutmütiger Menschen. Aber der Weg dorthin führte durch die Kälte. Ich konnte ja kaum mehr mitnehmen als das, was ich am Leibe trug. Aus den Trümmern des kleinen Zimmers, das ich in der Josefstadt bewohnt hatte, rettete ich ein paar persönliche Dinge und den kleinen Koffer, den mir meine Großeltern geschenkt hatten. Durch die abgenutzten Sohlen meiner Schuhe kroch der Bodenfrost, als ich mich zum Ostbahnhof durchkämpfte. Der direkte Weg war durch ein paar Tanks versperrt, und so musste ich herausfinden, welche Seitenpfade sicher waren. Da ich meine Waffe bei euch gelassen hatte, war äußerste Vorsicht geboten. Mir lief die Zeit davon. Immer wieder musste ich den Fluchtweg ändern, wenn am anderen Ende der Straße Schüsse zu hören waren. Zuletzt bin ich gerannt, irrsinnig schnell gerannt. Nie wieder in meinem Leben habe ich eine solche Angst gespürt wie auf den letzten Metern zum Bahnhof. Beißender Wind im Gesicht, kalter Schweiß am ganzen Körper – als ich atemlos vor der Abteiltür stand, erfasste mich ein Schwindelgefühl, und für Sekunden wurde mir schwarz vor Augen.«

Béla, der seinem Freund aufmerksam zugehört hatte, sah Peringers Gesicht an, wie gegenwärtig ihm die entfernte Zeit plötzlich wieder war.

»Wien schickte einen Vorboten der Kaffeehauswärme: Die Coupés waren überfüllt und wurden kräftig beheizt. Endlich, nach so vielen Wochen, taute ich ein wenig auf. Aber die Freude darüber kam zu früh. Kurz vor Hegyeshalom hielt der Zug auf offener Strecke an. Niemand wusste, was los war: ein Triebwerkschaden? Grenzposten? Armee? Im Waggon breitete sich Unruhe aus. Allmählich sickerte durch, dass sowjetische Posten in der Nähe patrouillierten und es zu gefährlich war, die Fahrt fortzusetzen. Wir mussten die Dunkelheit abwarten und dann versuchen, zu Fuß über die Grenze zu kommen. Draußen dämmerte es bereits, aber niemand wollte riskieren, vor Einbruch der Nacht auf offenem Gelände entdeckt zu werden. So blieb nur banges Warten. Als wir endlich den Zug verließen, biss uns die Kälte buchstäblich ins Gesicht. Es muss minus zehn Grad gehabt haben auf dem Acker, den wir in geduckter Haltung bis zum nächsten Waldstück überquerten. Von dort aus konnte man die Lichtkegel sowjetischer Suchscheinwerfer sehen. Keiner wusste, wo Ungarn endete und wo Österreich begann. Die Leute liefen in unterschiedliche Richtungen. Als ich in einem Tal ein kasernenartiges Gebäude entdeckte, wusste ich zunächst nicht, was davon zu halten war. Tatsächlich handelte es sich um eine ehemalige Kaserne, die als Flüchtlingslager diente. Ich hatte es geschafft.«

Béla stand auf und zog einen Bildband aus dem Regal.

»Das Werk eines Kollegen. Es dokumentiert Flucht und Exil von Ungarn im Jahr 1956.«

Peringer nahm das Buch und blätterte darin. Von Zeit zu Zeit zog er es ganz nah an die Augen heran und warf einen prüfenden Blick auf die Abbildungen.

»Wie groß diese Lager waren … und es gab so viele davon. Allein dort, wo ich untergebracht war, hielten sich Hunderte von Leuten auf, immer neue kamen nach, sodass die Kapazitäten bald erschöpft waren.«

»Du wirst rasch nach Wien weitergezogen sein.«

»Anfangs war ich einfach froh, den Grenzverlauf unversehrt passiert zu haben und mich ein wenig ausruhen und waschen, die Kleidung reinigen und etwas essen zu können. Bis heute bin ich beeindruckt von der Großherzigkeit, mit der die Österreicher uns damals empfingen. Viele hatten ja selbst nicht viel und lebten in sehr einfachen Verhältnissen. Aber was du hier auf dem Foto siehst, diese langen Schlangen hilfsbereiter Menschen, die Lebensmittel und Kleidung spendeten, die hat es tatsächlich gegeben.«

»Das klingt ja beinahe, als ob im Lager angenehme Zustände herrschten.«

»Bestimmt nicht. Mir ging es vergleichsweise gut. Ich war jung, recht kräftig, hatte kaum Gepäck und ließ nur wenig in Ungarn zurück. Außerdem halfen mir meine Deutschkenntnisse. Aber viele Familien mussten sich von einem mühsam aufgebauten Leben trennen, hatten nicht selten Grenzposten mit ihren Wertsachen bestochen und standen nun ohne jeden Besitz da. Dazu kam etwas, das auch mich mehr und mehr beunruhigte.«

Béla sah Peringer fragend an.

»Zu jenem Zeitpunkt war ich mir keineswegs sicher, jemals in Wien anzukommen. Denn je länger ich im Lager ausharrte und je überfüllter es wurde, desto mehr schlug die Stimmung um. An die Stelle der Erleichterung, die die ersten Tage kennzeichnete, trat eine unruhige, ungewisse Gemütslage, aus der nach und nach eine Hysterie zu werden drohte. Gerüchte gingen um. Mal hieß es, die Versorgung mit Lebensmitteln bräche in den nächsten Tagen zusammen. Dann machte die Vermutung die Runde, wir würden alle zurückgeschickt. Als ein Mann in meinem Alter durchdrehte und kreischend durch die Gänge lief, immerzu rufend, er sei ein Spion, ein Spitzel aus Moskau, beschloss ich, das Lager zu verlassen und endlich nach Wien zu gehen.«

»Aber war das denn so einfach möglich?«

»Man mag es heute kaum glauben, doch das österreichische Innenministerium zahlte Leuten, die Flüchtlinge aufnahmen, zwanzig bis dreißig Schilling pro Tag. So leerten sie die Lager und verschafften vielen ein privates Quartier. Ich musste eine Reihe von Befragungen über mich ergehen lassen, bis man mir den Emigrantenstatus bescheinigte. Der brachte die Möglichkeit, nach Wien zu gehen, und darüber hinaus einige Vorteile. Zum Beispiel durften Flüchtlinge die Straßenbahn gratis benutzen.«

»Wo bist du dort untergekommen?«

»Das ist eine interessante Geschichte, ohne die mein weiteres Leben wohl einen anderen Verlauf genommen hätte.«

»Aha, eine Frau!«

»Frau Brenner. Aber deine Vermutungen gehen in die falsche Richtung. Warte nur ab.«

»Mach es nicht so spannend, Antal.«

»Endlich hatte ich mein Ziel erreicht: Wien. Kurz vor Weihnachten fand ich mich in einer glitzernden, vermeintlich glücklichen Welt wieder, die zum Vergessen einlud. Aber etwas Eigenartiges passierte. Ich bekam das Gefühl, unseren Kampf weiterführen, von Wien aus Widerstand organisieren zu müssen, irgendetwas zu tun.«

»Du warst ein junger, zorniger Mann, Antal, daran erinnere ich mich nur zu gut. Zuerst weigertest du dich, meine Fahrkarte anzunehmen. Aber ich überzeugte dich, deinen Kopf zu retten.«

Peringer nickte zustimmend. Er griff nach dem Bildband, den Béla auf dem Wohnzimmertisch abgelegt hatte, und schlug ein Foto auf, welches das Ilona-Stüberl in der Bräunerstraße zeigte, ein Emigrantenlokal.

»Ich verbrachte viel Zeit in den Kaffeehäusern, im Rondo und im Café de l'Europe. Dort wärmte ich mich auf, denn der Wiener Winter stand dem Budapester kaum nach, obwohl ich mir das in meinen Phantasien ja ganz anders vorgestellt hatte. Das Zimmer, welches mir meine Wirtin ...«

»Frau Brenner ...«

»... welches mir Frau Brenner zur Verfügung stellte, war unbeheizt. Außerdem behagte mir die vertraute Umgebung der Kaffeehäuser, wie ich sie aus Budapest kannte. Aber das Wichtigste waren die anderen Emigranten, die man dort treffen konnte.«

»Was habt ihr unternommen, um unseren Kampf von Wien aus weiterzuführen?«

Peringer erhob sich, ging zum Fenster und schaute auf die ruhig dahinfließende Donau. Béla drehte sich in seinem Sessel, bemerkte, dass der Zeitpunkt gekommen war, an dem sein Freund sein Gewissen erleichtern wollte, stand ebenfalls auf und stellte sich neben seinen Gast. Beide blickten aufs Wasser, während Peringer weitersprach.

»Wir machten uns daran, die Arbeit der Repatriierungskommissionen zu stören. Mit diesen Kommissionen versuchte die Kádár-Regierung, junge Leute zur Rückkehr nach Ungarn zu bewegen. Sie hatten einfach zu viele Leute verloren, widerspenstige zwar, aber eben viel zu viele. Abgesandte aus Budapest kamen, die österreichische Bundesregierung bestand auf gemischten, internationalen Kommissionen, doch das erschien uns nicht ausreichend, um die Freiwilligkeit der Rückkehr zu gewährleisten. Und überhaupt, was hatten diese Leute auf neutralem Boden verloren?«

»Die Österreicher wollten euch wieder loswerden, deshalb kamen ihnen die Kommissionen gelegen.«

»Im Januar 1957 organisierten wir einen Protest gegen die Delegierten, rissen uns deren Flugblätter und Formulare unter den Nagel und verteilten stattdessen eigene Schriften auf der Straße. Ich war so wütend auf dieses Regime, am liebsten wäre ich auf der Stelle zurückgekehrt, an der Seite westlicher Truppen ...«

Béla blickte seinen Freund von der Seite an, stolz – und froh darüber, dass er zurückgekehrt war.

»Einige Tage später saß ich abends allein in einem Kaffeehaus. Ein Mann mit einer Baskenmütze setzte sich an meinen Tisch und sprach mich mit Namen an. Ich kannte ihn nicht. Ich war mir sicher, diesen Mann nie zuvor gesehen zu haben. Er kam schnell zur Sache. Man wisse, wer ich sei, was ich in Budapest getan habe und was hier. Wem ich schriebe. Was ich schriebe. Zuerst glaubte ich ihm nicht, aber dann zitierte er aus Briefen, die ich dir geschickt hatte. Er nahm die Baskenmütze während des gesamten Gesprächs nicht ab, obwohl das Kaffeehaus gut geheizt war und die Luft stickig. Im Laufe der Jahre verschwammen seine Gesichtszüge in meinem Gedächtnis, aber an die Mütze erinnere ich mich, als sei es gestern gewesen. Das Unbehagen, das dieser Mann in mir auslöste, war so stark, dass ich noch viele Jahre lang jedes Mal zusammenzuckte, wenn ich jemandem begegnete, der eine solche Mütze trug. Er sagte: Wenn ich mich weiterhin in die inneren Angelegenheiten der Volksrepublik Ungarn einmischte, vor allem aber, wenn ich weiterhin versuchte, auf welchem Weg auch immer, Kontakt mit dir aufzunehmen, werde dir etwas zustoßen. Und man werde dich wissen lassen, dass ich die Schuld daran trage.«

Peringer machte eine lange Pause. Er wagte es nicht, sich seinem Freund zuzuwenden.

»Béla, ich habe ihm nachgegeben. Ich habe mich erpressen lassen. Und mich so sehr dafür geschämt, dass ich es erst heute wage, dir davon zu erzählen.«

Er griff nach seinem Taschentuch und putzte sich die Nase. Als er das Tuch wieder in die Hosentasche gesteckt hatte, spürte er die Hand des Freundes auf seiner Schulter.

»Was war das nur für ein widerliches Pack, gegen das wir gekämpft haben, Antal.«

Peringer atmete schwer, aber die Geste seines Freundes beruhigte ihn.

»Du hast dir nichts vorzuwerfen. An deiner Stelle hätte ich genauso gehandelt.«

»Béla …«

»Doch, doch, Antal.«

Die tief stehende Sonne warf ihre Strahlen jetzt direkt auf die Sessel, auf denen die beiden Männer wieder Platz nahmen. Sie sahen sich an, Béla öffnete eine kleine Zigarrenkiste und bot dem Freund einen Zigarillo an. Peringer zögerte, doch als Béla ihm nochmals bekräftigend zunickte, griff der

Kommissar zu und gab seinem Gegenüber Feuer. Der Rauch spielte im Gegenlicht, und ein würziges Aroma durchzog das Zimmer.

»Jetzt will ich aber endlich wissen, was es mit Frau Brenner auf sich hatte.«

»Was soll ich dir sagen? Ich saß in Wien, es gab kein Zurück. Ich war meiner Wurzeln beraubt, schlimmer noch: meines Lebensinhalts. Gegen das Regime, weg aus Ungarn – die Ablehnung hatte mir Kraft gegeben. Aber was war jetzt mein Ziel? Wo wollte ich hin?«

»Wovon hast du überhaupt gelebt?«

»Ich schlug mich durch, fand eine Stelle als Portier. So hatte ich genügend Zeit, um nachzudenken und herauszufinden, was ich mit meinem Leben anfangen wollte. Vielleicht zu viel Zeit. Der triste Wiener Winter drückte mir aufs Gemüt. Allmählich musste etwas passieren, aber ich – ausgerechnet ich – saß teilnahmslos da, tat mir leid und wusste nicht, wohin mit meiner Energie, meinem Gerechtigkeitssinn, mit all dem, was mich ausgemacht hatte.«

Béla sah Peringer erwartungsvoll an, als folge nun endlich die große Liebesgeschichte.

»Frau Brenner, meine Zimmerwirtin, war eine resolute Dame Mitte fünfzig mit einer strengen Dauerwelle. Sie trug hoch geknöpfte Kittelkleider in blassen Farben.«

Enttäuscht zog Béla die Augenbrauen hoch. »Und eine solche Frau bestimmte deinen Lebensweg?«

»Sie – und ein Engländer. Aber ohne die Geschichte von Frau Brenner wäre der Engländer niemals auf mich aufmerksam geworden.«

»Jetzt aber mal der Reihe nach …«

»Anfangs rätselte ich darüber, warum mich diese herbe Person überhaupt in ihr Haus aufgenommen hatte. Ihr sprödes Verhalten unterschied sich sehr von der Herzlichkeit, mit der die Wiener Bevölkerung uns Emigranten begrüßte. Trotzdem hatte Frau Brenner ein Zimmer für mich freigeräumt, mich mit Mahlzeiten versorgt und sogar ein paar frische Sachen bereitgelegt, bis ich meine erste Anstellung bekam.«

»Du sagtest doch, dass der Staat den Leuten eine Handvoll Schilling gab, wenn sie Flüchtlinge beherbergten. Darauf wird sie es wohl abgesehen haben.«

»Alles, nur das nicht. Frau Brenner hat das ganze Geld an mich weitergereicht und manchmal sogar etwas von ihrer Pension dazugetan.«

»Dann war sie einfach eine herzensgute alte Frau.«

Peringer schüttelte den Kopf.

»Ihre Art hatte etwas Ruppiges, Mürrisches, als traue sie ihrer eigenen Hilfsbereitschaft nicht. Oder mir. Zuerst sprach sie kaum, obwohl ich den Eindruck hatte, dass sie etwas von mir wissen wollte. Nach und nach begann sie, mir Fragen zur Lage in Ungarn zu stellen, bat mich um Einschätzungen der neuesten Entwicklungen in Budapest. Aber immer sehr vorsichtig, sehr skeptisch.«

Béla legte seinen Zigarillo auf den Rand eines Tischaschenbechers.

»Worin bestand nun das Geheimnis deiner Zimmerwirtin?«

»Geheimnis ist das richtige Wort. Frau Brenner verheimlichte mir tatsächlich etwas. Eines Morgens läutete der Postbote. Ich bot ihr an hinzugehen, denn sie war gerade damit beschäftigt, uns Spiegeleier zuzubereiten. Aber sie rief mich zurück und meinte, sie würde selbst gehen. Es war absurd, denn die Eier brannten an, während sie ungeschickt versuchte, die Lieferung zu verstecken. Du kannst dir denken, dass dieser Zwischenfall meine Neugier weckte. Also begann ich, sie zu beobachten. Bald fiel mir auf, dass sie jeden Donnerstagabend wegging. An einem verregneten Tag folgte ich ihr durch die Gassen ins Neubauviertel.«

»Du musst ein komisches Bild abgegeben haben: ein Emigrant aus Budapest, der mit hochgeschlagenem Mantelkragen seiner Gastgeberin durch eine regnerische Wiener Nacht folgt.«

»Allerdings. Und wohl war mir dabei auch nicht zumute. Immer wieder stand ich kurz davor, die Aktion abzubrechen. Zugleich entwickelte diese Observation einen eigenartigen Sog, je länger sie andauerte, desto mehr. Nach einiger Zeit ließ der Regen nach, und man hörte Schritte in den Gassen hallen. Ich stutzte, denn mir kam es vor, als würden dort zwei Personen gehen, nicht nur Frau Brenner. Aber Gewissheit darüber sollte ich erst Wochen später erlangen ...«

Peringer zündete den Zigarillo, dessen Glut während seiner Ausführungen erloschen war, erneut an und genoss es, den ungeduldigen Freund hinzuhalten.

»Frau Brenners Ziel war der Keller eines grau verputzten, unscheinbaren Hauses. An der Tür hing ein Emailschild mit der Aufschrift: ›Österreichische Volksstimme‹.«

Béla wiederholte das deutsche Wort »Volksstimme« mit einem langen, dunklen »o« und fragte seinen Freund, was es bedeute.

»Népszava.«

»Népszava? Das klingt kommunistisch.«

»Das ist kommunistisch. Die ›Österreichische Volksstimme‹ war das Organ der KPÖ, der Kommunistischen Partei Österreichs.«

»Was soll denn das heißen? Du bist den Kommunisten entflohen, um in den Armen einer Kommunistin zu landen?«

Peringer nahm einen letzten Zug, dann legte er das verbleibende Drittel des Zigarillos in den Aschenbecher und ließ es langsam verglimmen.

»Die Sache war komplizierter. So streng und stur meine Gastgeberin wirkte, längst hatte sie sich von den stalinistischen Überzeugungen ihrer politischen Anfänge gelöst. Dafür waren letztlich wir verantwortlich. Unser Aufstand nährte ihre Zweifel. Deshalb nahm sie mich auf. Zugleich aber zögerte sie, mir zu vertrauen.«

Bélas Gesicht drückte Befremden aus; er wusste nicht, was er von der Geschichte seines Freundes halten sollte und worauf sie hinauslief.

»Ich stahl mich in die Versammlung. Es handelte sich um eine Art Redaktionskonferenz. Die Teilnehmer diskutierten heftig darüber, welche Bezeichnung für die Ereignisse in Ungarn angemessen sei: ›Krise‹ rief einer, ›Revolution‹ ein anderer. ›Konterrevolution‹ erwiderte ein Dritter, erntete aber nur unmutiges Murren und vereinzeltes Gelächter. ›Volksaufstand!‹ ›Freiheitskampf!‹ Die Begriffe sausten durch den Raum, man stritt darüber, ob wir uns gegen die Unterdrückung unserer Nation oder gegen das kommunistische System oder gegen was auch immer gewehrt hatten. Ich war erstaunt, wie ernsthaft die Leute darüber debattierten. Frau Brenner jedenfalls sprach sich für einen besseren, demokratischen Sozialismus aus und forderte den Rücktritt Kádárs.«

»Antal, das ist ja alles schön und gut, aber worauf willst du hinaus?«

»Nun, ich will darauf hinaus, dass die gute Frau Brenner zwischen allen Stühlen saß: Ihren Genossen war sie nicht linientreu genug und der Mehrheit der Österreicher zu links. Als sich bald nach dieser Versammlung die Ereignisse überschlugen, wusste ich, dass der Schlüssel zu ihren Schwierigkeiten darin lag.«

»Was passierte?«

»Es begann mit Beschimpfungen. Unbekannte sprachen sie auf der Straße an und sagten ihr, sie solle sich schämen, dass sie der KPÖ angehöre. Woher, fragte ich mich später, als Frau Brenner mir das alles erzählte, wussten diese Leute eigentlich davon? Ich bin niemals den Verdacht losgeworden, dass ihre eigenen Genossen dahintersteckten, um sie für ihr Abweichlertum zu bestrafen.«

Béla nickte und bot seinem Freund einen weiteren Zigarillo an.

»Dann folgten Drohungen. Anonyme Briefe, in denen meine Gastgeberin aufgefordert wurde, ihre Aktivitäten einzustellen. Aber sie ließ sich nicht beirren, stur, wie sie war. Fühlte sich nur noch mehr angestachelt. Zu dieser Zeit schrieb sie an einem Artikel, der ihre Ansichten wie in einem Manifest zusammenfassen sollte. Wie ich später erfuhr, dachte sie sogar daran, mich als eine Art Kronzeugen anzuführen, nahm jedoch Abstand davon, weil sie fürchtete, ich könnte ihre Meinungen ablehnen.«

»Damit lag sie wohl richtig«, brummte Béla.

Peringer lachte und zündete den Zigarillo an. Das Streichholz erzeugte eine große Flamme, sodass er es ungelöscht in den Aschenbecher warf, wo es sich krümmte und nach kurzem Flackern verglomm.

»Sosehr ich, wie du gleich merken wirst, meine Frau Brenner verteidige – ihre Ideen waren Kopfgeburten, und das hätte ich ihr wohl auch gesagt. Aber wir lebten in holzschnittartigen Zeiten, mein Lieber, und diesem Umstand fiel Frau Brenner schließlich zum Opfer …«

Während Béla zum Fenster ging, um das rauchgesättigte Zimmer mit ein wenig frischer Luft zu versorgen, richtete Peringer sich in seinem Sessel auf, als wollte er den Höhepunkt seiner Erzählung ankündigen. Béla dreht sich um und sah seinen Freund erwartungsvoll an.

»Und dann war Frau Brenner plötzlich verschwunden. Einfach weg. Als ich morgens in die Küche kam, ahnte ich bereits Böses: Es war merkwürdig still, und ich vermisste den vertrauten Duft des Spiegeleis in der Pfanne. Ich suchte nach einer Notiz, fand keine, fasste mir ein Herz und betrat zuerst ihr Wohn-, dann ihr Bade- und schließlich das Schlafzimmer. Alles leer, das Bett frisch gemacht, keine Spur von Frau Brenner.«

»Bist du zur Polizei gegangen?«

»Erst später«, erwiderte Peringer und blickte seinen Freund mit einem schelmischen Lächeln an.

»Da mein Magen knurrte, setzte ich mich in ein Kaffeehaus, bestellte ein Frühstück und blätterte unkonzentriert einige Zeitungen durch. Die Stimmung gegenüber uns Flüchtlingen änderte sich gerade. Der Innenminister mahnte, wir hätten auch Pflichten, man klagte über die Kosten und darüber, dass die Weiterwanderung in andere Aufnahmeländer zu langsam verlaufe. Damals steckte ich noch mitten in meiner Orientierungskrise, konnte nicht ahnen, wie nah die Lösung bereits war, und so legte ich die Zeitungen unmutig beiseite. Auf der Rückseite des ›Kurier‹ fiel mir eine kleine Notiz ins Auge: ›KPÖ-Lokal verwüstet‹. Der Ober wollte die Blätter bereits beiseiteräumen und wieder an den Garderobenständer hängen, aber ich zog am Zeitungshalter und las den kleinen Artikel. Jetzt erst wurde mir klar, dass es ein Freitag war. Sofort machte ich mich auf den Weg ins Neubauviertel. Und tatsächlich: Am Vorabend hatten Unbekannte das wöchentliche Redaktionstreffen gestürmt, aus den Möbeln Kleinholz gemacht und sich mit den Anwesenden ein Handgemenge geliefert. Als ich eintraf, hatte der Hausmeister die gröbsten Trümmer bereits zusammengefegt, aber es fiel nicht schwer, sich vorzustellen, was dort losgewesen sein musste. Die Roten, sagte er, hätten es nicht besser verdient, obwohl, jetzt die ganze Arbeit, und dass eine Frau verletzt worden sei, das gehe dann doch zu weit. Da wusste ich, warum Frau Brenner nicht nach Hause gekommen war. Sie lag im Spital mit ein paar gebrochenen Rippen, weil ein umstürzendes Regal sie ungünstig getroffen hatte. Ich riet ihr, Anzeige wegen Körperverletzung zu erstatten. Als sie wieder auf den Beinen war, folgte sie meinem Rat, und damit begann das vorletzte Kapitel meiner Selbstfindung.«

Béla sah Peringer befremdet an. Selbstfindung? Eine verprügelte Kommunistin? Und was war mit dem obskuren Engländer? Allmählich wollte er das Ende dieser Geschichte hören.

»Selten sah ich jemanden, der so verloren aussah wie Frau Brenner, als sie von der Wache zurückkam. Der Gendarm hatte ihre Anzeige aufgenommen, ihr aber auch zu verstehen gegeben, dass man in dieser Sache nicht groß zu ermitteln gedenke. Es dürfe sie ja wohl kaum verwundern, dass die Provokationen ihrer Partei bei den Bürgern Wut hervorriefen. Das Land sei voller Flüchtlinge, die erfahren mussten, was Unfreiheit bedeute. Deren Zorn könne sich nun einmal leicht entladen. Er rate ihr, Ruhe zu geben, sonst müsse sie selbst mit einer Anzeige wegen Volksverhetzung rechnen.«

Peringer machte eine lange Pause, bevor er weiterredete. Ahnte sein Freund bereits die Pointe der Erzählung?

»Als mir Frau Brenner von diesem Ereignis berichtete, wurde mir schlagartig etwas klar, das meinem weiteren Lebensweg die ersehnte Richtung gab. Bislang hatte ich gedacht, der schlechteren Hälfte Europas entkommen zu sein und in einer wohlgeordneten Welt Aufnahme gefunden zu haben. Deshalb geriet ich ja in diese Krise, weil mir kein großes Ziel mehr vor Augen stand und es kein Zurück zum alten Kampfplatz gab. Aber jetzt begriff ich plötzlich, dass überall auf der Welt Unrecht geschah, auch im Westen, auch in diesem neutralen, gastfreundlichen Land, auch in Wien. Wie sehr sie in ihren Ansichten irren mochte, Frau Brenner hatte ein Recht darauf, dass man ihrem Fall nachging und die Täter bestrafte.«

Der Kämpfer, den Béla in seinem Jugendfreund suchte, schien ihm jetzt wieder greifbarer. Aber noch immer konnte er sich keinen richtigen Reim auf Peringers seltsame Geschichte machen.

»Mir wurde klar, dass ich nicht in Ungarn leben musste, dass ich mich nicht einmal mit Ungarn beschäftigen musste, um unseren Idealen treu zu bleiben.«

»Das verstehe ich nicht. Du hast die ungarische Kultur aufgegeben?«

»Aber nein. Ich habe mir so manche ungarische Merkwürdigkeit erhalten. Zum Beispiel lasse ich es mir nicht nehmen, möglichst viele Erfindungen unserer Landsleute zu benutzen.«

Zum Beweis zog Peringer mit stolzer Gebärde seinen Kugelschreiber aus der Jackentasche und zeigte auf das Zündholzheft, das bereits auf dem Wohnzimmertisch lag.

»Aber ich begriff, dass es nicht auf die räumliche Nähe zu Ungarn ankam. Freiheit, Recht, Gerechtigkeit. Dafür wollte ich mich weiterhin einsetzen. Wenn nicht in Budapest, dann anderswo. Wenn nicht im politischen Kampf, dann auf eine andere Weise.«

»Und das war der Moment, an dem der Engländer ins Spiel kam.«

»Genau. Er hatte mich, wie ich erst jetzt erfuhr, bereits wochenlang beobachtet.«

»Die Schritte in den Gassen des Neubauviertels.«

»Du sagst es. Er war ein erstklassiger, sehr einfühlsamer Beobachter. Mit präzisem Gespür für den richtigen Moment. Eines Abends, es lag bereits ein Hauch milder Frühlingsluft über der Stadt, sprach er mich auf dem Nachhauseweg an, so geschickt, dass es mir vorkam, als gäbe es nichts Selbstverständlicheres, als seiner Einladung ins Café Landtmann zu folgen.«

»Wer war dieser Mann?«

»Eric Greene gehörte zu jenen, nun ja, Profis, die die Alliierten nach ihrem Abzug in Wien beließen, um die Lage weiterhin zu beobachten. Seine Spezialität bestand darin, Leute zu rekrutieren.«

»Was wollte er von dir?«

»Von den vielen Flüchtlingen, die Österreich aufgenommen hatte, wanderten die meisten weiter, der Großteil nach Übersee. Innerhalb Europas nahm das Vereinigte Königreich den Löwenanteil auf. Verständlicherweise nicht ganz uneigennützig. Greenes Aufgabe bestand darin, den richtigen Leuten die richtigen Angebote zu machen. Auf mich war er aufmerksam geworden, weil ich in Budapest Kybernetik studiert hatte, neben Ungarisch auch Russisch und Deutsch sprach und – wie soll ich sagen – über einen gewissen Gerechtigkeitssinn verfügte.«

»Mit anderen Worten: Ein Budapester Mathematikgenie sollte im Auftrag des MI6 sowjetische Geheimbotschaften entschlüsseln.«

»Du hast zu viele Spionageromane gelesen, Béla.«

»Weißt du denn nicht, dass das Vorbild für James Bonds Gegenspieler Goldfinger ein Ungar gleichen Namens war?«

»Ernő Goldfinger, der Architekt. Ebenfalls ein Emigrant in England. Aber womit Greene mich nach London lockte, das war bei Weitem nicht so spektakulär wie das Leben eines Geheimagenten. Wie du als Leser spannender Romane sicher weißt, war die Metropolitan Police vergleichbaren Einrichtungen bei ihren Ermittlungsmethoden oftmals ein wenig voraus. Scotland Yard arbeitete zum Beispiel lange vor anderen Diensten mit Fingerabdrücken. Damals, als ich zum Yard stieß, entwickelte man bereits Vorformen moderner Datenbanken. Greene bot mir an, mich daran zu beteiligen.«

»Soll das etwa heißen, dass du Polizist geworden bist?«

»So ist es, ich wurde Polizist!«

Erstaunt griff Béla zur Pálinkaflasche und schenkte ein viertes Mal ein, zuerst sich selbst, dann seinem Gast.

»Wir wollten eine demokratische Ordnung, einen Rechtsstaat, nicht wahr?«

Béla nickte, doch die Verwunderung war noch nicht aus seinem Gesicht verschwunden.

»In England konnte ich daran mitarbeiten. Was hätte besser zu mir gepasst?«

»Du konntest doch gar kein Englisch.«

»Das ließ sich schnell lernen. Greenes Angebot beinhaltete einen Sprachkurs, eine kleine Wohnung in Hampstead und eine durchaus attraktive Bezahlung.«

»Aber woher konnten sie wissen, dass du kein Sicherheitsrisiko darstelltest? Du hättest doch ein Agent sein können.«

»So seltsam es klingen mag: Greene hatte einen Instinkt, dem sie trauten. Er war ganz alte Schule. Natürlich gab es eine Reihe routinemäßiger Kontrollen, und der Kalte Krieg erschwerte es einem Emigranten durchaus, in verantwortungsvolle Positionen aufzurücken. Aber ich bewährte mich, und Greene blieb als Mentor bis zu seinem Tod an meiner Seite. Manchmal hilft er mir noch heute, wenn ich in schwierigen Situationen an ihn denke und mich frage, wie er entschieden hätte.«

»Noch heute? Bist du denn noch nicht pensioniert?«

»In den Neunzigern, als ich mich schon auf den Ruhestand freute, waren plötzlich erfahrene Ermittler für europäische Schlüsselpositionen gefragt. Und so ging ich als einer der Ersten in die Niederlande, zu Europol.«

»Und jetzt? Kehrst du als Rentner nach Ungarn zurück?«

»Nein, ich bin dienstlich hier.«

»Dienstlich?«

»Ja. Endlich kann ich hier das tun, was damals nur außerhalb Ungarns möglich war.«

»Damit schließt sich für dich ein Kreis.«

Peringer, dem das Sitzen nach seiner langen Erzählung schwerfiel, erhob sich, um erneut die Aussicht auf die Donau zu genießen.

»Was ist es denn für ein Fall, den du hier untersuchst, Antal?«

Der Kommissar fasste den Stand der Dinge kurz zusammen, zu erschöpft, um auf Details einzugehen.

»Ich las davon in der Zeitung«, antwortete Béla. »Habt ihr den Täter bereits gefunden?«

»Nein. Was uns Kopfzerbrechen bereitet, ist die Steppjacke am Leichnam des Opfers. Mir ist da ein Gedanke gekommen …«

Er hatte sich wieder vom Fenster entfernt und betrachtete nun die Fotos an den Wänden.

»Die Pufajkások – Steppjackenkerle. So nannte man doch die Freiwilligenmiliz 1956, wegen ihrer dicken Steppjacken. Sie gingen brutal gegen die letzten Widerstandskämpfer vor.«

»Sicherlich«, antwortete Béla.

»Darauf könnte die Jacke hindeuten«, mutmaßte Peringer.

»Das ist fast fünfzig Jahre her«, erwiderte Béla und reichte Peringer eine Schale mit Salzgebäck. »Bleibst du zum Abendessen, Antal?«

Der Kommissar schüttelte den Kopf. »Kann man die Archive einsehen?«

»Nur Historiker und Journalisten. Hier, greif zu!«

Er nahm ein paar Salzstangen. »Danke, Béla, ich bin bereits verabredet. Aber ich komme dich gerne wieder besuchen.«

»Einen letzten Pálinka trinken wir aber noch!«

»Natürlich, Béla, natürlich.«

Die Männer traten wieder ans Wohnzimmerfenster und schauten auf die Donau, die ruhig im Abendlicht dahinfloss. Der Alkohol, die Gewitterluft und die Wiederbegegnung mit seinem alten Freund gaben Peringer das Gefühl, Teil eines Traums zu sein, aus dem er jederzeit aufwachen konnte.

Er verabschiedete sich und trat auf die Umlaufgalerie, die nun einen noch größeren Schwindel in ihm auslöste als vorher, in nüchternem Zustand. War es Wirsinggeruch, den er plötzlich im Hof wahrnahm?

Auf der Straße angekommen, beschloss er, zu Fuß zu Viki zu gehen. Frische Luft, das war es, was er jetzt brauchte, so viel frische Luft wie möglich.

12

Peringer nahm den Umweg über das Astoria, um sich zu duschen und die zweite seiner drei Weinflaschen zu holen, einen 2003er Bikavér Reserve. Anschließend machte er sich auf den Weg zu Vikis Wohnung. Es war gut, für eine Weile allein durch die Straßen zu gehen, am Belgrader Ufer entlang, über den Freiheitsplatz, vorbei am Parlament. Kurz bevor er sein Ziel, Neu-Leopoldstadt, erreicht hatte, brach ein Gewitter los. Der Regen versetzte ihn in gute Laune. Von einem überdachten Hauseingang aus betrachtete er den Tanz der Tropfen auf dem Asphalt, sah zu, wie sich kleine Blasen bildeten und sogleich wieder zerplatzten. Er atmete tief ein: Die frische, gereinigte Luft sorgte für Klarheit in seinem Kopf. Endlich sank die Temperatur auf ein Maß, bei dem er sich in seinem Anzug wohlfühlte.

Als der Regen nachließ, bog er in die Pozsonyi út ein, wo Viki lebte. Ihre Wohnung befand sich am Szent-István-Park, der in den Dreißigerjahren angelegt worden war. Das ganze Viertel strahlte den fortschrittlichen Geist der frühen Moderne aus: fünf- bis siebenstöckige Flachdachbauten, einfach, zweckmäßig und nicht sehr unterschiedlich, mit Balkon für jedes Apartment. Das Gebäude, in dem Viki wohnte, hatte sogar einen Dachgarten. Bevor er jedoch bei ihr klingelte, sah sich der Alte lange um, sog den Duft des regenfeuchten dunkelgrünen Parks ein und fragte sich, ob es wohl diese Gegend gewesen war, in die ihn seine Eltern bisweilen mitgenommen hatten, wenn sie einen Mitarbeiter aus Vaters Büro besuchten.

»Wie können Sie sich eine solche Wohnung leisten?«, lautete Peringers erste Frage, nachdem er das elegante Entree aus weißem Marmor passiert hatte und im obersten Stock angekommen war.

»Ich habe sie geerbt, von meiner Großmutter väterlicherseits. Sie stammte aus einer Pester Kaufmannsfamilie und gehörte zu den ersten Mietern in diesem Viertel, Ende der Dreißigerjahre. Einen Teil der hundertfünfzig Quadratmeter vermiete ich an einen Deutschen, um mein Einkommen aufzubessern.«

Peringer war beeindruckt und ließ sich voller Neugier von seiner Kollegin durch die Wohnung führen. Zwar bröckelte hier und da der Putz, und ein frischer Anstrich hätte dem ehedem schneeweißen Badezimmer gutgetan, doch waren Lage und Ausstattung des Apartments beneidenswert. Schon zur Entstehungszeit, erläuterte Viki, gehörten Zentralheizungen zum Standard. Wirklich unschlagbar war jedoch der Blick auf die Margareteninsel und auf den Park, der zudem den Straßenlärm abschirmte.

»Als meine Großmutter jung war, muss es hier wie in einem Taubenschlag zugegangen sein«, erzählte Viki. »Die Oma war stolz darauf, Gäste aus ganz Europa beherbergt zu haben. Schauspieler, Schriftsteller und auch progressive Politiker. Bekannte Leute sollen darunter gewesen sein.«

»Flasche Nummer zwei«, rief Peringer aus und bat um einen Korkenzieher. Viki ging in die Küche und bot Peringer dadurch Gelegenheit, sie von hinten zu betrachten. An diesem Abend sah er seine Kollegin zum ersten Mal ohne Uniform. Ihre private Garderobe – eng anliegende Jeans und ein schmal geschnittenes schwarzes Hemd – gab mehr von ihrer schlanken Figur preis als die Dienstkleidung, und der Alte ertappte sich dabei, seine Kollegin als Frau wahrzunehmen. Jetzt bin ich schon fast siebzig, dachte er, und habe mich noch immer nicht sattgesehen.

Viki kam nicht nur mit einem Korkenzieher aus der Küche zurück, sondern brachte außerdem ein Tablett mit Pogatschen.

»Jetzt können Sie zeigen, wie es wirklich um Ihre Budapestkenntnisse steht«, sagte sie.

Peringer schaute seine Kollegin fragend an. Viki erklärte, dass sie drei der besten Konditoreien Budapests aufgesucht hatte, um ihn auf die Probe zu stellen.

»Sie prahlen immer so mit Ihrem Wissen, jetzt können Sie es unter Beweis stellen. Also: Welche Pogatsche stammt von welchem Bäcker?«

»Verraten Sie mir wenigstens die drei Bäckereien, denen ich die Pogatschen zuordnen soll?«

Viki schaute Peringer an, als habe dieser bereits verloren, kam schließlich aber doch seiner Bitte nach: »Auguszt, Daubner, Ruszwurm.«

Der Kommissar prüfte das Gebäck wie Beweisstücke. Waren die Krusten fest, war das Innere weich und saftig? Gefiel die goldgelbe, warme Farbe? Schmeckten die Pogatschen würzig oder hefig, nach Käse oder Kürbis?

»Sie sind ja eine richtige Genießerin, Viki«, versuchte der Kommissar abzulenken.

»Zur Sache, Herr Kollege!«

»Also gut: die hellgrünen mit den gehackten Kürbiskernen stammen eindeutig aus Óbuda, von Daubner.«

»Richtig!«

»Diese hier«, sagte Peringer und zeigte auf ein etwas schief geformtes Exemplar, »ist ein wenig trocken im Biss, aber ansonsten tadellos. Ich tippe auf Budas älteste Bäckerei: Ruszwurm, gegründet 1827.«

»Ich gebe auf«, sagte Viki und seufzte.

»Auf diesen Erfolg trinken wir einen Bikavér«, triumphierte Peringer.

»Stierblut, aus Eger«, ergänzte Viki stolz, aber Peringer war ihr schon wieder um eine entscheidende Information voraus.

»Aus Szekszárd. Der Rotwein mit dem Namen Bikavér, Stierblut, kommt zwar auch aus Eger oder Erlau, aber noch länger reicht die Tradition dieses Weins in Szekszárd zurück.«

Viki verdrehte die Augen.

»Sehen Sie nur, diese Farbe«, schwärmte der Alte, »erinnert an dunkle Kirschen, nein, an Heidelbeeren …«

»Hauptsache, er schmeckt«, versuchte Viki Peringers Ausführungen abzukürzen.

»Nach reifer Pflaume, Cassis, hat aber auch Gewürznoten …«

»Auf Ihr Wohl, Herr Peringer!«

»Auf Ihres, Viki!«

Die Kommissare saßen eine Weile still da. Amselgezwitscher ertönte im verregneten Park, der Wein schmeckte wunderbar, und die geräumige Wohnung mit ihren klaren, modernen Formen vermittelte den Eindruck, in einer wohlgeordneten Welt zu leben.

Peringer fühlte sich für einen Augenblick versucht, seiner Kollegin endlich das in Ungarn so verbreitete Du anzubieten. Doch irgendetwas sagte ihm, dass sich die beiden mit einem gewissen Abstand wohler fühlten.

»Ich habe heute Béla, meinen Jugendfreund, besucht«, nahm er das Gespräch wieder auf.

»Das dachte ich mir«, erwiderte Viki.

»Er war überrascht und wohl auch ein wenig enttäuscht, dass ich Polizist geworden bin.«

»Die Polizei ist nicht besonders angesehen in Ungarn. Die Leute halten uns entweder für korrupt oder für unfähig, und von der Geheimpolizei im Kommunismus muss ich Ihnen ja nichts erzählen.«

Peringer nickte und fragte seine Kollegin, warum sie gleichwohl den Polizistenberuf ergriffen habe. Hinter so viel Ehrgeiz, dachte er, muss sich eine Geschichte verbergen, die der knappe Lebenslauf, den man ihm in Den Haag mitgegeben hatte, nicht verriet.

»Jetzt stellen sogar Sie mir diese Frage«, seufzte Viki, doch mochte sie den Alten mittlerweile genug, um ein wenig Ironie in ihre Stimme zu legen. »Warum nur wundern sich alle darüber? Meine Familie, meine Freunde, sogar einige Kollegen.«

»Was haben die denn gegen unseren Beruf?«, fragte Peringer, erinnerte sich dann aber, dass auch er bei seiner Anwerbung mit Eric das Für und Wider des Polizeidienstes diskutiert hatte, seither jedoch mit der größten Selbstverständlichkeit als Kriminalkommissar auftrat.

»Meine Eltern glauben, ich bliebe hinter meinen geistigen Möglichkeiten zurück. Freundinnen aus der Abiturklasse halten den Polizeidienst für uncool, weil man so schlecht verdient und mit schrecklichen Dingen zu tun hat, anstatt auszugehen, einzukaufen und seinen Spaß zu haben. Und viele Kollegen finden, dass man als Frau einen anderen Beruf wählen sollte.«

»Dabei kann unsere Arbeit doch so herausfordernd und befriedigend sein«, erwiderte Peringer. »Außerdem kommt man in der Welt herum, wenn man will.«

Viki strahlte. So sah auch sie die Sache. Der Alte war wirklich besser, als sie anfangs gedacht hatte.

»Sie haben mir Ihre Geschichte erzählt. Möchten Sie auch meine hören?«

»Ich bitte darum«, antwortete Peringer erfreut und griff in die Pogatschenschale. Es tat gut, den Magen zu füllen nach dem vielen Alkohol, den er heute bereits zu sich genommen hatte.

»Ich komme aus einer liberalen Akademikerfamilie. Meine Mutter ist Musikerin.«

»Welches Instrument spielt sie denn?«

»Geige.«

»Und was macht Ihr Vater?«

»Machen … na ja, er ist Philosoph. Also korrekterweise muss man sagen: Philosophieprofessor.«

»Sie kommen aus Debreczin, nicht wahr?«

»Aus Szegedin«, erwiderte Viki und sprach den Ortsnamen

in einem Ton aus, der ihre Abneigung nicht verbarg. »Dorthin zogen meine Eltern noch vor meiner Geburt. Mein Vater bekam eine Assistentenstelle an der Universität und nach der Wende dann eine Professur.«

»Womit beschäftigt sich Ihr Vater?«

»Jetzt werden Sie lachen: Er ist Rechtsphilosoph und schreibt dicke Bücher über schwerwiegende Probleme.«

»Zum Beispiel?«

»Zum Beispiel darüber, worauf sich das Recht gründet oder was der Staat bestrafen darf.«

»Aha, dann verstehe ich, warum Sie zur Polizei gegangen sind.«

Viki lächelte. »Nur zur Hälfte, Herr Peringer.«

»Und worin besteht die andere Hälfte?«

»Die besteht darin, dass mein Vater sämtliche Gründe und Gegenargumente so lange abwägt und umdreht, bis man nicht mehr weiß, was man eigentlich tun soll. Schauen Sie mal …«, sagte Viki, sprang auf und gab dem Kollegen ein Foto. Es zeigte einen hageren Mann im Rollkragenpullover vor einer Bücherwand. Das wirre graue Haar, die dicken Brillengläser und der Aschenbecher auf seinem Schreibtisch entsprachen so sehr dem Stereotyp eines mitteleuropäischen Intellektuellen, dass Peringer sich das Lachen nur mit Mühe verkneifen konnte.

»Er hat all diese Bücher tatsächlich gelesen, meistens sogar in der Originalsprache. Als Kind dachte ich eine Zeitlang, mein Vater kenne seine komplette Bibliothek auswendig.«

»Sie bewundern ihn, nicht wahr?«

Vikis Blick wanderte zu einem imaginären Punkt, der weit entfernt und doch sehr nah zu sein schien. »All die Partys meiner Eltern mit ihren endlosen Diskussionen, denen nie etwas wirklich Handfestes folgte, wo man sich Zitate zuwarf, jeden Gedanken umständlich herleitete, Bedenken vortrug, Einwände erhob und Widersprüche aufzeigte… Haben Sie sich solche Gespräche jemals anhören müssen? Ich bin damit aufgewachsen, und je älter ich wurde, desto mehr gingen sie mir auf die Nerven.«

Peringer überlegte. »Ich denke, die Ursache für das Verhalten Ihres Vaters könnte in den Erfahrungen meiner Generation liegen.«

»Wie meinen Sie das?«

»Die Generation Ihres Vaters wuchs nach dem gescheiterten Aufstand heran. Sie musste davon ausgehen, dass zu ihren Lebzeiten keine gravierenden Veränderungen mehr stattfinden würden, denn damit war die Elterngeneration ja gerade gescheitert. Also arrangierte man sich. Kádár gewährte ihnen nach und nach kleine Freiheiten, und die nutzte man für jene Debatten, mit denen Sie so große Schwierigkeiten haben. Worte waren wichtiger als Taten.«

So hatte Viki die Sache noch nicht gesehen. Peringers Erklärung klang plausibel. Und doch störte sie etwas daran. Zu mild war das Licht, das der Alte auf ihren Vater und seine Freunde warf.

»Aber was ist mit der Wendezeit?«, erwiderte sie schließlich.

»Hat sich Ihr Vater denn nicht in der Bürgerbewegung engagiert?«

»Doch, schon. Warten Sie …« Erneut sprang Viki auf, um ein Foto zu holen. Es zeigte sie als Achtjährige auf den Schultern ihres Vaters bei einer Demonstration vor dem Rathaus von Szeged.

Peringer warf einen langen Blick auf das Bild, legte es zurück auf den Tisch und wischte sich eine Träne weg. »Entschuldigen Sie, Viki. Es rührt mich einfach immer wieder, dass das, wofür wir damals gekämpft haben und wofür so viele starben, schließlich ohne Blutvergießen erreicht wurde. Ihr Vater hatte teil daran. Ich verstehe nicht, warum Sie die Wendezeit als Beleg für seine Tatenlosigkeit anbringen.«

Viki spürte, dass sie ihr Unbehagen genauer formulieren musste, als sie es für sich selbst bisher getan hatte. War sie ihrem Vater gegenüber unfair? Ging ihre Entscheidung für den Polizistenberuf am Ende auf pubertären Trotz zurück, der eine Seite ihres Vaters übersah, die ihr ähnlicher war, als sie es sich zugestand? Das ausgeprägte Gefühl für Gerechtigkeit, mit dem sie immer wieder aneckte, verdankte sie das nicht ihrem Vater?

»Als ich in das Alter kam, in dem man beginnt, politische Fragen zu stellen, hatte sich mein Vater längst wieder in seinen Elfenbeinturm zurückgezogen. Dieses Mal umso entschlossener.«

»Was war geschehen?«

»Während der Wendezeit hatte er eine Oppositionsgruppe gegründet, Manifeste geschrieben und dafür plädiert, den Staat, genau habe ich es nie verstanden, alternativ zu organisieren. Natürlich kam es anders. Seither ergeht mein Vater sich darin, Politikerprivilegien und Parteiengezänk zu beklagen. Was immer passiert, er sieht sich darin bestätigt, dass das ungarische Gemeinwesen nicht zu retten sei.«

»Wenn man die Zeitungen aufschlägt, fällt es manchmal schwer, den gegenteiligen Eindruck zu gewinnen.«

»Jetzt fangen Sie nicht auch noch damit an, Herr Peringer«, sagte Viki, lauter und bestimmter, als er es bislang von ihr kannte. »Genau dieses Gejammer war nämlich der Grund dafür, warum ich unseren Beruf ergriff. Man muss eben versuchen, es selbst besser zu machen, und nicht immer nur reden und sich beklagen.«

Von Vikis Rage überwältigt, wollte der Kommissar seine Kollegin beruhigen und ihr beipflichten. Aber Vikis Redestrom ließ ihm keine Gelegenheit dazu.

»›Ausgerechnet jetzt, wo die Rechten an die Macht kommen, willst du in den Staatsdienst treten. Den Befehlen der Nationalisten wirst du Folge leisten müssen …‹«

»Ich nehme an, das waren die Worte Ihres Vaters.«

»So argumentierte er, als ich 1998 meine Ausbildung begann.«

»Sagen Sie nicht, dass Sie diese Warnungen für ganz und gar aus der Luft gegriffen hielten.«

»Darum geht es doch gar nicht! Seine Sätze bestärkten mich nur darin, diesen Weg zu gehen.«

Peringer war beeindruckt. Im Laufe seines langen Berufslebens hatte er mit den unterschiedlichsten Partnern zusammengearbeitet, aber niemand, Eric ausgenommen, war sich so sehr im Klaren darüber gewesen, warum er tat, was er tat. Vikis Entschlossenheit erinnerte ihn an seine eigene Jugend. Aber es gab einen Unterschied, der ihn verwunderte und daran zweifeln ließ, bereits die ganze Geschichte gehört zu haben. Er hatte gekämpft, ja, aber Béla und Péter standen stets an seiner Seite. Er hatte sich in London durchgesetzt, doch ohne Erics Rat und Fürsprache wäre er niemals so weit gekommen. Hatte diese junge Frau keine Zweifel, boxte sie sich immer allein von einer Station zur nächsten? Wie lange konnte das gutgehen, ohne dass nach einer heftigen Niederlage die Verzweiflung umso stärker zurückschlug? Allzu gut kannte er dieses Gefühl aus dem Winter in Wien, bevor Eric ihn ins Landtmann eingeladen und ihm eine Perspektive eröffnet hatte.

»Also zogen Sie nach Budapest, begannen Ihre Ausbildung und zeigten es allen«, sagte Peringer, obwohl er aus den Unterlagen wusste, dass der Fall, an dem sie beide gerade arbeiteten, Vikis erste Hauptstadtaufgabe war.

»Nein«, erwiderte Viki, die den Trick ihres Kollegen durchschaute. »Wenn Sie hören wollen, dass alles viel schwieriger war, als ich es mir vorgestellt hatte, dürfen Sie ruhig direkt danach fragen.«

»Ich vermisse an Ihrer Erzählung einfach den üblichen Schuss mitteleuropäischer Melancholie und Vergeblichkeit«, antwortete Peringer.

»Sie philosophieren wie mein Vater. Seit wann sind alle Mitteleuropäer zum Scheitern verurteilt?«

»Vielleicht gehören Sie einfach einer anderen, pragmatischeren Generation an.«

Viki seufzte. »Vielleicht bin ich auch einfach nur ein Individuum.«

»Das ist es ja, was ich meine. Woher beziehen Sie denn Ihre Kraft? Mit wem beraten Sie sich? Haben Sie so etwas wie einen Mentor?«

»Polizeipräsident Bibó fördert mich.«

»Das ist etwas anderes als ein Mentor.«

Draußen war es dunkel geworden, doch die Amseln flöteten unermüdlich weiter. Viki schaltete eine Stehlampe an und trank einen Schluck Wein.

»Ich weiß ja, was Sie meinen. Wenn Sie die Fortsetzung meiner Geschichte hören, verstehen Sie mich vermutlich besser.«

Nach einem weiteren Schluck Rotwein fuhr sie fort.

»Anfangs störte es mich gar nicht einmal, dass mir kein Ausbildungsplatz in Budapest zugeteilt worden war. Ich dachte, gerade dort in der Provinz könnte ich mich gut profilieren, ohne gleich überfordert zu werden. Viele taten sich mit dem theoretischen Lehrstoff schwer, doch mir fielen die Prüfungen leicht, so leicht, dass ich Jahrgangsbeste wurde. Innerlich versöhnte mich das sogar ein wenig mit meinem Vater, ohne den mir die Rechtsklausuren sicher nicht so leicht gefallen wären. Aber er interpretierte mein gutes Abschneiden nur als weiteren Beleg dafür, dass ich besser Jura studiert hätte.«

»Umso mehr freuten Sie sich auf die Praxis.«

»Umso mehr freute ich mich auf die Praxis. Leider trübten gleich zwei Punkte meine Vorfreude. Zum einen waren die Ausbilder der Auffassung, für die interessanteren – und das sind ja leider oft auch die unappetitlicheren – Fälle kämen zuerst einmal die männlichen Kollegen infrage.«

»Eine merkwürdige, als Rücksichtnahme getarnte Form der Diskriminierung.«

»Herr Peringer, wie soll ich einem alten Ungarn so viel Einsicht abnehmen?«

»Auch ich habe meine Lektionen lernen müssen, Viki. Aber das gehört jetzt nicht hierher.«

Die Kommissarin musste einen Moment überlegen, um zum Faden ihrer Erzählung zurückzufinden. Der Alte faszinierte sie. Kokettierte er bloß? Oder hatte der Westen ihn tatsächlich geprägt?

»Das zweite Hindernis bestand darin, dass ich so gut war.«

»Oder zu sehr zeigten, wie gut Sie sind?«

»Dass ich ... Herrje, können Sie sich nicht endlich einmal entscheiden, auf wessen Seite Sie eigentlich stehen?«, rief Viki wütend aus. »Vielleicht war ich etwas vorlaut, das mag schon sein, als Tochter meines Vaters, aber ein guter Ausbilder hätte damit umzugehen gewusst. Dieser Provinzdepp jedoch, den sie uns vorsetzten, ertrug es einfach nicht, wenn ihm jemand überlegen war.«

»Lassen Sie mich raten: Er setzte Sie im Streifendienst ein, mit der Begründung, man müsse das Handwerk von der Pike auf lernen.«

»Genau. In diesem Moment überkam mich tatsächlich Niedergeschlagenheit. Was wäre, wenn ich hier versauern würde, nie eine Chance bekäme?«

»Bestand denn nicht die Möglichkeit, sich versetzen zu lassen? Immerhin überzeugten Sie durch gute Noten.«

»Ohne Unterstützung von oben hätte ein Versetzungsantrag kaum Aussicht auf Erfolg gehabt. Gerade wegen der guten Noten konnte mein Vorgesetzter behaupten, er brauche mich vor Ort. Meine einzige Möglichkeit bestand darin, durch einen außergewöhnlichen Ermittlungserfolg auf mich aufmerksam zu machen. Aber da man mich nicht rangelassen hat ...«

Peringer schenkte Wein nach. Ihm wurde klar, wie gut er es in London gehabt hatte, trotz des Misstrauens, das ihm als Flüchtling anfangs entgegengebracht worden war.

»In dieser Situation sehnte ich mich durchaus nach einem, wie Sie sagen, Mentor. Aber ich hatte eben keinen.«

»Und wie schafften Sie es, da herauszukommen?«

»Tja«, sagte Viki und sah Peringer mit einem ungewöhnlich stolzen Gesichtsausdruck an. »Alle Sackgassen, in die man mich schickte, stellten sich als Chancen heraus. Ich musste sie nur erkennen und nutzen. Bereits beim Streifendienst fing es an, wobei zugegebenermaßen auch der Zufall eine große Rolle spielte. Aber als man mich aus der Abteilung ›C‹ heraushielt – ich erzähle Ihnen gleich mehr dazu –, wusste ich, jetzt oder nie! Dadurch angespornt, erzielte ich letztlich den Erfolg, der mir den Weg nach Budapest bahnte.«

»Sie sprechen vom Fall Puskás.«

»Richtig.«

»Was ich darüber weiß, macht mich auf Ihre Version neugierig.«

»Auf den Streifenfahrten war es üblich, Kollegen nach dem Dienst nach Hause zu bringen oder dort abzuholen. Gábor Puskás gehörte zu diesen Kollegen. Ein gemütlicher Kerl Anfang fünfzig, der in seiner Freizeit Pálinka brannte. Beliebt war er allein schon deshalb, weil er seinen Schnaps zu Polizeifesten mitbrachte und an Namenstagen verschenkte.«

»Fuhren Sie mit ihm Streife?«

»Nein, Gábor leitete die sogenannte Abteilung ›C‹, die ich eben erwähnte.«

»Abteilung ›C‹?«

»C wie Cigány – Zigeuner. Es gab tatsächlich eine solche Einheit, die sich mit der sogenannten Zigeunerkriminalität beschäftigte.«

»Das ist ja ungeheuerlich! Kriminalität ist Kriminalität, wozu eine Einteilung nach Volksgruppen?«

»Lesen Sie mal die Umfragen. Selbst wenn sich die meisten Offiziellen derzeit von dieser Praxis distanzieren, die Mehrheit der Menschen dürfte eher dafür votieren. Manche üben ja sogar Selbstjustiz, weil sie meinen, der Staat handle nicht entschieden genug.«

»Davon hört man im Ausland wenig. Ich hätte die ungarische Gesellschaft für reifer gehalten.«

»Bestimmt spielen die schwierigen wirtschaftlichen und sozialen Verhältnisse dabei eine große Rolle. Aber jetzt diskutieren wir schon wieder so allgemein.«

»Sie haben recht, Viki. Kommen wir zurück zum Puskás-Mord.«

»An einem herrlichen Spätsommertag wollte ich Gábor morgens abholen, aber er stand nicht wie gewohnt vor seinem Haus am Stadtrand, obwohl die Haustür offen war. Ich hupte, wartete, rief ihn auf seinem Mobiltelefon an. Da ich den Motor abgestellt hatte, war es sehr ruhig. Aus dem Haus hörte ich das Klingelgeräusch seines Telefons. Ich stieg aus, rief nach ihm, niemand antwortete. Und dann sah ich das erste Mordopfer meines Lebens. Gábors Kehle war aufgeschlitzt, überall klebte das dunkelrote Blut, das aus der offenen Halsschlagader herausgespritzt war. Es war entsetzlich.«

»Der verhasste Streifendienst hatte Ihnen Ihren ersten Tatort beschert.«

»So kann man es sagen. Natürlich war ich gehalten, unverzüglich die zuständigen Kollegen herbeizurufen. Aber während der Wartezeit wandte ich so viel wie möglich von dem an, was ich in der Kriminaltechnik gelernt hatte. Ich sah mir die Tatwaffe an, die Fundstelle der Leiche, prägte mir von der Umgebung ein, was immer mir auffiel.«

»Mit Verlaub, liebe Viki, Sie wollen nicht behaupten, dass Ihre Kollegen von der Kripo nicht genau das Gleiche taten.«

»Natürlich, die Kollegen arbeiteten sehr sorgfältig. Aber es passierte etwas, das, wie soll ich sagen, dafür sorgte, dass das gewonnene Wissen nicht richtig ausgewertet wurde. Der Fall wühlte die Kollegen natürlich von Anfang an auf, weil einer von uns ermordet worden war. Dazu kam, dass der leutselige Gábor von allen gemocht wurde. Warum sollte jemand gerade ihn so bestialisch umbringen?«

»Ich ahne, worauf Sie hinauswollen.«

»Wenn Sie vermuten, dass ich jetzt darauf zu sprechen komme, dass Gábor die Abteilung ›C‹ unterstand, dann liegen Sie richtig. Er leitete diese Abteilung, falls man das überhaupt so sagen darf, ziemlich erfolgreich. Zu jedem seiner Ermittlungserfolge, ganz gleich, ob es sich um einen Hühnerdiebstahl handelte oder um Totschlag, lieferte er der Presse Material, wodurch einerseits selbst Bagatelldelikte breitgewalzt wurden und andererseits stets der Hinweis auf die Volksgruppe der Täter erfolgte. Gábor lieferte also sozusagen Beweise für landläufige Vorurteile, und das ganz einfach dadurch, dass er normale Polizeiarbeit machte, aber eben nur innerhalb einer bestimmten ethnischen Gruppe, der viele eine besondere Neigung zu Straftaten unterstellen.«

»Dann war es gar nicht so sehr Gábors Person, sondern die Existenz der Abteilung ›C‹, die den Minderheiten Probleme bereitete.«

»Ja, das könnte man durchaus so sagen. Viele der Roma arbeiteten sogar mit ihm zusammen, er war kein eifriger Rassist oder so etwas.«

»Das klingt mir nach einer sehr verqueren Situation. Die typisch ungarische Mischung eben aus alten Vorbehalten, falschen Weichenstellungen und einer gehörigen Portion Trägheit.«

»Ach, Herr Peringer, Sie können das Verallgemeinern wohl wirklich nicht lassen.«

»Habe ich denn Unrecht?«

»Darüber diskutieren wir ein andermal. Ich erzähle jetzt lieber meine Geschichte zu Ende, denn es wartet noch ein wenig Arbeit auf uns, und allmählich werde ich müde«, antwortete Viki und unterdrückte ein Gähnen.

»Einverstanden«, erwiderte Peringer.

»Die grausame Tat war natürlich ein gefundenes Fressen für sensationslüsterne Medien, rechte Parteien und unbeherrschte Kollegen. Sofort bestand Einigkeit darüber, dass ›die Zigeuner‹ dahintersteckten. Motiv: Rache.«

»Aber Sie bezweifelten das.«

»Sie wissen doch schon, dass ich nicht Polizistin geworden bin, um mich in Spekulationen zu ergehen. Und diese Vorverurteilungen waren nichts anderes als haltlose Spekulationen. Haltlos zwar, aber leider nicht folgenlos. Denn vielerorts fühlten sich gewaltbereite Gruppen jetzt ermutigt, Roma einzuschüchtern.«

»Um vorurteilsfrei zu ermitteln, hätten Sie aber auch mögliche Spuren im Roma-Milieu verfolgen müssen.«

»Wenn man mich denn gelassen hätte. Die Abteilung ›C‹ erhielt die Federführung, und obwohl ich darum bat, für diesen Fall, den ich ja sozusagen entdeckt hatte, dabei sein zu dürfen, schloss man mich aus. Man brauche jetzt erfahrene Kräfte, hieß es, aber natürlich könne ich jederzeit mit sachdienlichen Hinweisen auf die Kollegen zugehen, schließlich gehe Gábors Tod uns alle an und so weiter und so fort.«

»Ich kann mir Ihre Wut gut vorstellen.«

»Wirklich? Haben Sie denn jemals Ähnliches erlebt?«

»1963 saß ich mit Eric Greene, meinem Mentor bei Scotland Yard, in der gerade eröffneten Patisserie Louis in London-Hampstead. Ein ungarisches Emigrantenlokal, in dem wir uns noch oft treffen sollten. Aber an diesen ersten Besuch erinnere ich mich besonders gut. Eric lud mich dorthin ein, um mich zu beruhigen und wieder zur Räson zu bringen. Ein weiteres Mal war mein Ansinnen abgelehnt worden, bei Scotland Yard nicht länger nur mit Datenorganisation und Übersetzungen befasst zu sein. Ich hatte diese Schreibtischarbeit so satt, wollte endlich raus, vor Ort ermitteln, mit Leuten zu tun haben, meinen Instinkt testen.«

Viki erinnerte sich an das kurze Gespräch im Hauptquartier, bei dem der Alte ihr erklärt hatte, warum er auf ein Büro verzichten wolle. Dann sagte sie: »Wut kennen wir also beide. Aber Sie waren wütend, weil man Ihre Intuition nicht zum Zug kommen ließ. Ich hingegen wäre froh gewesen, wenn ich nur ein wenig Verstand und Logik hätte einsetzen dürfen.«

Peringer lachte laut auf, griff zum Weinglas und hielt es seiner Kollegin hin, die daraufhin ebenfalls ihr Glas erhob. Die Gläser stießen so schwungvoll aneinander, dass er fürchtete, sie könnten zerbrechen.

»Also, was passierte mit Ihrer Wut?«, fragte Viki.

»Eric besänftigte mich, indem er mir verriet, dass der zuständige Vorgesetzte bald durch einen anderen ersetzt werde und mein Gesuch dann größere Aussicht auf Erfolg hätte. So brachte er mich gerade noch davon ab, das Handtuch zu werfen und eine Privatdetektei aufzumachen.«

»Wie Sie wissen, hatte ich keinen Eric«, erwiderte Viki mit spürbarem Bedauern in der Stimme. »Und da Sie mich bereits ganz gut kennen, können Sie sich denken, dass mich diese Demütigung anspornte, es allen zu zeigen.«

»Wie haben Sie den Fall gelöst?«

»Es war viel leichter, als man meinen könnte. Eigentlich bestand die ganze Kunst darin, sich nicht von der Stimmung verrückt machen zu lassen, die durch Gábors Tod wenn nicht ausgelöst, so doch verstärkt worden war.«

»Also gab es eine eindeutige Spur, der die anderen nicht nachgegangen waren?«, fragte Peringer, als könne er durch geschicktes Nachhaken selbst auf die Lösung des Falls kommen.

»Als Tatwaffe diente ein Messer, das neben dem Opfer lag. Außerdem befand sich nicht weit von der Leiche entfernt eine

Flasche, die mit dem Blut des Opfers gefüllt war. Für die Abteilung ›C‹ war dieser grausige Tatbestand ein weiterer Beweis für die Bestialität der rachsüchtigen Zigeuner. Aber ich fragte mich, welche Bedeutung darin liegen könne. Irgendetwas musste der Täter damit doch ausdrücken wollen. Doch was?«

»Pálinka!«

Viki sah Peringer entgeistert an und rief dann aus: »Sie sind wirklich richtig gut, Herr Kollege!«

Peringer lächelte mit blitzenden Augen und forderte seine Kollegin auf, erneut mit ihm anzustoßen.

»Das Messer hatte einen Holzgriff, der eine Vielzahl eigenartiger Spuren aufwies: dunkelblaue ...«

»... von Zwetschgen ...«

»... gelbe ...«

»... von Marillen ...«

»... rote ...«

»... von Kirschen.«

Viki nickte und sagte: »Gábor hatte das Messer benutzt, um die Früchte zu entkernen und unreife oder faule Stellen zu entfernen, bevor er die Maische anrührte.«

»Das Obstbrennen war seine große Passion, der er sich mit Hingabe widmete.«

»Seiner Frau hingegen weniger und weniger. Und so kam es, um die Sache abzukürzen, dass Gáborné Puskás, Frau Gábor Puskás, ihrem Mann mit dem Maischemesser die Kehle aufschlitzte und das Blut in eine Pálinkaflasche abfüllte. Ganz schön grausig, oder?«

Die beiden Kommissare konnten sich angesichts dieser Kaltblütigkeit nicht überwinden, erneut auf Vikis Erfolg anzustoßen. Stattdessen saßen sie eine Weile stumm da und lauschten den Amseln.

»Sie müssen gefeiert worden sein von Ihren Kollegen«, nahm Peringer das Gespräch schließlich wieder auf.

»Nun ja, viele bezeugten mir ihre ehrliche Anerkennung. Aber ich hatte mit meinem Ermittlungserfolg leitende Beamte blamiert und ihre Vorurteile bloßgestellt. So überwog wohl letztlich die Erleichterung, als das Angebot aus Budapest kam und man mich wegloben konnte.«

»Worin bestand dieses Angebot?«

»Man ermöglichte mir, mich drei Monate lang auf der Mitteleuropäischen Polizeiakademie MEPA fortzubilden und dann bei der Budapester Kripo einzusteigen.«

»Endlich das Richtige für Sie!«

»Es war noch viel besser, als ich dachte. Bei der MEPA kamen die Kollegen aus allen acht Teilnehmerländern, auch aus Deutschland, Österreich und der Schweiz. Da konnte man lernen, wie die Dinge woanders laufen. Wie wenig von dem, was man bei uns als zwingend ansieht, in Wirklichkeit ganz und gar vermeidbar ist!«

»Europa wurde Ihr Mentor!«

»Sie müssen einfach aus allem Ihre Weisheiten ableiten, Herr Kollege! Aber dieses Mal nehme ich es Ihnen nicht übel, denn wenn ich es auch nicht so abstrakt und pathetisch formulieren würde, haben Sie doch im Grunde genommen recht.«

Peringer lachte und teilte die letzten Tropfen Wein auf.

»Werden Sie weitere Kurse an der MEPA besuchen?«

»Bestimmt. Aber erst einmal habe ich mich auf eine Hospitanz bei der London Metropolitan Police beworben.«

»Scotland Yard! Da verwende ich mich gerne für Sie.«

»Danke, Herr Peringer. Wenn Krassó meinen Antrag bewilligt, komme ich gern darauf zurück.«

»Damit er das tut, sollten wir vielleicht unseren Fall lösen …«

»Das stimmt«, erwiderte Viki, zog eine Mappe aus einer Schublade und klappte sie auf.

»Krassó hat heute ein Memo zum Fall Orosz herumgeschickt und die Einsatzpläne für den Gipfel bekannt gegeben.«

»Darf ich mal sehen?«

Peringer überflog das Memo und studierte den Plan.

»Fällt Ihnen etwas auf?«, fragte Viki.

»Allerdings«, antwortete Peringer. »Wir kommen nicht darin vor. Er überlässt die Konferenzsicherheit, insbesondere den Schutz von Europasekretär Németh, dem Staatsschutz, dem Terrorabwehrdienst und ...«

»... den Amerikanern, die mal wieder nichts aus der Hand geben wollen.«

»Budapest wird einer besetzten Stadt gleichen, wenn diese Pläne umgesetzt werden. Können wir dann überhaupt noch unserer Arbeit nachgehen?«

»Dafür wird Bibó schon sorgen, hoffe ich jedenfalls.«

Peringer lehnte sich zurück und leerte sein Glas bis auf einen letzten Schluck. Dann richtete er sich auf und sagte: »Wir ignorieren das ganz einfach und machen unsere Arbeit. Gegen Németh mögen Drohungen vorliegen oder auch nicht; fest steht, dass unser Täter frei herumläuft und dass er zwei Steppjacken hat anfertigen lassen. Er bereitet also mit hoher Wahrscheinlichkeit den nächsten Mord vor. Alle Kräfte konzentrieren sich in den nächsten Tagen auf die Konferenzsicherheit. Wenn *wir* unseren Mörder nicht aufhalten, hält ihn niemand auf.«

Er klappte die Mappe zu, gab sie seiner Kollegin zurück und ergänzte: »Aber schauen Sie, dass Sie auf dem Laufenden bleiben. Wir müssen wissen, welche Maßnahmen die Dienste vorsehen.«

Viki wusste nicht, ob sie dem mulmigen Gefühl nachgeben sollte, das in ihr aufstieg, oder der gespannten Erregung, die Peringers Plan in gleichem Maße bei ihr auslöste. Allein gegen den Apparat oder doch wenigstens am Apparat vorbei ... Andererseits teilte sie Peringers Einschätzung: Ihr Täter wartete höchstwahrscheinlich nur darauf, im Schutz des Gipfels erneut zuzuschlagen, also mussten sie an ihm dranbleiben, gerade unter diesen Umständen.

»Sie deuteten heute Morgen an, eine neue Spur zu haben.«

»Keine neue Spur, nur eine neue Interpretation der einzigen, die uns vorliegt: der Steppjacke.«

Peringer berichtete von seiner Vermutung, die Jacke könnte auf die Pufajkások hindeuten, jene Hilfstruppen in wattierten Winterjacken, die 1956 gegen die Aufständischen gekämpft hatten.

»Aber was wollen Sie damit sagen, Herr Peringer? Dass Orosz dieser Miliz angehörte und jemand ihn fast fünfzig Jahre später dafür bestrafen wollte?«

»Sehr unwahrscheinlich, das gebe ich zu. Aber haben wir etwas Greifbareres?«

Viki überlegte kurz, bevor sie fragte: »Warum erst heute, warum so spät?«

»Weil der Täter erst jetzt davon erfuhr, dass der Karrierepolitiker Orosz eine dunkle Vergangenheit hat.«

»Wie sollte er darauf gekommen sein?«

»Durch Recherchen, durch Einsicht in belastendes Material.«

»Die Archive sind aber nicht öffentlich zugänglich.«

»Ich weiß, und genau das ist unsere Chance! Wir müssen herausfinden, wer Zugang zu den Akten hat, die über jene Jahre Auskunft geben. Damit lässt sich der Täterkreis sehr genau eingrenzen.«

Viki leerte ihr Glas, während Peringer sie danach fragte, wo sich die Unterlagen befänden.

»Im Historischen Archiv der Akademie der Wissenschaften.«

»Ausgezeichnet, dann wollen wir uns dort mal vorstellen. Und damit niemand Verdacht schöpft, bleibt Ihre Uniform morgen im Schrank, liebe Viki.«

»Ich soll undercover ermitteln?«

»Sie geben sich als Journalistin aus. Und ich als britischer Zeithistoriker.«

»Dass ich einmal auf so altmodische Weise ermitteln würde, hätte ich mir nicht gedacht, als ich beschloss, Polizistin zu werden.« Viki schüttelte belustigt und ungläubig zugleich den Kopf.

»Das ist die Praxis«, sagte Peringer, lachte und genoss den letzten Tropfen Bikavér. Viki rief ihm ein Taxi, Peringer bedankte sich für die Pogatschen und machte sich auf den Weg in sein Hotel.

13

Gegen seine Gewohnheit, sich beim Rasieren von nichts und niemandem stören zu lassen, legte Peringer den Pinsel zurück in den bereits mit Schaum gefüllten Tiegel. Die Stimme von Oberstaatsanwalt Krassó erregte seine Aufmerksamkeit. BBC World Service berichtete von den Vorbereitungen zum Gipfel, der in zwei Tagen beginnen sollte, und Krassó gab ein Interview. Er sprach fließend Englisch, mit amerikanischem Akzent.

Nach der Rasur stellte Peringer das Radio ab und blickte aus dem Hotelfenster auf das jüdische Viertel. Sicherheitskräfte umstellten die Synagoge mit Sperrgittern; anscheinend wollte ein Delegierter das aufwendig renovierte Gebäude besuchen.

Das Gipfelprogramm verteilte sich auf zwei räumliche Schwerpunkte: den Roosevelt tér, wo sich das Innenministerium und das Konferenzhotel Gresham Palace befanden, und den Freiheitsplatz, wo die US-Botschaft lag und unter freiem Himmel die Abschlussveranstaltung stattfinden sollte. Da die Akademie der Wissenschaften unweit der Veranstaltungsorte gelegen war, beschloss Peringer, sich vor dem Besuch der Akademie zu Fuß ein Bild von der Lage zu machen.

Er ging zum Donauufer, wo Krassós Leute weiterhin den Klothildenpalast observierten, in dem sie am Vortag den Sprengstoff gefunden hatten. Auf der Donau flitzten kleine, schnittige Polizeiboote hin und her, teils mit dem Strom, teils gegen ihn. Der Kommissar nahm die Straßenbahnlinie 2, die am Ufer entlangfuhr und ihn in Gehweite zum Freiheitsplatz brachte.

Der Platz, großzügig angelegt und doch geschützt durch die ihn umgebenden Gebäude, unterschied sich von der Pester Innenstadt durch seine Ruhe und die ungewöhnlich gute Luft. Junge Angestellte mit Laptops saßen auf Parkbänken, Rentner rauchten, und auf den Rasenflächen sonnten sich Schülerinnen im Bikini.

Peringer ging auf einem Kiesweg zum Kinderspielplatz und betrachtete eine Zeit lang das Treiben. Dann stand er auf und überquerte den Rasen. In der Mitte des Platzes befand sich ein bewirtschafteter Pavillon. Er ließ sich auf dem letzten unbesetzten Stuhl nieder und sah sich um: In seinem Rücken lag die Ungarische Notenbank, die ihrerseits umgeben war von der Postsparkasse und dem Bank Centre. Zu seiner Linken befand sich das Gebäude des Staatsfernsehens, das den Platz nach Westen begrenzte. Am rechten Rand, gut gesichert, die Botschaft der Vereinigten Staaten. In unmittelbarer Nachbarschaft: Regierungs- und Bürogebäude, das Parlament. Unter dem Platz befand sich eine Tiefgarage.

Dort nahm der Kommissar die Sicherheitsvorkehrungen zuerst wahr. Männer in unauffälliger Alltagskleidung sorgten dafür, dass die letzten Autos das unterirdische Parkhaus verließen. Anschließend sperrten sie die Zufahrten ab. Zuvor kamen aber noch zwei Hundestaffeln zum Einsatz, die eine unterirdisch, die andere auf dem Platz. Gullydeckel wurden angehoben. Da sich der Fahrstuhl zum Parkhaus neben dem

Pavillon befand, ließen die Männer ihre Tiere auch an Peringers Tisch schnüffeln. Der Kommissar warf einem Hund ein Stück Würfelzucker hin, woraufhin ihn der Hundeführer eindringlich und humorlos anblickte. Dann zog er wortlos ab. Peringers Tischnachbar blinzelte dem Alten amüsiert zu.

In Sichtweite des Pavillons, schräg gegenüber der amerikanischen Botschaft, befand sich ein Denkmal. Gekrönt von einem Sowjetstern und verziert durch Hammer und Sichel in blassgoldenem Ährenkranz, erinnerte es an den Sieg der Roten Armee 1945. Zwei Männer in dunklen Anzügen liefen mehrmals um das Denkmal herum, gestikulierten, diskutierten, kamen jedoch zu keiner Einigung. Grußlos gingen sie auseinander, der eine stieg in eine Limousine, der andere eilte auf das Botschaftsgelände zu.

Kurz darauf senkte sich an der Einfahrt zur Botschaft eine aus dem Boden ragende Stahlplatte ab, ein Konvoi aus drei dunklen Fahrzeugen schoss hervor und bog ohne anzuhalten in die nächste Seitenstraße.

Der vor Kurzem noch so belebte Platz schien jetzt wie ausgestorben, da auch die Besucher vom Sicherheitspersonal aufgefordert worden waren, ihn zu verlassen. Das Pavilloncafé hatte sich ebenfalls geleert, und obwohl Peringer seinen Dupla erst zur Hälfte getrunken hatte, kam die Kellnerin an den Tisch und brachte die Rechnung. In einer halben Stunde müsse der Platz geräumt sein. Sie hatte Schwierigkeiten, den aufgerundeten Betrag, den der Kommissar ihr nannte, zu verstehen, da das Dröhnen tief fliegender Hubschrauber seine Stimme übertönte.

Er hatte genug gesehen. Ohnehin schien Peringer jetzt der einzige Unbefugte zu sein, der sich noch auf dem Freiheitsplatz aufhielt. Er ließ seinen Kaffee stehen, erhob sich und ging nach Süden, zurück in Richtung Akademie der Wissenschaften, als plötzlich ein Mann neben ihm stand.

»Sie beobachten sehr genau«, sagte der Fremde.

Der Kommissar erschrak, überlegte kurz, dann erkannte er seinen Tischnachbarn aus dem Pavilloncafé wieder.

»Mit wem habe ich das Vergnügen?«

»Alf Matsson.«

»Antal Peringer, angenehm. Sind Sie Schwede?«

»Ja.«

»Was machen Sie in Budapest?«

»Ich arbeite als Journalist.«

»Dann berichten Sie wohl über den Gipfel.«

»Nein, nicht direkt.«

»Nicht direkt?«

»Soll das ein Verhör werden?«

»Woher wissen Sie, dass ich Polizist bin?«

»Das wusste ich gar nicht.«

»Alle Achtung, Sie üben Ihren Beruf mit Geschick aus.«

Die beiden Männer standen am unteren Ende des Freiheitsplatzes und blickten auf drei sehr unterschiedliche Fassaden. Links der postmoderne Glaspalast des Bankzentrums, in der Mitte ein Gebäude im Stil des sozialistischen Realismus, rechts ein abbruchreifes, von Einschusslöchern durchsiebtes Wohnhaus, abgestützt durch ein schiefes Holzgerüst.

»Danke, aber das Ausfragen von Leuten ist gar nicht meine Spezialität«, antwortete der Schwede auf Peringers Kompliment.

»Sondern?«

»Die gründlich recherchierte Reportage.«

»Darf ich fragen, woran Sie gerade arbeiten?«

Matsson lächelte und taxierte Peringer, als wollte er prüfen, ob er seinem Gesprächspartner vertrauen könne.

»Sie arbeiten also für die Polizei ...«

»Bei der Polizei«, erwiderte Peringer.

»Abteilung?«

»Internationale und organisierte Kriminalität. Europol.«

Die Skepsis, die gerade noch auf dem Gesicht des Schweden gelegen hatte, wich einem neugierigen, wohlwollenden Ausdruck.

»Dann wissen Sie ja, dass sich die Eliten Europas nach dem Fall des Eisernen Vorhangs verändert haben. Honorige Menschen traten an die Stelle der alten Funktionäre, Apparatschiks machten Platz für ehemals verfolgte Dissidenten.«

Peringer wusste nicht, worauf Matsson hinaus wollte, und sah den Schweden fragend an.

»Zumindest teilweise ist es so gewesen, Herr Peringer, auch hier in Ungarn. Aber kein Volk setzt sich mehrheitlich aus Helden zusammen. Die Systeme wechseln, die Menschen bleiben. Und ziehen weiter die Strippen. Das ist mein Thema, Herr Kommissar. Ich versuche herauszufinden, welchen Einfluss ehemalige Kader der Kommunisten in Europa haben.«

Die beiden Männer standen noch immer am unteren Ende des Freiheitsplatzes, der menschenleer und idyllisch in der Mittagssonne lag.

»Schauen Sie sich um«, forderte Matsson seinen Gesprächspartner auf. »Alte Laternen, gepflegte Rabatten, Laubbäume in den herrlichsten Grüntönen. Wunderschön, nicht wahr? Aber ich verrate Ihnen ein Geheimnis: Diese Idylle täuscht darüber hinweg, was es mit dem Freiheitsplatz wirklich auf sich hat.«

Peringer wartete gespannt darauf, was der Schwede zu sagen hatte.

»Jetzt, am Vortag dieses Gipfels, tritt die Verwundbarkeit dieser Idylle zutage, jetzt, wo sich die Kräfte zum Schutz des schönen Scheins zu konzentrieren beginnen. Der Freiheitsplatz ist der heimliche Knotenpunkt des heutigen Ungarn. Hier laufen die Ströme aus Geld, Macht, Energie und Daten zusammen, deren Versiegen Budapest von heute auf morgen zum Stillstand bringen könnte.«

Peringer schien diese Deutung übertrieben, gerade wollte er dem Schweden widersprechen, doch der ließ ihn nicht zu Wort kommen.

»Finanzwelt, Medien, Politik«, erregte Matsson sich und zeigte mit einer ausladenden Geste zuerst auf die umliegenden Bankgebäude, dann auf das Staatsfernsehen und schließlich in Richtung des Parlaments. »Überall sitzen Leute mit verborgener Vergangenheit, heimlichen Überzeugungen, diskreten Kontakten ...«

»Menschen können ihre Haltung ändern«, erwiderte Peringer. »Sie verdienen eine zweite Chance.«

»Aber offen sollen sie es tun und nicht klammheimlich«, echauffierte sich der Schwede, »darum geht es mir.«

Peringer schwieg eine Weile und fragte Matsson dann, welche konkreten Beweise er vorlegen könne.

»Herr Kommissar, Sie werden verstehen, dass ich nicht einfach die Früchte meiner Arbeit preisgebe.«

»Sie haben also etwas herausgefunden?«

»Ja, das habe ich. Und ich bin froh, dass ich es gerade jetzt entdeckt habe. Denn abgesehen davon, dass noch weitere Leute in den Archiven suchen, ist der Gipfel der ideale Termin zur Veröffentlichung meiner Enthüllungen.«

»Ihre Arbeit ist also abgeschlossen?«

Matsson sah Peringer vielsagend an.

»Wie viele Kollegen recherchieren denn in eine ähnliche Richtung?«

»Gerade heute Morgen hat sich wieder eine ungarische Journalistin gemeldet.«

Peringer verkniff sich ein Schmunzeln.

»Dann gibt es noch einen Österreicher, Herrn Lengyel, der sich immer mit seinem Magistertitel anreden lässt. Außerdem den ungarischen Journalisten Dezső Tóth. Und schließlich forscht auch der Historiker, der das Geheimdienstarchiv verwaltet, in diese Richtung.«

»Dr. Olasz«, rutschte es Peringer heraus, der bereits Erkundungen für seine verdeckte Ermittlung eingeholt hatte.

»Woher kennen Sie seinen Namen?«, fragte Matsson erstaunt, dem das Gespräch mit Peringer allmählich unbehaglich zu werden begann. Aus Stolz über das Interesse an seiner Arbeit hatte er ohnehin schon zu viel verraten, und die Geschichte musste in jedem Fall exklusiv unter seinem Namen erscheinen, um der Zeitung gegenüber seine teuren Reisen zu rechtfertigen. War dieser Kommissar vielleicht gar kein Polizist, sondern ein besonders raffinierter Kollege?

»Recherche gehört zum Handwerk der Polizei genauso wie zum Handwerk des Reporters«, antwortete Peringer mit einem verschmitzten Lächeln.

Die Männer waren die Október 6. utca entlanggegangen, und Peringer hatte noch Zeit bis zum Termin mit Dr. Olasz. Als er gerade überlegte, wie er dem Schweden noch mehr entlocken könnte, hatte es dieser plötzlich eilig, sich zu verabschieden.

»Es war mir ein Vergnügen«, sagte Matsson, »aber nun muss ich mich leider empfehlen.«

»Schade«, antwortete Peringer, »ich hätte mich gerne noch weiter mit Ihnen unterhalten. Reicht Ihre Zeit nicht noch für einen Espresso?«

»Bedaure, doch der Laptop ruft. Alles, was ich Ihnen noch hätte verraten können, werden Sie sehr bald auch nachlesen können.«

»In ›Dagens Nyheter‹?«, fragte Peringer.

»In aller Bescheidenheit glaube ich sagen zu dürfen, dass meine Enthüllungen bemerkenswert genug sind, um von der Weltpresse nachgedruckt zu werden. Alles Gute, Herr Kommissar!«

»Auf Wiedersehen, Herr Matsson!«

Peringer schaute dem Schweden nach, der in die Arany János utca einbog. Matsson geriet gerade außer Sichtweite, als der Kommissar sich entschloss, alles auf eine Karte zu setzen und den Journalisten mit vermeintlichen Ermittlungsdetails über Europasekretär Németh zu ködern. Er lief Matsson hinterher, rief dessen Namen, doch der Schwede schien wie vom Erdboden verschluckt. Da die Arany János utca am Donauufer endete und dort niemand zu sehen war, konnte Alf Matsson nur in die Akadémia utca gegangen sein, entweder nach rechts oder nach links. Der Kommissar blickte nach rechts, schaute nach links, aber die Straße schien wie ausgestorben. Ein junges Paar, das aus der einen Richtung kam, hatte niemanden gesehen; ein Geschäftsmann, der aus der anderen Richtung auf Peringer zuging, ebenfalls nicht. Matsson war verschwunden.

Peringer nahm ein Taxi ins Hotel, rief im Präsidium an, ermittelte die Adresse des Schweden, aber der hatte bereits am Morgen aus dem Hotel ausgecheckt. Die Linienmaschine nach Stockholm, fand der Kommissar heraus, war voll besetzt, aber niemand hatte einen Platz auf den Namen Alf Matsson gebucht. Es war, als hätte der Mann sich in Luft aufgelöst.

14

Die Sache mit Matsson hatte Zeit gekostet, und so musste sich Peringer beeilen, um pünktlich in der Akademie zu erscheinen. Beim Verlassen des Hotels – er wollte eigentlich nur rasch seinen Zimmerschlüssel an der Rezeption abgeben – zog der Portier einen Briefumschlag aus dem schmalen Holzfach mit der Nummer 611 und schob ihn dem Kommissar über den Tresen zu. Peringer bedankte sich, ließ sich ein Taxi rufen, warf sich auf den Rücksitz, riss den Umschlag auf und las:

Lieber Antal,
bitte komm doch heute zu mir zum Abendessen. Wir haben uns bei Deinem letzten Besuch so gut unterhalten, und es gibt da etwas, das ich auf dem Herzen habe.

Dein Béla

Der Kommissar schob die Karte zurück in den Umschlag und steckte beides in seine Jackentasche. Kurz darauf hatte der Wagen bereits den Roosevelt tér erreicht, wo Peringer am Fuße der Kettenbrücke ausstieg. Er warf einen kurzen Blick auf das Hotel Gresham Palace, das sich direkt gegenüber der Brücke befand, dann eilte er auf das dreistöckige Gebäude der Akademie der Wissenschaften zu.

Nachdem der Kommissar ein paar Stufen hinaufgegangen und eine der schweren, hohen Holztüren aufgedrückt hatte, stand er vor einem Glaszylinder. Die ihm zugewandte Hälfte öffnete sich automatisch, er trat ein und befand sich auf einem quadratischen Fußbodenmosaik, als sich das Halbrund hinter ihm wieder schloss. Gerade als ihm die Glaszelle, in der er nun gefangen schien, unbehaglich zu werden begann, öffnete sich der vor ihm liegende Halbkreis, und der Kommissar konnte die Empfangshalle betreten.

Kaum hatte er ein paar Schritte auf dem roten Teppich getan, der den Weg in die oberen Stockwerke wies, ertönte die energische Stimme eines Portiers:

»Sind Sie angemeldet?«

Peringer bejahte, und der Mann rief mit wichtigtuerischer Gebärde im Vorzimmer von Dr. Olasz an. Dann erläuterte er umständlich, was Peringer bereits wusste: dass Olasz in Zimmer 244 sitze, dass sich dieses Zimmer im zweiten Stock befinde und dass man zwei Etagen hinaufgehen müsse, um dorthin zu gelangen. Ob er eine Begleitung wünsche? Peringer verneinte.

Er ließ die Empfangshalle mit ihren imposanten Marmorsäulen hinter sich, ging ein paar Stufen hoch und blieb kurz auf dem Zwischengeschoss stehen. Großzügige Steintreppen, deren goldenes Geländer mit rotem Samtbesatz versehen war, führten zu einer Büste von Graf István Széchenyi, der 1825 ein Jahreseinkommen gestiftet hatte, um die Gründung der Akademie zu ermöglichen. Dann teilte sich das Treppenhaus in zwei elegant geschwungene Hälften. Peringers Entscheidung, den linken Flügel zu wählen, erwies sich als Fehler, denn ihm kam ein bewaffneter Wachmann entgegen, der sich danach erkundigte, was er hier verloren habe. Nachdem er den Mann beruhigt hatte, konnte der Kommissar ungehindert seinen Weg in den zweiten Stock fortsetzen, wo eine gediegene Ruhe herrschte, die nur durch das Knarren des Holzparketts gestört wurde.

Einem Schild entnahm er, dass sich hinter einer hohen Tür, die halb geöffnet war, das Büro von Dr. Olasz befand. Peringer spähte hinein. Der erste Eindruck ließ auf einen ordentlichen, gut organisierten Menschen schließen. Der Schreibtisch war aufgeräumt, die Bücher standen akkurat in den Regalen.

»Herr Peringer? Kommen Sie rein, Herr Kollege! Setzen Sie sich!«

Peringer war überzeugt, den Mann schon einmal gesehen zu haben.

»Ich freue mich immer über Besuch von ausländischen Forschern, aber Ihr Name und Ihr tadelloses Ungarisch verraten mir, dass Sie ursprünglich aus Ungarn stammen.«

Dr. Imre Olasz war Mitte, vielleicht Ende dreißig, recht drahtig und trug eine randlose Brille. Wo nur hatte Peringer diesen Mann schon einmal gesehen?

»Was kann ich für Sie tun?«

»In dem Archiv, das Sie leiten, befinden sich Akten aus der Zeit des Aufstands von 1956. Sie belegen, nehme ich an, die Kollaboration Einzelner mit den Besatzern, mit der Partei und dem Geheimdienst.«

»Das stimmt. In den vergangenen Jahren nahm das Interesse an der Aufarbeitung unserer Vergangenheit ständig zu. Gleichzeitig pochen viele darauf, aus Gründen des Persönlichkeitsschutzes keine Klarnamen zu veröffentlichen.«

»Wie ist Ihre Haltung dazu?«

»Ich erachte die Erschließung der Quellen für unabdingbar und arbeite gerade an einem Plan, wie das Ganze durchgeführt werden soll. Einzelnen Wissenschaftlern und Journalisten gestatte ich im Rahmen der Gesetze bereits jetzt den Zugang zu den Dokumenten.«

»Die Zahl der Menschen, die diese Dokumente bislang eingesehen haben, ist also noch überschaubar?«

»Ja, derzeit sind es kaum mehr als ein halbes Dutzend, die ernsthaft damit arbeiten. Machen Sie sich also keine Sorgen, dass Ihnen jemand interessante Entdeckungen vor der Nase wegschnappt. Aber worin besteht denn nun Ihr spezielles Interesse?«

»Darf ich vorher noch kurz fragen, wer genau Zugang zu den Quellen hat beziehungsweise hatte?«

»Neben mir selbst«, antwortete Dr. Olasz nach kurzer Überlegung, »sucht der Journalist Dezső Tóth schon seit Langem nach aufschlussreichem Material. Außerdem Magister Lengyel aus Wien. Bis vor Kurzem hat sich auch ein Schwede dafür interessiert, ein gewisser Alf Matsson. Und gerade heute tauchte eine Journalistin mit Namen Kiss auf.«

»Haben denn diese Leute irgendwelche bemerkenswerten Funde gemacht?«

»Jeder arbeitet über ganz unterschiedliche Bereiche. Tóths Ehrgeiz gilt dem Kulturbetrieb; Lengyel interessiert sich für Exilungarn, die es im öffentlichen Leben Österreichs zu etwas gebracht haben. Matsson wiederum wollte ungarischen Politikern ihre stalinistische Vergangenheit nachweisen. Und diese Frau Kiss richtet ihr Augenmerk auf die Pufajkások.«

Peringer nickte. Dr. Olasz bot dem Kommissar eine Tasse Kaffee an, die er gern annahm.

»Herr Peringer, darf ich Sie etwas fragen?«

»Selbstverständlich.«

»Ich bin erst vergangenen Sonntag von einer Konferenz in Oxford zurückgekehrt, auf der sämtliche Mittel- und Osteuropahistoriker von Rang versammelt waren. Als Forscher auf diesem Gebiet hätte ich Sie eigentlich dort antreffen müssen...«

Es klopfte. Ein Kollege bat Olasz, kurz herauszukommen. Der Historiker entschuldigte sich und verließ das Büro.

Peringer blieb mit hochrotem Kopf zurück, erhob sich aus dem dunkelbraunen Ledersessel und warf einen Blick auf die Buchregale. Gerade als er die gerahmten Fotos auf Dr. Olasz' Schreibtisch betrachten wollte, kam der Historiker zurück.

»Nehmen Sie es mir nicht übel, Herr Peringer, aber bei einer zugegebenermaßen oberflächlichen Kurzrecherche konnte ich keinen Hinweis auf Ihre Forschungen finden. Keine Veröffentlichungen, kein Institut, gar nichts.«

Der Kommissar ließ sich wieder in den Sessel sinken und überlegte, ob er sich als zurückgezogener Privatgelehrter ausgeben oder seine Legende aufgeben sollte. Da Olasz – die Echtheit seines Alibis vorausgesetzt – sich zur Tatzeit in England aufgehalten hatte, kam er als Täter nicht mehr in Frage und dürfte folglich keinen Grund haben, einem Polizisten die Auskunft zu verweigern.

Peringer entschloss sich, seine Tarnung aufzugeben, und erklärte Olasz, dass er Kriminalkommissar sei und in einem Mordfall ermittle.

»Bitte verzeihen Sie meinen kleinen Schwindel, Herr Olasz.«

»Aber Herr Kommissar, Sie brauchen sich doch nicht zu entschuldigen. Natürlich verstehe ich das. Und wenn ich Ihnen weitere Auskünfte geben kann, stehe ich jetzt und jederzeit zu Ihrer Verfügung.«

Peringer war erleichtert und entschlossen, Dr. Olasz' Angebot sogleich zu nutzen.

»Wie aussichtsreich sind Ihrer Auffassung nach die Recherchen der Leute im Archiv?«

»Nun, die große Schwierigkeit besteht darin, bestimmten Personen konkrete Handlungen zweifelsfrei zuzuordnen. Nicht immer haben die Leute Verpflichtungserklärungen unterschrieben. Nicht immer hat man zu einem Decknamen den passenden Beleg aus der Klarnamenkartei. Gerade wenn es um die Zeit des Aufstands geht, fällt die Rekonstruktion oft schwer. Dazu kommen Lücken im Archiv.«

»Das klingt nach Detektivarbeit«, sagte Peringer mit einem Schmunzeln.

»Ich wollte nicht behaupten, dass man nichts finden kann. Aber ohne eine gewisse Zähigkeit ist es recht unwahrscheinlich.«

»Ich danke Ihnen. Eine letzte Frage habe ich allerdings noch.«

Der Historiker forderte seinen Gast durch eine Geste auf fortzufahren.

»Ist Ihnen im Rahmen Ihrer Archivarbeiten einmal der Name Gyula Orosz begegnet?«

»Nein«, antwortete Olasz nach kurzer Pause.

»János Németh?«

Olasz schüttelte den Kopf.

»Sollten Sie jemals auf einen dieser Namen stoßen, rufen Sie mich bitte an. Hier ist meine Karte.«

Der Kommissar erhob sich aus seinem Sessel, gab Dr. Olasz die Karte und reichte ihm zum Abschied die Hand. Der Historiker bedankte sich und begleitete Peringer zur Tür.

Auf dem Flur blieb der Kommissar einen Augenblick lang stehen und grübelte darüber nach, woher ihm Dr. Olasz bekannt vorkam. Dann begab er sich rasch auf das Zwischengeschoss in den Akademie-Klub, wo Viki bereits verabredungsgemäß auf ihn wartete.

Sie bestellten zwei Dupla. Da die Donau am Kasino vorbeifloss, konnte man durch die hohen Glasfenster direkt auf die Decks der vorbeifahrenden Schiffe blicken. Jetzt jedoch blendete sie die tief stehende Sonne, deren warmes Licht auf dem Wasser Reflexe bildete.

»Wissenschaftler hätte man werden sollen«, sagte Peringer, halb ernst, halb im Scherz.

Viki sah ihn irritiert an.

»Kam Ihnen Dr. Olasz auch bekannt vor?«

Viki schüttelte ruhig den Kopf und trank einen Schluck Kaffee.

»Sie haben etwas herausgefunden, nicht wahr?«

»Ja«, antwortete Viki mit einem stolzen Lächeln. »Einer, der im Archiv geforscht hat, ist überraschend abgereist.«

»Alf Matsson.«

»Olasz hat es Ihnen erzählt, nicht wahr?«

»Nein, aber das ist jetzt nicht wichtig. Reden Sie einfach weiter, Viki. Wenn Sie etwas darüber wissen, was Matsson entdeckt hat, könnte uns das einen entscheidenden Schritt voranbringen.«

»Es ist so«, hob Viki an, die sich sicher war, dass Ihre Ausführungen den Kollegen beeindrucken würden. »Im Archiv arbeiten neben dem Leiter und Matsson noch zwei weitere Personen. Der eine, Dezső Tóth, durchforscht mit größter Akribie den Kulturbetrieb. Politiker hält er durchweg für verlogen, deswegen macht er sich erst gar nicht die Mühe, einem Einzelnen irgendetwas nachzuweisen. Der andere, Herr Lengyel, ist ein sehr kauziger Magister aus Wien. Was für Tóth die Politiker, sind für Lengyel die Österreicher und Wahlösterreicher. Alles verschlagenes Pack, hat er mir versichert und geredet, als wolle er selbst den Beweis für seinen Hass in diesem Archiv finden.«

Peringer klopfte ungeduldig mit den Fingern auf den Tisch, an dem die beiden saßen. Wann käme Viki auf den Punkt?

»Lengyel ist jedoch sehr neugierig und ziemlich geschwätzig. Ich konnte ihm entlocken, dass er Matssons Unterlagen einmal in dessen Abwesenheit durchgesehen hat. Und nun halten Sie sich fest!«

Peringer, bislang in einem etwas schäbigen Polstersessel versunken, richtete sich unwillkürlich auf.

»Matsson muss etwas über János Németh herausgefunden haben!«

Der Kommissar hob die Augenbrauen.

»›Dreck am Stecken hat der‹, wiederholte Lengyel mir gegenüber immer wieder.«

»Viki, Sie sind ein Schatz«, sagte Peringer anerkennend. »Ich nehme an, dass Sie sogleich nach Unterlagen über Németh gesucht haben.«

»Natürlich, nur gefunden habe ich nichts.«

»Meinen Sie, Matsson könnte Material entwendet haben?«

»Ausgeschlossen ist das nicht; andererseits kann man ja Kopien anfertigen. Das Archiv ist allerdings so vertrackt angelegt, dass ich die Dokumente beim ersten Suchen auch übersehen haben könnte.«

»Dann wissen Sie ja, was zu tun ist«, sagte Peringer und zahlte die beiden Dupla. Er verabschiedete sich von Viki, denn sein Freund Béla erwartete ihn mit einem gewiss schmackhaften Abendessen.

15

»Als Vorspeise Gänsestopfleberpastete, dann ein echtes Csirke paprikás mit Quarknockerln. Und zum Nachtisch gibt es Palacsinta mit hausgemachter Marillenmarmelade. Aber jetzt nimm dir erst mal von den eingelegten Gurken…«

Nur vier Tage waren vergangen, seit Peringer vor dem Haus in der Nádor utca gestanden und es nicht gewagt hatte, bei seinem Jugendfreund zu klingeln. Und nun genoss er dessen Gastfreundschaft bereits zum zweiten Mal und fühlte sich dabei sogar außerordentlich wohl.

Béla verließ das Wohnzimmer, in dem Peringer bereits am Esstisch Platz genommen hatte, und kam kurz darauf mit einer Flasche gut gekühltem Budai Zöld zurück. Er schenkte ein, die Gläser beschlugen. Gekeltert aus einer uralten ungarischen Rebsorte, schmeckte der cremige Weißwein beinahe herbstlich und duftete nach Ahorn.

»Herrlich! Wo sonst auf der Welt gibt es solchen Wein!«

»Wir sind also beide Genießer geworden.«

Peringer nickte und griff in die Gurkenschale, während Béla ihm Wein nachschenkte.

»Was macht dein Fall?«

»Wir kommen voran.«

»Gut, gut.«

Aus der Küche zog der Duft des würzigen Geflügels ins Wohnzimmer. Peringer wunderte sich, dass Béla gar nicht nach dem Essen sah.

»Meine Frau hat bereits alles vorbereitet; ich muss es nur noch aufwärmen. Und die Palacsinta kriege ich gerade noch selbst hin.«

»Wo ist sie denn?«

»Bei den Enkeln. Sie hütet die Kinder, während die Eltern in die Oper gehen.«

»... und gestattet uns einen Herrenabend.«

Béla nickte, und die Art seines Nickens gab Peringer zu verstehen, dass er etwas mit ihm unter vier Augen besprechen wollte, ohne seine Frau.

»Was hast du auf dem Herzen, Béla?«

»Später, Antal, nach dem Essen.«

Der Gastgeber stand auf und servierte die Pastete. Es überraschte Peringer nicht, dass sein Freund so stark zugenommen hatte.

Nach dem Hauptgang – einer üppigen Portion Hähnchenfleisch, zubereitet in saurer Sahne, durchzogen von süßem Paprikapulver – und einer zweiten Flasche Wein machten die Männer eine Pause und rauchten. Anschließend bereitete Béla die Pfannkuchen zu.

Peringer nutzte die Zeit, um einen Blick auf die alten Fotografien zu werfen, die sein Freund im Laufe der Jahre gesammelt und an den Wohnzimmerwänden aufgehängt hatte. Sie zeigten Stadtansichten aus vergangener Zeit, Bilder eines verschwundenen Budapest: den Kálvin tér, als in seiner Mitte noch ein Brunnen stand; die alte Elisabethbrücke vor ihrer Sprengung am Ende des Zweiten Weltkriegs.

Die Nachspeise schmeckte dem Kommissar ausgezeichnet. Vor allem die köstliche Marmelade hatte es ihm angetan, sodass Béla ihm ein großes Glas davon schenkte.

Als die Männer satt waren, sanken sie in zwei alte Sessel und zündeten sich erneut Zigaretten an. Béla holte eine Flasche Unicum aus dem Vitrinenschrank.

»Ich habe nie mit jemandem darüber gesprochen …«, begann Béla und schenkte großzügig ein.

Peringer richtete sich auf.

»Péter war tot, du nach Österreich geflohen. In der Haft konnte ich keinem trauen. Und als ich dann endlich raus war, hatten sich die Zeiten geändert. Ich versuchte, ins Leben zurückzufinden. Ich lernte meine zweite Frau kennen.«

»Du hast ihr nie etwas erzählt?«

Béla schüttelte den Kopf.

»Hat sie denn keine Fragen gestellt?«

»Wir hatten es so vereinbart: keine Fragen. Sie hat sich daran gehalten, obwohl ich oft im Schlaf redete, nachts aufschreckte, böse Träume hatte.«

»Warum willst du mit mir darüber reden?«

»Du bist der Einzige, mit dem ich darüber sprechen kann. Und du hast ein Recht darauf zu erfahren, was damals vorgefallen ist. Ich will, dass du verstehst.«

Béla stand auf und zog den Vorhang vor dem großen Wohnzimmerfenster zurück. Draußen war es bereits dunkel. Er nahm eine Vase aus dem Wandschrank, kippte sie um und kramte einen kleinen Schlüssel daraus hervor. Anschließend öffnete er damit die Schublade eines Fin-de-Siècle-Sekretärs. Er holte ein Foto heraus und setzte sich wieder hin. Unter dem schwachen Schein einer alten Leselampe betrachtete er das Bild. Sein Gesicht veränderte sich. Zuerst leuchteten die Augen, strahlten wie die eines jungen, frisch verliebten Mannes. Dann verzog sich seine Stirn, und Tränen rollten über das faltige Gesicht. Mit zitternder Hand reichte er Peringer das Foto. Es zeigte Katalin, Bélas erste Frau.

»Erinnerst du dich daran, wie schön sie war?«

Peringer nickte.

»Wie sehr habe ich diese Frau geliebt, so über die Maßen, ohne jeden Vorbehalt.«

Peringer sah sich das Foto lange an. Damals hatte er seinen Freund um dessen Frau beneidet. Béla schien vergessen zu haben, dass sie anfangs um Katalin rivalisiert hatten. Aber irgendwann hatte Peringer einsehen müssen, dass Béla und Kata füreinander bestimmt waren.

»Du weißt doch noch, dass sie schwanger war?«

»Natürlich, Béla, wie könnte ich das vergessen haben.«

»Ein Mädchen sollte es werden. Das glaubten wir jedenfalls. Ich hätte heute eine Tochter.«

»Béla, du hast einen Sohn. Du bist stolz auf ihn. Und du hast eine Frau, der du deine Rückkehr ins Leben verdankst.«

»Du verstehst mich nicht.«

Peringer gab Béla das Foto zurück und öffnete ein Fenster. Frische Luft strömte in den Raum.

»Hörst du mir zu?«

»Ruhig, Béla, ruhig.«

»Ich versuchte, etwas Brot aufzutreiben. Sie war ja schon im siebten Monat. Ich schlich mich nach hinten raus, in die Josefstadt. Vorn, vor dem Kino, war zu viel freie Fläche. Vorn rauszugehen war zu gefährlich.«

»Wir sind immer hinten rausgegangen, Béla. Das weiß ich doch. Wegen der Panzer, wegen der Trümmer und wegen der Sicht.«

»Jemand muss mich gesehen haben, als ich aus dem Keller stieg. Ich hätte vorn rausgehen sollen.«

»Vorn war es zu gefährlich.«

»Irgendjemand hat mich gesehen.«

»Woher willst du das wissen?«

»Ich war nur eine halbe, maximal eine Dreiviertelstunde weg. Es war sehr ruhig an diesem Morgen. Ein gespenstisch ruhiger Morgen.«

»Béla, du musst nicht weitererzählen«, sagte Peringer, der die Geschichte nur schwer ertragen konnte.

»Als ich zurückkam, war das Versteck leer. Kata war weg. Wir hatten einen Treffpunkt vereinbart, falls jemand fliehen musste. Ein paar Straßenecken weiter. Ich schlug mich zu diesem Treffpunkt durch, aber auch dort war Kata nicht. Dann begann ich zu suchen.«

»Du hattest doch gar keinen Anhaltspunkt!«

»Zuerst lief ich planlos durch die Straßen. Überall lagen Steine herum, Holzbalken, leere Munition und Leichenteile. Ich lief so lange, bis ich einsah, dass es keinen Sinn hat, und ging zu unserem Versteck zurück.«

Auf dem Tisch neben den Sesseln standen die halb leeren Unicumgläser, aber keiner der beiden Männer trank einen weiteren Schluck. Peringer rutschte unruhig auf seinem Sitz hin und her, kurz davor, Béla vom Weitererzählen abzuhalten.

»Eine alte Frau sprach mich an. Sie hatte große Angst, aber sie nahm all ihren Mut zusammen und erzählte mir, was sie gesehen hatte. Kata war ...«

Bélas Stimme brach. Der alte Mann kämpfte mit den Tränen.

Peringer schloss die Augen. Ihm schossen Bilder durch den Kopf, die er jahrzehntelang vergessen geglaubt hatte: Katalin im Sommerkleid, Katalin vor der Musikakademie, dazwischen Szenen vom Straßenkampf, Panzer, Verwundete ...

Er ging zu Béla und legte seinen Arm um die Schulter des Freundes. Schließlich sagte er: »Komm, gehen wir ans Fenster.«

Sie schauten auf die nächtliche Stadt. Das künstliche Licht spiegelte sich in der Donau, an deren Kai festlich beleuchtete Schiffe lagen. Auf der Budaer Seite wurden die Sehenswürdigkeiten des Burgbergs angestrahlt, am Pester Ufer flirrte das Licht der Straßenlaternen, Plätze und Häuser. Hier und da konnte man Blicke in fremder Leute Wohnungen werfen oder dem unregelmäßigen Flackern einer Reklame aus defekten Neonröhren zuschauen. Autoscheinwerfer, mal Vorder-, mal Rücklichter, bewegten sich auf den Straßen; Ampeln sprangen um.

»Der Fluss und die Stadt – sie waren vor all dem da, Béla, und sie werden es überdauern. Das, was du da unten siehst, ist größer als unsere Geschichten.«

Béla kramte ein Taschentuch hervor, putzte sich die Nase und stopfte es umständlich wieder in seine Hosentasche.

»Ja, Antal, das habe ich mir auch oft gesagt. Und dieser Gedanke hat mich getröstet. Aber manchmal, wenn ich hier rausschaue, sehe ich etwas anderes. Dann kommt mir die Schönheit dieses Anblicks plötzlich vor, als verberge sie etwas sehr, sehr Hässliches.«

Peringer trat einen Schritt beiseite. Béla zeigte aus dem Fenster.

»Siehst du diese schwach beleuchtete Stelle da vorne?«

»Sieht aus wie ein Rohr.«

»Es ist ein Abwasserrohr. Sie leiten noch immer die Hälfte der Budapester Abwässer ungeklärt in die Donau.«

»Die Hälfte«, wiederholte Peringer und wusste nicht, worauf sein Freund hinauswollte.

»Manchmal denke ich, die Rohre könnten jederzeit platzen und den ganzen Mist, der da unten zirkuliert, nach oben schwemmen.«

»Ich verstehe nicht, was du mir damit sagen willst, Béla.«

»Was ich sagen will?«, erwiderte der Freund auf einmal sehr erregt und laut. »Dass unter den Straßen und Plätzen dieser Stadt noch immer der Dreck von damals schwimmt, die Scheiße von Mátyás Rákosi und János Kádár und all den anderen Verbrechern.

Ein wenig ist gereinigt worden, ein wenig leiten sie in die schöne blaue Donau, doch an den Rohren dieses maroden Gemeinwesens hängt noch immer der alte Dreck. Das will ich sagen. Die Menschen gehen jeden Tag darüber hinweg und wollen nichts wissen, aber unter dem Boden stinkt es unerträglich und nährt die Ratten.«

»Was redest du denn da, Béla? Beruhige dich!«

»Weißt du eigentlich, dass unser ach so demokratischer Nachrichtendienst zu siebzig Prozent aus kommunistischen Geheimdienstfunktionären besteht? Ich sage dir: Niemand hält seine Nase in die Gullydeckel, niemand will diesen fauligen, giftigen Gestank wahrhaben.«

Bélas Gesicht hatte seine weichen, altersmilden Züge verloren. Peringer erkannte die scharfen, zornigen Linien seines Jugendfreundes wieder, doch überlagert von einem bitteren, unversöhnlichen Ausdruck. Für einen Augenblick kam Béla ihm unheimlich vor. Dann löste sich plötzlich alle Anspannung von Bélas Gesicht, als habe ein böser Dämon von ihm abgelassen.

Peringer hörte, wie Frau Lukács die Tür aufschloss. Er nutzte die Gelegenheit, um sich zu verabschieden. Auf der Türschwelle drückte er seinen alten Freund fest an sich und war doch froh darüber, endlich gehen zu können.

16

Warum muss ich immer aufatmen, wenn ich Bélas Haus verlasse, fragte sich Peringer, während er die Galerie entlangging. Ist es die stickige Luft dieser alten Wohnung, deren Fenster zu selten geöffnet werden? Ist es die Erinnerung an eine Zeit, von der ich nie wieder etwas hören wollte?

Er nahm den Fahrstuhl, um ins Erdgeschoss zu gelangen. Ein Käfig aus Eisen, mit gelber Tür, schwarzem Griff, innen verspiegelt und mit dunklem Holz verkleidet.

Ich musste mich niemals damit auseinandersetzen, wie man auf schlechtem Grund eine gute Ordnung baut. Als ich jung war, im Ungarn der Stalinzeit, reichte es, dagegen zu sein. Dann, in England, stieß ich auf eine tief verwurzelte demokratische Kultur. Und heute, hier?

Peringers Gedanken kreisten unaufhörlich um diese Frage, auch noch, als er auf die Straße trat.

Sie haben noch nicht mit dem Vergangenen abgeschlossen, während die Zukunft immer mehr an Raum gewinnt …

Er setzte sich ans Donauufer, nicht weit entfernt von dem Rohr, das Béla ihm eben gezeigt hatte.

Vor Peringers Augen lag die Kettenbrücke. Mitte des neunzehnten Jahrhunderts gebaut, zweihundertzwei Meter lang, zweitausend Tonnen schwer. Zwei steinerne Löwen wachten an jedem ihrer Köpfe, und viele hundert Lichtpunkte illuminierten die geschwungenen Ketten. Es war ein erhabener Anblick: Grazil und zugleich solide lag das Bauwerk vor ihm, umspült von mitternachtsblauem Wasser.

Peringer brauchte eine Weile, bis er irritiert bemerkte, dass die Lichter sich bewegten. Es sah beinahe aus, als ob sie zu tanzen begannen, als ob ein Choreograf sie in Schwingung versetzt hätte.

War er betrunken? Warum verfärbte sich das Cremeweiß der Leuchtkugeln plötzlich in ein blitzendes Hellblau? Er rieb sich die Augen. Dann erkannte der Kommissar, dass die weiße Lichterfolge durchsetzt war von Blaulichtern.

Jetzt hörte er auch die Sirenen. Das Heulen der Martinshörner gehörte tagsüber so selbstverständlich zum Alltag, dass es wenigstens in Pest kaum noch auffiel. Zu dieser späten Stunde jedoch zerriss es jäh die Stille auf den Straßen. Lang gezogenes Jaulen, dann ein Geräusch wie ein schnelles, nervöses Sperrfeuer – es kam dem Kommissar bekannt vor. Keine Feuerwehr, kein Krankenwagen: Es war die Polizei.

Vier, vielleicht fünf Wagen schossen über die Brücke auf den Roosevelt tér zu, bremsten scharf ab, bogen nach rechts, dann gleich nach links, »rendőrsék, rendőrsék« rauschte es an ihm vorbei. Es kam Peringer vor, als sei der Zielort dieses Einsatzes ganz in seiner Nähe. Wo fuhren sie hin?

Er hatte sein Mobiltelefon absichtlich im Hotel liegen gelassen, weil ihm diese wichtigtuerischen Geräte verhasst waren. Doch jetzt hätte Peringer gerne Viki angerufen, um in Erfahrung zu bringen, was es mit diesem nächtlichen Großeinsatz auf sich hatte. Aber wer weiß, ob sie überhaupt davon unterrichtet war?

Er stand auf und ging mit zügigen Schritten in die Mérleg utca, vorbei am Innenministerium, denselben Weg, den die Streifenwagen vor wenigen Sekunden genommen hatten. Wenn der Einsatz tatsächlich in der Nähe stattfände, müsste er die Wagen nach ein, zwei Straßenecken wieder antreffen. Einen Versuch war es allemal wert.

Nach wenigen Minuten erreichte Peringer die Nádor utca, aus der er vorhin gekommen war. Bélas Wohnung lag jedoch einige Blocks weiter nördlich. An diesem Ende befanden sich die sieben Gebäude der Zentraleuropäischen Universität, die der Exilungar George Soros gestiftet hatte. Das Haupthaus, ein Adelspalais von 1830, war mit einem spitz zulaufenden Glasdach versehen – imposanter Ausdruck des Gedankens einer offenen Gesellschaft, dem der Universitätsgründer gefolgt war.

Unweit dieses Gebäudes hatten die zahlreichen Polizeiwagen haltgemacht. Blaulichter flackerten nervös vor den Universitätseinrichtungen. Als Peringer außer Atem den Einsatzort erreichte, hatte bereits eine Sondereinheit Aufstellung genommen. Das Kommando lag bei Oberstaatsanwalt Krassó, der gut geschützt hinter seiner Dienstlimousine Stellung bezogen hatte.

Hatten Krassós Leute bei der Observation Erfolg gehabt? Versteckten sich in diesem Gebäude die mutmaßlichen Attentäter? Peringer fand keine Gelegenheit, das in Erfahrung zu bringen, denn nun ging alles sehr schnell. Auf Krassós Zeichen hin stürmte das Sonderkommando das Gebäude.

Acht Männer in schwarzen Overalls verschafften sich Zutritt zum Treppenhaus und stiegen, wie er später erfuhr, in Zweiertrupps in den vierten Stock hinauf. Trotz ihrer martialischen Uniformen und des raschen Einsatztempos waren sie kaum zu hören. Oben angelangt, setzten sich die Männer Gasmasken auf. Je drei von ihnen postierten sich links und rechts eines Raumes mit der Nummer 442 und richteten ihre Maschinenpistolen auf die Tür. Die zwei übrigen Männer nahmen zwischen den Dreierreihen Aufstellung, warteten kurz und traten dann auf ein Nicken des Einsatzleiters hin die Tür ein.

Kaum war diese aufgesprungen, rollte der erste Polizist eine Gasgranate in den Raum, die leise zischend explodierte und die Wohnung binnen Sekunden mit Betäubungsgas ausfüllte.

Die Männer stießen eine Zimmertür nach der anderen auf und prüften, ob sich jemand dahinter aufhielt. Bad, Küche, Wohnbereich – sie fanden niemanden, bis sie das Ende eines schmalen Korridors erreichten und das Schlafzimmer betraten. Dort lagen, in einem Etagenbett vom Gas überrascht, zwei Männer.

Das Gas hatte sich verzogen, die Einsatzkräfte setzten ihre Masken ab. Dann betrat Oberstaatsanwalt Krassó, durch Funk verständigt, die gestürmte Wohnung. Er trug als Einziger Zivil, darüber einen langen beigefarbenen Mantel.

»Gut gemacht, meine Herren! Nehmen Sie die Verdächtigen fest, und beginnen Sie mit der Durchsuchung.«

Peringer hatte gewartet, bis Krassó sich im Gebäude befand, und sich dann einem rangniedrigeren Beamten gegenüber mit seiner Europol-Marke ausgewiesen. Der Polizist ließ ihn das Absperrband passieren und den Einsatzort betreten.

»Herr Kollege, Sie überraschen mich. Erzählen Sie mir nicht, es sei Ihr untrüglicher Instinkt, der sie zu nachtschlafender Zeit an den richtigen Ort geleitet hat«, begrüßte der Oberstaatsanwalt den Kommissar ebenso verblüfft wie gut gelaunt.

»Ich gestehe, dass es der pure Zufall ist, der mich zum Zeugen dieses Einsatzes macht.«

»Der Zufall... Nun, ich für meinen Teil habe nichts dem Zufall überlassen und im Übrigen ausschließlich unmittelbar Beteiligte von diesem Einsatz informiert, um den Zugriff zu einem Erfolg zu machen. Sie wissen ja: schon morgen trifft Europasekretär Németh in Budapest ein, und übermorgen beginnt die Erste Europäisch-Transatlantische Anti-Terror-Konferenz. Da können wir eines ganz bestimmt nicht gebrauchen: einen terroristischen Anschlag.«

Peringer wandte sich von Krassó ab und schaute auf die beiden verhafteten Männer, die, wie sich herausstellte, Studenten aus Saudi-Arabien waren. Sie saßen, mit Einweghandschellen aus Plastik gefesselt, am Rand des Geschehens. Beide machten einen müden und verwirrten Eindruck. Sie starrten auf den Boden und blickten nur gelegentlich auf. Ihre glattrasierten Gesichter schienen vollkommen ausdruckslos.

»Diese Herren drangen am frühen Abend ins Belvárosi Kávéház ein. Wir ließen sie gewähren und observieren sie seither ununterbrochen.«

»Haben die Verdächtigen den Sprengstoff aus dem Kaffeehaus entfernt?«

Krassó beantwortete Peringers Frage, indem er auf einen seiner Beamten zeigte, der soeben das explosive Material sicherstellte. Es befand sich in einem Schuhkarton, aus dem der Beamte nun auch eine Videokassette barg, die er dem Oberstaatsanwalt gab. Krassó schob das Band in ein Abspielgerät, das sich im Gemeinschaftsraum des Apartments befand. Auf einem dunkelblauen kleinen Fernseher betrachteten die Männer den Film. Das Bild war von schlechter Qualität, aber deutlich genug, um alles Wichtige zu erkennen.

Eine Anleitung zum Bombenbau: Ein junger Mann stand vor einer Wand, die mit einem weißen Bettlaken verhängt war, kniete nieder und betete. Im nächsten Bild lagen vor ihm: Plastiksprengstoff, Drähte, ein Zeitzünder, eine Jacke mit vielen Taschen und Fächern. Schritt für Schritt setzte er die Selbstmörderjacke zusammen. Der Film hatte keinen Ton, nur Untertitel in arabischer Schrift. Am Ende zog der junge Mann die Jacke an, und das Bild wurde mit einer Parole in roten Buchstaben überblendet.

Krassó betätigte die Auswurftaste und gab die Kassette dem Beamten zurück, der in der Zwischenzeit weiteres Material sichergestellt hatte, darunter einen Plan der Budapester Innenstadt.

»Sie nehmen also an, dass die Verdächtigen beim Gipfel ein Attentat durchführen wollten?«, fragte Peringer. Der Oberstaatsanwalt entfaltete die Karte. Peringer hob die Augenbrauen. Der Plan enthielt eine exakte Eingrenzung der drei Sicherheitszonen, die von den Diensten für den Gipfel festgelegt worden waren: Zone A, die das weitere Umfeld des Ereignisses einschließlich Synagoge und Untergrundbahn, umfasste; dann Zone B mit Innenministerium und Gresham Palace; schließlich Zone C, die Kernzone, der Freiheitsplatz. Besonders bemerkenswert fand der Kommissar, dass Teile der Protokollstrecke in die Karte eingezeichnet waren.

»Ich gratuliere Ihnen, Herr Krassó. Anscheinend hatten Sie den richtigen Riecher.«

»So würde ich mich nicht ausdrücken, Herr Kollege, aber ich danke Ihnen für Ihre Anerkennung.«

»Bleibt die Frage, ob die Verdächtigen hier in der Stadt über ein Netzwerk verfügen, ob es weitere potenzielle Attentäter gibt, mehr Sprengstoff …«

»Das werden wir bei der Vernehmung herausfinden. Wenn die Herren hier studiert haben oder das zumindest erfolgreich vorgaben, werden sie ja wohl Englisch sprechen. Zur Sicherheit, auch um zu verstehen, was sie untereinander reden, habe ich überdies einen Übersetzer angefordert.«

»Ungarisch-Arabisch«, sagte Peringer amüsiert, was Krassó ein verständnisloses Stirnrunzeln entlockte. Er lud den Kommissar ein, mit ihm ins Präsidium zu fahren.

Vor dem Gebäude in der Teve utca wehten nun drei Flaggen: die rot-weiß-grüne Nationalfahne der Ungarischen Republik, die zwölf Sterne der Europäischen Union und das Banner der Vereinigten Staaten. Der letzte Tag vor Eröffnung des Gipfels war bereits angebrochen – eines Gipfels, der das Land zwischen westlicher Welt und Balkan für einige Stunden ins Zentrum der Weltöffentlichkeit rücken würde.

Die Inhaftierten schwiegen. Sie verweigerten jede Aussage. Sie starrten auf den Boden. Krassó tobte. So unbeherrscht hatte Peringer den Oberstaatsanwalt noch nicht erlebt. Aus dem Vernehmungsraum im hinteren, kastenförmigen Trakt des Gebäudes hallte sein Geschrei durch die Gänge, denn nur die Verkleidung des Gussbetonbaus bestand aus rosa- und schwarzfarbenen Marmorplatten. Drinnen hallte jeder Schritt. Und Krassós Toben erst recht.

»Ich kriege dieses Pack klein, darauf können Sie sich verlassen! Nisten sich hier ein, warten auf ihre Stunde. Nicht mit mir.« Und lauter: »Nicht mit mir!«

Peringer versuchte, den Oberstaatsanwalt zu beruhigen und sich mit ihm über das weitere Vorgehen zu verständigen. Vergebens. Krassó teilte Peringers Einschätzung nicht, dass Europasekretär Németh nicht nur durch Terroristen, sondern auch durch den Mörder seines Freundes Orosz bedroht sei. Und dass beide nicht identisch seien. Zudem meinte Peringer, dass nach dem Fahndungserfolg nun größere Anstrengungen unternommen werden müssten, damit der Steppjackenmörder nicht unbemerkt, im Schatten der Terrorabwehr, seinem Handwerk nachgehen könne.

»Großflächiges Vorgehen. Darin liegt unsere einzige Chance, wenn die Islamisten nicht reden wollen«, erwiderte Krassó. »Jeden Rucksackträger anhalten, besonders die unter dreißig, jeden Dunkelhäutigen, alle Bärtigen – rastern, rastern, rastern, ins Netz mit denen … Ich will verstärkte Personenkontrolle, alle irgendwie Verdächtigen müssen raus aus der Sicherheitszone.«

Peringer ertrug es kaum, wie der Oberstaatsanwalt sich immer mehr in Rage redete. Ratlos sah er Polizeipräsident Bibó an, der sich unterdessen zu den beiden Männern gesellt hatte.

»Aber Herr Oberstaatsanwalt«, wandte der Polizeipräsident schließlich ein, »wir können doch nicht die halbe Stadt evakuieren. Jeden Bartträger – ich bitte Sie! Die Verhafteten selbst tragen ja noch nicht mal einen. Mit so einem kopflosen Vorgehen sorgen wir am Ende nur für Panik, und die etwaigen Täter nutzen diese dann womöglich aus. Herr Krassó, lassen Sie uns doch mal nachdenken! Der Ansatz von Herrn Kommissar Peringer ist meines Erachtens gar nicht so abwegig.«

»Kopflos – habe ich richtig gehört, Bibó? Sagten Sie: kopflos?«

Der Polizeipräsident machte eine abwehrende Bewegung und versuchte, Krassó zu besänftigen: »Entschuldigen Sie meine Wortwahl, Herr Oberstaatsanwalt, was ich sagen wollte, ist...«

Vielleicht wäre Krassó auf Bibós Entgegenkommen eingegangen, wäre nicht plötzlich Viki am Ende des Ganges aufgetaucht. Sie hatte Neuigkeiten, die den Fall um einen entscheidenden Schritt voranbringen konnten. Ihr zufriedenes Lächeln jedoch provozierte den aufgebrachten Oberstaatsanwalt, und die Anwesenheit einer Untergebenen, an der er stellvertretend für Bibó seine Wut auslassen konnte, kam ihm gerade recht.

»Großflächiges Rastern, dabei bleibt es. Und verschonen Sie mich mit Ihrem obskuren Jackenmörder. Frau Kiss, Sie kümmern sich künftig um die Luftüberwachung der Sicherheitszonen. Und Sie, Herr Peringer, halten sich von nun an zurück, wie es sich für einen Ausländer gehört. Guten Tag.«

Perplex schaute Viki ihren Vorgesetzten an, nachdem der Oberstaatsanwalt im Aufzug verschwunden war. »Soll ich mich an diese Anweisung halten, Herr Bibó? Ich meine, ausgerechnet jetzt, wo ich mit meinen Archivrecherchen so kurz vor dem Ziel bin?«

»Kurz vor dem Ziel?«, rief Peringer erstaunt und schaute den Polizeipräsidenten erwartungsvoll an.

»Ab heute Nachmittag halten Sie sich an Krassós Anweisungen.«

»Also habe ich noch einen ganzen Vormittag Zeit.«

»Das haben Sie gesagt, Frau Kiss.«

17

Der Wagen raste in Richtung Roosevelt tér, wo Viki erneut das Historische Archiv der Akademie aufsuchen wollte, Peringer hingegen das Konferenzhotel Gresham Palace, um eine Verabredung mit Europasekretär Németh wahrzunehmen.

Viki, die am Steuer saß, redete während des Fahrens ununterbrochen und drehte ihren Kopf alle paar Sekunden zum Beifahrersitz, auf dem Peringer nervös hin und her rutschte, während er seinen Blick starr nach vorn gerichtet hielt.

»Nun schauen Sie schon auf die Straße, sonst landen wir noch im Graben«, mahnte er seine Kollegin.

»Interessiert es Sie denn nicht, was ich herausgefunden habe?«

»Sicher doch, aber Sie dürfen beim Reden ruhig geradeaus gucken.«

»Wie Sie wissen, behauptet Magister Lengyel, der Schwede Matsson habe etwas Kompromittierendes über János Németh herausgefunden. Ich nahm mir also Némeths Akten genauer vor. Sie ahnen nicht, worauf ich gestoßen bin …«

»Nun rücken Sie schon raus mit der Sprache!«

»In seiner Jugend gehörte Németh zu den Pufajkások!«

Jetzt drehte Peringer seinen Kopf in Vikis Richtung. »Das ist ja allerhand!«

»Das ist noch nicht alles, Herr Peringer. Ich habe außerdem herausgefunden, dass unser Opfer, Staatssekretär Orosz, ebenfalls zu den Steppjackenkerlen gehörte.«

Peringer hielt den Atem an. Hatte Németh ihm nicht geschrieben, er und das Opfer seien Jugendfreunde gewesen? »Wenn es unser Täter auf ehemalige Angehörige dieser Freiwilligenmiliz abgesehen hat, dann könnte der Europasekretär sich in akuter Gefahr befinden! Konnten Sie in Erfahrung bringen, ob die beiden zusammen im Einsatz waren? Was Sie damals verantworteten?«

»Daran arbeite ich noch, denn diese Informationen muss ich an anderer Stelle herausfinden, soweit sie überhaupt noch existieren.«

»Ausgezeichnete Arbeit, Viki. Dann müssen wir jetzt nur noch wissen, wer Zugang zu diesen Daten hatte. Sie erwähnten den Schweden ...«

»Dessen plötzliches Verschwinden ihn verdächtig macht. Aber ich muss Sie enttäuschen. Matsson interessierte sich weder für Orosz noch für die Fünfzigerjahre. Er hat lediglich etwas entdeckt, was Némeths Parteikarriere in den Sechzigern betrifft.«

Der Wagen passierte eine Sicherheitsschranke an der József Attila utca, bog nach rechts und hielt vor der Akademie. Die beiden Ermittler blieben sitzen, um ihr Gespräch ungestört fortsetzen zu können. Gerade als Peringer eine Liste der Personen erstellen wollte, die die Quellen bisher eingesehen hatten, unterbrach Viki ihn.

»Sie brauchen gar nicht fortzufahren, Herr Peringer. Vor mir hat niemand diese Unterlagen eingesehen.«

»Niemand?«

»Niemand Externes. Es kommt nur einer in Frage: der Archivleiter selbst, Dr. Olasz!«

Peringer löste seinen Sicherheitsgurt und murmelte leise den Namen des Historikers.

»Aber der kann nicht der Mörder sein, denn er war zur Tatzeit in Oxford.«

»Sagt er. Haben Sie denn dieses Alibi jemals überprüft?«

Der Kommissar schüttelte den Kopf, während seine Ohren rot anliefen. »Olasz selbst«, flüsterte er, hörbar verlegen darüber, die Angaben des Mannes nicht überprüft zu haben.

»Seien Sie vorsichtig, Viki, wenn Sie wieder da reingehen«, fügte er nach einer Pause hinzu und zeigte auf das Akademiegebäude. »Ich werde mich unterdessen mit Herrn Németh treffen und …«

»Und was? Ihn vernehmen? Ihn warnen?«

Peringer zuckte ratlos mit den Schultern.

»Und sagte Krassó nicht, Sie sollen sich zurückhalten?«

Der Kommissar zog den Brief aus der Tasche, den János Németh gleich am Tag seiner Ankunft im Astoria für ihn hatte abgeben lassen.

»Handschriftlich, gewissermaßen privat, oder?«, antwortete er und fand zu seinem verschmitzten Lächeln zurück. Dann stiegen die beiden aus, und Peringers Blick wurde vom Gresham Palace in seinen Bann gezogen, einem prächtigen Jugendstilbau, der ein Luxushotel beherbergte.

Zwei Herren in schwarzen Uniformen hielten Peringer die Eingangstür auf. Beinahe wäre er auf dem cremefarbenen, aus unendlich vielen Steinchen zusammengesetzten Mosaikfußboden ausgerutscht.

Das Licht fiel durch eine gläserne Kuppel in die Lobby, die trotz zahlreicher Ornamente eine ruhige Ausstrahlung hatte.

Herr Németh hatte ausrichten lassen, er erwarte Peringer im Eingangsbereich. Aber die überwältigende Lobby bot eine ganze Reihe von Treffpunkten: die diskreten Sitzgruppen im linken Flügel, die Bar, die Passage, dahinter das Kávéház, auf der anderen Seite das Restaurant … Sein Instinkt führte den Kommissar zu den Sitzgruppen, die aus bequemen Polstermöbeln mit pflaumenfarbenem Bezug und Beistelltischen aus dunklem, fein gemasertem Holz bestanden.

Auf einem der Tische stand ein Telefon, das, kurz nachdem der Kommissar sich gesetzt hatte, läutete. Peringer, einen Augenblick lang irritiert, hob nach dem dritten Klingeln ab.

»Bitte?«

Am anderen Ende meldete sich die persönliche Referentin des Europasekretärs und bat den Kommissar, eine Verspätung von zehn bis zwanzig Minuten zu entschuldigen. Er legte auf und hatte kaum Zeit, die Überwachungskamera zu suchen, durch die man seinen Aufenthaltsort allem Anschein nach registriert hatte, denn eine Dame in Kellneruniform erkundigte sich sogleich nach seinen Getränkewünschen. Er bestellte einen Kaffee.

»Herr Németh empfiehlt Ihnen, auch von unserer Esterházytorte zu kosten.«

Peringer folgte der Empfehlung. Beruhigt, dass in diesem Haus offenbar jeder Winkel unter Beobachtung stand, begann er mit dem Verzehr des Kuchens.

Doch der Kommissar täuschte sich. Denn während er amüsiert die aufwendige Patisseriekreation genoss, deren Aussehen mit dem, was er unter einer Esterházytorte verstand, wenig zu tun hatte, und während Europasekretär Németh sich einige Stockwerke über ihm mit seiner Referentin beriet, breitete ein junger, unscheinbarer Mann in der Umkleidekammer für Angestellte eine Jacke vor sich aus, die mit zahlreichen Fächern und Taschen versehen war …

»Entschuldigung, dass ich Sie habe warten lassen. Sie machen sich keine Vorstellung, wie viel jetzt los ist, einen Tag vor dem Gipfel.«

»Umso mehr schätze ich es, dass Sie ein wenig Ihrer knappen Zeit für mich erübrigen können.«

János Németh begrüßte Peringer mit einem zupackenden, kräftigen Händedruck. Er hatte das Gesicht eines Mannes, mit dem man stets vernünftige Lösungen erzielen konnte, ganz gleich, wie delikat das zu verhandelnde Problem zunächst auch aussehen mochte.

»Wie schmeckt Ihnen die Esterházytorte?«

»Ausgezeichnet«, antwortete Peringer, der gerade den letzten Bissen verspeist hatte.

»Wie ich höre, verdanke ich meinem Freund Krassó vermutlich das Leben. Obwohl ich mich beruflich intensiv mit dem internationalen Terrorismus beschäftige, überrascht es mich doch, dass seine Spur nun bis nach Ungarn reicht.«

»Vielleicht hatten die mutmaßlichen Attentäter nur den Gipfel im Blick.«

»Das ist möglich. Hoffen wir es. Ich kann jetzt jedenfalls etwas ruhiger schlafen.«

Die Kellnerin, die Peringer bedient hatte, räumte den Kuchenteller weg, brachte zwei Gläser und eine Karaffe Eiswasser mit Zitronenscheiben und Lavendel.

»Herr Németh, ich möchte Ihnen noch für das Vertrauen danken, das Sie mir in Ihrem Brief ausgesprochen haben, und für Ihre Bereitschaft, meine Ermittlungen zu unterstützen.«

Ein Schatten der Trauer legte sich plötzlich auf das Gesicht des Europasekretärs. »Sie würden das Gleiche tun, wenn Sie Ihren ältesten und besten Freund verloren hätten.«

Peringer nickte.

Der Mann in der Umkleidekammer schob Plastiksprengstoff in die Fächer und Taschen der vor ihm ausgebreiteten Jacke und verband sie durch Drähte mit einem Zeitzünder. Durch nichts unterschieden sich seine Verrichtungen von der Anleitung, die bei der Verhaftung der beiden saudischen Studenten gefunden worden war. Er handelte umsichtig und ohne Hast, wie jemand, der diese Bewegungen hundert Mal geübt hatte. Gelegentlich jedoch blickte er nervös auf die Tür hinter sich. Als er die Jacke schließlich fest an seinem Oberkörper befestigt hatte, zog er seine Chauffeursuniform darüber und wartete darauf, gerufen zu werden.

»Entschuldigung, Herr Peringer, was sagten Sie?«

»Ich äußerte die Vermutung, dass der Mord an Ihrem Freund Orosz keinen terroristischen Hintergrund hat.«

»Sondern?«

»Sondern dass sein Ursprung in der Vergangenheit liegt, in Ihrer gemeinsamen Vergangenheit.«

»Ich verstehe nicht.« Der Europasekretär schaute ihn irritiert an.

»Sie wissen doch, Herr Németh, dass das Opfer eine Steppjacke trug.«

»Verschonen Sie mich bitte mit den unappetitlichen Ermittlungsdetails, Herr Peringer«, sagte der Sekretär jetzt ungehalten.

»Herr Németh«, erwiderte der Kommissar ruhig, »wir wissen beide, dass Sie als junger Mann einer Freiwilligenmiliz angehörten, deren Mitglieder ihrer wattierten Jacken wegen als Pufajkások, Steppjackenkerle, bekannt waren.«

Peringer beugte sich nach vorne, um leiser mit dem Sekretär sprechen zu können: »Der oder die Täter haben zwei dieser Jacken anfertigen lassen. Die eine zogen sie Ihrem ermordeten Freund an. Und wir müssen befürchten, Herr Németh, dass die zweite für Sie vorgesehen ist.«

»Warum sollte jemand einen solchen Irrsinn tun, nur weil wir als junge Menschen eine Uniform trugen?«

»Das kann ich Ihnen nicht sagen, Herr Németh, aber vielleicht können Sie mir bei der Klärung weiterhelfen.«

In diesem Moment klingelte das Telefon. Németh nahm ab.

»Der Botschafter… in einer Stunde… ja, sagen Sie dem Fahrer Bescheid.«

Während Németh telefonierte, leerte Peringer in einem Zug ein Glas des parfümierten Wassers.

»Wie Sie hören, Herr Kommissar, ruft die Pflicht. Wenn ich Ihnen einen Rat geben darf: Suchen Sie nicht in der Vergangenheit, die Herausforderungen liegen in der Gegenwart. Auf Wiedersehen, Herr Peringer.«

Das kleine Funkgerät, mit dem die Hotel- und Konferenzzentrale ihre Fahrer verständigte, meldete sich, und der Mann in der Umkleidekammer bekam den Auftrag, János Németh in einer Stunde zur amerikanischen Botschaft zu fahren. Bevor er den Raum verließ, stellte er den Zeitzünder auf fünfundsechzig Minuten. Dann schloss er die Knöpfe seiner Chauffeursuniform, zog alles zurecht, blickte in einen Spiegel, begab sich in die Tiefgarage, setzte sich hinter das Steuer einer dunkelblauen Limousine und wartete.

18

Vielleicht war es der Nachgeschmack der Esterházytorte, der Peringer ins Gedächtnis rief, dass er am vergangenen Abend bei Béla ein Glas hausgemachter Marillenmarmelade geschenkt bekommen und dort vergessen hatte. Er beschloss, es abzuholen, obwohl die Nádor utca jetzt zur Sperrzone gehörte und sich nur noch Anlieger, Konferenzteilnehmer und Sicherheitspersonal dort aufhalten durften. Sein Europol-Ausweis ermöglichte ihm aber den Zutritt.

Béla war nicht zu Hause, aber Frau Lukács meldete sich an der Sprechanlage, ganz so, wie sie es bei seinem ersten Besuch getan hatte. Peringer hörte das inzwischen vertraute Summen des Türöffners und nahm dieses Mal den Fahrstuhl.

Frau Lukács war damit beschäftigt, Staub zu wischen. Ihr Anblick rührte den Kommissar. Zwischen Antikmöbeln, Vasen und Schwarz-Weiß-Fotografien mühte sich die alte Dame ab, obwohl sich das Ehepaar bestimmt eine Haushaltshilfe hätte leisten können. Sie tat ihm leid. Ihr Leben lang, dachte er, hat sie sich für Ehemann und Familie aufgeopfert, ohne etwas über die prägenden Jahre ihres Mannes zu wissen, ohne je erfahren zu haben, dass sein Herz längst gebrochen war, als sie ihn kennenlernte.

»Béla ist schwimmen. Zweimal pro Woche geht er noch ins Bad, aber seit der Kur ist es viel besser geworden mit seinem Rücken.«

Peringer nickte und gab ihr zu verstehen, dass sie sich seinetwegen keine Umstände machen solle.

»Sie brauchen sich nicht zu genieren, weil Sie die Marmelade abholen. Ich gebe Ihnen ein großes Glas mit, am besten gleich zwei. Wir kochen immer reichlich ein. Die Ernte stammt aus dem Garten unseres Sohnes. Sie kennen doch unseren Sohn?«

Peringer verneinte. Frau Lukács zeigte auf ein Foto auf dem Schreibtisch ihres Mannes und ging in die Küche, um die Marillenmarmelade zu holen und für Peringer einzupacken.

»Béla hat das Foto selbst aufgenommen«, rief sie, »obwohl er schon vor Jahren mit dem Fotografieren aufgehört hat. Aber er ist so stolz auf seinen Sohn.«

Peringer trat hinter den Schreibtisch seines Freundes und warf einen Blick auf das Bild. Zuerst glaubte er an einen Irrtum. Er griff nach dem Rahmen und betrachtete das Foto von Nahem – tatsächlich, er hatte sich nicht getäuscht.

»Das ist ja Doktor Olasz, der Historiker«, rief er in die Küche.

»Sie kennen ihn also doch«, erwiderte Frau Lukács.

»Doktor Imre Olasz ist Bélas Sohn?«

»Unser Sohn, ja.«

»Warum heißt er dann nicht Lukács?«

»Ich heiße seit meiner Hochzeit Lukács Béláné, Frau Béla Lukács, wie es in Ungarn üblich ist. Als Mädchen hieß ich Virág Kovács, aber natürlich habe ich meinen Namen mit der Heirat abgegeben. Doch die jungen Leute … sie halten sich einfach nicht mehr an diesen Brauch.«

Der Kommissar wartete ungeduldig darauf, dass Frau Lukács endlich auf den Punkt kam.

»Die Frauen wollen heute ihren eigenen Namen behalten, und manchmal nehmen die Männer sogar den Familiennamen der Frau an. So war es auch bei unserem Imre. Deshalb heißt er jetzt nicht mehr Lukács, sondern Olasz, nach dem Namen seiner Frau.«

Peringer war so überrascht, dass er Frau Lukács die Marmelade, die sie ihm entgegenstreckte, nicht abnahm. Jetzt wusste er, weshalb Dr. Olasz ihm die ganze Zeit bekannt vorgekommen war. Als er am Tag nach seiner Ankunft bei Béla hatte klingeln wollen und dann doch davor zurückgeschreckt war, kam ein Mann aus dem Haus und bot ihm seine Hilfe an – Bélas Sohn Imre! Vermutlich war er sogar auf dem Weg zu seinem Arbeitsplatz in der Akademie gewesen, die sich schließlich gleich um die Ecke befand.

»Wollen Sie denn Ihre Marmelade gar nicht nehmen?«

»Doch, natürlich, Frau Lukács, entschuldigen Sie.«

Peringer stellte das Bild zurück und nahm die Papiertüte entgegen, in der sich zwei liebevoll beschriftete Marmeladengläser befanden.

»Sagten Sie, Béla sei schwimmen?«

»Sie können gerne hier auf ihn warten.«

»Wo schwimmt er denn?«

»Im Lukácsbad. Das ist sozusagen unser Familienbad. Alle gehen wir dort hin: Béla, Imre ...«

»Und die Kur, hat er die auch dort gemacht?«, unterbrach der Kommissar die alte Frau.

»Warum fragen Sie danach?«

Peringer konnte seine Ungeduld jetzt nicht mehr verbergen. »Die Kur, Frau Lukács, wo hat er die gemacht?«

»Auch dort. Ich sagte Ihnen ja, es ist unser Stammbad.« Peringer wurde von einem Schwindelgefühl erfasst. Dr. Olasz, der Hauptverdächtige, war also der Sohn seines Freundes Béla. Und Béla suchte regelmäßig den Tatort auf.

Jetzt wurde es Peringer schlagartig klar: Zu den letzten Widerstandskämpfern, gegen die die »Steppjackenkerle« damals so brutal vorgegangen waren – zu diesen Kämpfern hatten ja auch Béla und Katalin gezählt. Die dann verschwunden war … Hatte Imre Olasz etwa im Auftrag seines Vaters Recherchen durchgeführt und herausgefunden, dass Orosz und vielleicht auch Németh Katalins Tod zu verantworten hatten? Oder hatte Dr. Olasz aus eigener Initiative geforscht und schließlich sogar seinen Vater gerächt, damit dieser endlich zur Ruhe kam?

Der Kommissar versuchte, sich zu beruhigen. Wer sagte, dass Orosz und Németh tatsächlich etwas mit dem Tod Katalins zu tun hatten? Und verfügte Dr. Olasz nicht aller Wahrscheinlichkeit nach über ein Alibi? Außerdem stand Bélas Name nicht auf der Liste der Leute, die sich zur Tatzeit im Sanatorium aufgehalten hatten. Andererseits, er musste diesen Spuren nachgehen. »Du verstehst mich nicht«, hatte der Freund zu ihm gesagt, »da unten schwimmt noch immer der Dreck von damals … niemand will das wahrhaben …«

Peringer bedankte sich bei Frau Lukács und eilte zur Wohnzimmertür. Dort drehte er sich ein letztes Mal um und warf einen flüchtigen Blick auf jenes Fenster, durch das er mit Béla auf die nächtliche Donau geschaut hatte.

»Sie haben es aber plötzlich eilig, Herr Peringer. Soll ich meinem Mann etwas bestellen?«, rief Frau Lukács ihrem Gast hinterher. Der Kommissar antwortete nicht mehr. »Ich werde ihm Grüße ausrichten. Alles Gute«, hörte er noch ihre Stimme.

Galerie, Fahrstuhl, Hoftür – Peringer brauchte nicht lange, bis er auf der Straße stand. Er ging auf den nächstbesten Polizeiwagen zu, wies sich aus und bat den Streifenbeamten, ihn zum Lukácsbad zu fahren. Nach kurzem Hin und Her erklärte sich der Fahrer dazu bereit.

Bis zur Kettenbrücke gab es beinahe kein Durchkommen. Ambulanzwagen versperrten die Zufahrt zum Roosevelt tér; der Fahrer weigerte sich, Blaulicht und Sirene anzustellen, da ihm die Sache noch immer nicht ganz korrekt vorkam. Endlich überquerten sie die Brücke, bogen scharf rechts und rasten die Uferstraße nach Norden hinauf. Vor dem Bad bat Peringer den Polizisten zu warten und eilte auf das Gelände.

Die drei Frauen hinter den Kartenschaltern wiesen den Kommissar darauf hin, dass Damenbadetag sei. Als er seinen Dienstausweis vorzeigte, ließen sie ihn passieren, bestanden jedoch darauf, dass er eine Zugangskarte mitnahm. Ihm fiel auf, dass die Karte nicht hellblau war, sondern beige. István, Orosz' Fahrer, hatte zu Protokoll gegeben, dass die Karte, die er neben dem Scanner gefunden hatte und die später verschwunden war, hellblau gewesen sei.

»Hellblaue Karten gibt es nur für Sanatoriumsgäste«, sagte eine der Frauen. »Damit kann man zu jeder Zeit ins Bad kommen und nicht nur befristet wie mit den normalen Besucherkarten.«

»Hat auch das Personal solche Karten?«, fragte Peringer sicherheitshalber.

»Das Personal hat wieder andere. Hellblau ist nur für Kurgäste.«

Peringer ging nun davon aus, dass der Mörder seine Karte neben dem Scanner vergessen und sie später geholt hatte, als István bereits im Bad war.

Eines jedoch war ihm unerklärlich: Wenn der Täter am Tag des Verbrechens Sanatoriumsgast war, aber weder Dr. Olasz noch Béla auf der Liste der Gäste standen, kamen sie dann überhaupt in Frage?

Der Kommissar überquerte den Innenhof mit den alten Platanen. Damenbadetag, schoss es ihm durch den Kopf, Béla konnte also gar nicht hier sein. Obwohl er seiner Frau gesagt hatte, er gehe ins Lukácsbad.

Peringer beschloss, da er nun schon einmal hier war, im Sanatorium noch einige Fragen zu klären. Vielleicht war die Liste unvollständig, oder Dr. Olasz hatte sich unter seinem

Jugendnamen aufnehmen lassen. Oder lag er etwa ganz falsch, und ein Dritter hatte schlicht und einfach eine Karte entwendet? Aber warum ließ der Täter diese Karte dann nicht am Eingang liegen?

Auch im Sanatorium roch es nach Thermalwasser, obwohl sich in diesem Gebäudeteil gar keine Becken befanden. Ein mürrischer Masseur mit kahl geschorenem Kopf zeigte dem Kommissar den Weg zum Büro des Kurdirektors.

Herr Török hörte Schlagerradio und döste. Er konnte sich erst nach längerem Überlegen an Peringer erinnern. Ja, die Liste, die sei selbstredend vollständig. Alle Patienten zeigten Melde- und Versicherungskarte vor.

»Dann habe ich nur noch zwei Fragen.«

»Bitte, bitte …«

»Sagen Ihnen die Namen Imre Olasz oder Imre Lukács etwas?«

Kopfschütteln.

»Béla Lukács?«

Török nickte.

»Lukács Béla?«, wiederholte der Kurdirektor.

Török stand auf und zog einen Ordner aus dem Regal hinter ihm hervor. Er schlug ihn mit einer halb ruppigen, halb feierlichen Bewegung auf und blätterte langsam in den Unterlagen. Vor jedem Umblättern befeuchtete er seinen Zeigefinger an der Zunge.

»Hat hier eine mehrwöchige Kur gemacht.«

»Wann?«

»Entlassen am 19. Mai 2005, aufgenommen am …«

»Am 19. Mai! Und warum steht er dann nicht auf der Liste der Leute, die am Tag des Verbrechens hier Kurgäste waren?«

»Weil er am 19. entlassen wurde. Als Aufenthaltstag gilt bei uns nur ein Tag mit Übernachtung auf den Folgetag.«

Peringer wusste nicht, ob er seiner Wut über den Kurdirektor oder seiner Verzweiflung darüber, dass Béla mit immer größerer Wahrscheinlichkeit der Mörder war, freien Lauf lassen sollte. Das Vibrieren seines Mobiltelefons, das er auf Vikis Drängen dabei hatte, nahm ihm die Entscheidung darüber ab.

»Viki, was gibt es?«

»Doktor Olasz war zum Tatzeitpunkt tatsächlich in Oxford, das ist jetzt sicher. Und noch etwas ...«

Der Kommissar ahnte, was Viki hinzufügen würde. Seine Hände zitterten.

»Gyula Orosz und János Németh haben während ihrer Zeit als Steppjackenmilizionäre eine Frau mit dem Namen Katalin Lukács vergewaltigt und ermordet. Der Fall wurde zwar dokumentiert, um Druckmittel gegen die beiden in Händen zu haben, aber die Straftat wurde nie geahndet.«

»Erinnern Sie sich daran, wie Sie mich observierten, Viki?«

»Ich dachte, das hätten Sie mir verziehen. Warum kommen Sie jetzt darauf?«

»Der Mann, der an jenem Tag das Haus in der Nádor utca 14 verlassen und mich im Vorbeigehen kurz angesprochen hat, war Doktor Olasz. Deshalb kam er mir bekannt vor. Olasz ist der Sohn von Béla Lukács. Und bei Katalin Lukács handelt es sich um Bélas erste Frau.«

»Sie meinen, Olasz hat seinem Vater von den Archivfunden berichtet, und Ihr Jugendfreund ...«

Peringer schwieg einen endlosen Augenblick lang. Dann sagte er: »Béla kommt erst zur Ruhe, wenn beide Täter gebüßt haben. Das ist mir soeben klar geworden. Németh ist in großer Gefahr. Wir müssen Béla zur Fahndung ausschreiben.«

Er steckte das Telefon in seine Jackentasche und versuchte, die aufsteigenden Tränen niederzukämpfen. Der Kurdirektor saß ratlos und stumm daneben, klappte schließlich den Aktenordner zu und stellte ihn zurück an seinen Platz. Im Hintergrund lief noch immer Schlagermusik. Peringer stand auf und verließ grußlos das Büro.

Draußen warfen die Platanen ihre Schatten, Tauben gurrten, hier und da saßen ein paar alte Leute auf Parkbänken. Vor dem Thermalbad stand Bademeister László, die Hände in die Hüfte gedrückt.

Der Kommissar ging zurück zum Streifenwagen, der tatsächlich auf ihn gewartet hatte, und bat den Beamten, ihn wieder in die Stadt zu fahren.

Kurze Zeit später stürmte ein von Viki umgehend beauftragtes Sonderkommando die Wohnung in der Nádor utca. Die verstörte Frau Lukács konnte den Einsatzkräften jedoch auf deren Nachfrage nicht mehr über den Aufenthaltsort ihres Mannes sagen, als sie auch schon Peringer mitgeteilt hatte.

Während der Kommissar sich noch auf dem Weg in die Innenstadt befand und Viki ihren Posten im mobilen Einsatzzentrum der Luftüberwachung bezog, verließ Europasekretär Németh seine Suite im Gresham Palace, um sich auf den Weg zum US-Botschafter zu machen.

In der Tiefgarage erhielt der Fahrer das erlösende Signal zur Abfahrt und setzte die dunkelblaue Limousine in Bewegung.

19

In den Sekunden vor der Explosion lag eine ungewöhnliche Ruhe über dem Roosevelt tér. Beinahe zweitausend Einsatzkräfte, mehr als je zuvor in der Geschichte Ungarns, sicherten die Konferenzorte. Die Kettenbrücke, welche direkt auf den Platz zuführte, war gesperrt, ebenso die wichtigsten Ein- und Ausfallstraßen. Außerhalb der Sperrzone herrschten Staus und Verkehrschaos. Aber innerhalb des gesicherten Bereichs war es ruhig: Das Innenministerium, gleich neben dem

Gresham Palace gelegen, verbarg seine Geschäftigkeit hinter dicken Steinmauern; in der Lobby des Hotels hielten sich nur wenige Gäste auf.

Niemand außer dem Attentäter selbst ahnte etwas von jenem Knall, der in wenigen Minuten das Sicherheitsgefühl Europas erschüttern würde.

Die viertürige gepanzerte Limousine war im Schritttempo aus der Tiefgarage gekommen und parkte nun direkt vor dem Haupteingang. Zwei Männer in Hoteluniformen standen bereit, um die Eingangstür zu öffnen; ein weiterer wartete darauf, dem Europasekretär die Wagentür aufzuhalten. Alle drei würden den Anschlag nicht überleben; niemand konnte später darüber berichten, ob dem Fahrer etwas anzumerken gewesen war in den letzten Minuten vor seinem Tod.

Die Explosion, zunächst der Bombe und Sekunden später des Benzintanks, zerfetzte den Wagen, riss ein Loch in die Front des Gresham Palace, verbog die Balkongitter. Bunte Bleiglasfenster barsten, Kacheln flogen von der Fassade, Mosaike zerplatzten. Alte Budapester erschütterte jedoch am meisten, dass die schmiedeeisernen Pfauentore des Palastes vom Druck der Detonation aus den Angeln gehoben wurden, genau so, wie es 1944 geschehen war, als die deutsche Wehrmacht bei ihrem Rückzug die Kettenbrücke gesprengt hatte. In manchem Wohnzimmer dienten die damals abgeplatzten Zsolnay-Kacheln noch heute als Untersetzer und erinnerten auf makabre Weise an jenen Tag.

Kaum war die Detonation verklungen, ertönte eine Kakophonie aus Schreien, Rauchmeldersignalen und den Sirenen der anrückenden Rettungsfahrzeuge. Auf der Rasenfläche in der Mitte des Roosevelt tér landete nur wenig später ein Hubschrauber.

Dank gut koordinierter Einsatzpläne konnte die Feuerwehr den Brand rasch unter Kontrolle bringen und binnen kurzer

Zeit löschen. Jetzt ragten, von aufsteigenden Rauchwolken umgeben, die Trägerstrukturen des zerstörten Fassadenabschnitts aus dem Gemäuer, und vor dem eben noch einladenden, wunderbar gepflegten Portal lagen Schutt und Trümmer.

Oberstaatsanwalt Krassó, der sich zum Zeitpunkt der Explosion im Innenministerium aufgehalten hatte, eilte sofort zum Tatort und übernahm die Einsatzleitung. Als Erstes sorgte er dafür, dass sich alle verfügbaren Kräfte mit der Aufklärung des Anschlags befassten und auf die Vermeidung weiterer Attentate konzentrierten. Was genau war passiert? Warum konnte der Täter unentdeckt bleiben? Um wen handelte es sich dabei?

Spurensicherer und Sprengstoffexperten sprangen aus ihren Spezialfahrzeugen und machten sich unverzüglich an die Arbeit. Ärzte hielten erst nach Verletzten, dann nach Leichenteilen Ausschau und versuchten, die Toten zu identifizieren. Sämtliche Leute, die sich im Hotel oder in der Nähe befanden, wurden betreut und befragt.

Krassó selbst sprach mit Némeths Referentin, die ihm von dessen Verabredung mit dem US-Botschafter berichtete. Die Botschaft bestätigte den Termin und teilte mit, dass der Europasekretär nicht in der Vertretung eingetroffen sei. Für den Oberstaatsanwalt war nun klar, dass der Anschlag János Németh gegolten hatte.

Experten des Antiterrordienstes fanden Reste der Jacke des Attentäters und rekonstruierten aufgrund von Vergleichsmaterial den Tathergang. Es sei mit allergrößter Wahrscheinlichkeit anzunehmen, dass es sich um einen Selbstmordattentäter handelte.

Aber wer war der Täter? Stand er mit den inhaftierten Studenten in Verbindung? Dieser Verdacht ließ sich, obwohl Krassó zunächst davon ausging, nicht bestätigen. Das Video – so die Auskunft von Europol – kursiere auch im

Internet und lasse keinen Schluss auf Kontakte zwischen verschiedenen Islamisten zu. Und selbst wenn ein solcher bestanden hätte, den Sprengstoff musste der Täter anderswoher bekommen haben, da der Vorrat aus dem Belvárosi Kávéház vollständig sichergestellt worden war.

Schnell stellte sich heraus, dass es sich um einen Einzeltäter handelte, einen Schläfer, einen, der nicht im Vorstrafenregister stand und niemals auffällig geworden war. Ein Mann, den seine Umgebung geschätzt und sogar für besonders verantwortungsvolle Aufgaben herangezogen hatte: Dominik Salih, vierundzwanzig, Sohn jemenitischer Oppositioneller, die in den Siebzigerjahren nach Deutschland eingewandert waren. Seinen Vornamen, mit dem die Eltern ihm das Leben im Gastland hatten erleichtern wollen, deutete der junge Mann – wie später gefundene Tagebücher verrieten – als Entfremdung von der Kultur, in der seine Wurzeln lagen. Aber zugleich tarnte ihn der deutsche Name, ließ ihn Sicherheitsprüfungen unverdächtig passieren auf dem langen, geduldigen Weg zum Attentat.

Nach dem Abitur in Baden-Württemberg hatte Salih in München eine Lehre zum Hotelkaufmann absolviert. Einige Jahre verbrachte er in verschiedenen europäischen Fünfsternehäusern in Brüssel, Triest, Baden-Baden. Ein zufriedener Gast bot dem zuverlässigen und umgänglichen Mann schließlich eine Stelle in seinem international tätigen Limousinenservice an. Für den Gipfel engagierte man ihn als Fahrer des Konferenzmanagements. Seine Aufgabe bestand darin, Europasekretär János Németh rund um die Uhr zur Verfügung zu stehen.

Aber was sagten diese Daten schon aus? Sie waren nichts als ein Lebenslauf, eine Akte, die man nun in die zentrale Datenverarbeitung der Polizei eingab. Für Augenblicke geriet sogar Krassós Entschlossenheit ins Wanken, und er zweifelte daran, die Lage beherrschen zu können.

Peringer hatte bereits über Polizeifunk von dem Anschlag gehört, noch bevor er den Ort des Geschehens erreichte. Über den aktuellen Stand war er jedoch nicht informiert, da er irgendwann den Streifenwagen verlassen hatte und zu Fuß weitergegangen war. Es war selbst mit einem Polizeiauto unmöglich gewesen, zum Gresham Palace vorzudringen.

Obwohl der Oberstaatsanwalt längst an Peringer vorbei mit Europol in Den Haag kommunizierte, schenkte er dem Kommissar ein paar Minuten seiner Aufmerksamkeit. Vielleicht sah er in einem kurzen Wortwechsel die Chance, sich seiner Überlegenheit zu vergewissern. Immerhin hatte er die terroristische Bedrohung ernst genommen, während der alte Kommissar mit seinen Ermittlungen nicht gerade weit gekommen war.

»Ich habe die Terrorgefahr unterschätzt«, gestand Peringer ein.

Krassós Mundwinkel zuckten. Er brachte Peringer auf den Stand der Ermittlungen und ließ ihn wissen, dass die Kräfte, die für die ergebnislose Durchsuchung der Wohnung Lukács in der Nádor utca abgezogen worden waren, nun hier in den Trümmern nach Spuren suchten.

Peringer nickte. In Krassós Blick lag eine kaum unterdrückte Spur von Genugtuung. Es war, als überlagere die Befriedigung darüber, recht behalten zu haben, die Erschütterung durch das schreckliche Ereignis.

»Herr Oberstaatsanwalt, Doktor Béres bittet Sie zu sich«, rief ein Beamter.

Krassó ließ Peringer stehen. Ponty schien etwas Neues herausgefunden zu haben.

Im unversehrten Teil der Lobby sah Peringer die persönliche Referentin Némeths sitzen, die sich mit einem Tuch die Tränen aus den Augenwinkeln wischte. Sie saß genau dort, wo Peringer auf den Europasekretär gewartet und die von ihm empfohlene Esterházytorte gegessen hatte.

»Wenn ich Ihnen einen Rat geben darf: Suchen Sie nicht in der Vergangenheit, die Herausforderungen liegen in der Gegenwart. Auf Wiedersehen, Herr Peringer« – das waren Némeths letzte Worte ihm gegenüber gewesen. Hatte er den Mann nicht ernst genug genommen? Traf ihn gar eine Mitschuld an dessen Tod?

Peringer versuchte, sich trotz der Hektik um ihn herum zu konzentrieren und sich Némeths Brief noch einmal in Erinnerung zu rufen. Während er gerade überlegte, ob der ganze Fall ein weiteres Mal durchdacht werden müsse, sprach ihn Némeths Assistentin an.

»Wissen Sie, was seltsam ist? Ich habe das Gefühl, dass er nicht tot ist.«

Peringer sah die Frau an. Immer wieder hatte er im Laufe seines Berufslebens beobachtet, dass Menschen das Ableben derer, die ihnen am nächsten standen, nicht wahrhaben wollten. Aber diese Frau war bei aller Trauer zu gefasst und strahlte zu viel professionelle Distanz aus, als dass ihm Verdrängung oder Leugnung plausibel erschien.

»Wie meinen Sie das?«

»Er hatte also diesen Termin und ließ dem Fahrer Bescheid geben. Er verließ die Suite und vergaß, beim Rausgehen, die Tür hinter sich zu schließen. Ich will sie zuziehen und schaue ihm, ich weiß nicht warum, auf dem Flur kurz hinterher. Und wissen sie, was dann passierte?«

Peringer zuckte mit den Achseln, während er im Hintergrund Krassós Stimme immer wieder denselben Satz sagen hörte, ohne ihn aber wirklich verstehen zu können.

»Er schaute aus einem Fenster, nicht nach vorn hinaus, wo der Wagen wartete, sondern auf eine Seitenstraße, und plötzlich ging ein Lächeln über sein Gesicht, wie ich es noch nie bei ihm gesehen habe. Dann sah er auf seine Uhr und machte kehrt und nahm nicht den Lift, sondern ging ans andere Ende des Flurs, zum hinteren Flügel, durch das Treppenhaus nach unten. Und soweit ich weiß, führt dieses Treppenhaus nicht zum Haupt-, sondern zum Nebeneingang, wo ja überhaupt kein Fahrer auf ihn gewartet hat. Ich glaube …«

»Nur vier, nur vier, dann suchen Sie eben weiter!«, hörte Peringer Krassó rufen, während ihm durch den Kopf schoss, dass bisher von fünf Toten die Rede gewesen war: den beiden Portiers, dem Mann, der die Wagentür aufhalten sollte, dem Fahrer und schließlich dem Europasekretär.

Der Kommissar versuchte, die Frau zu beruhigen, und entschuldigte sich, um den Gerichtsmediziner zu sprechen. Ponty war froh, dass wenigstens Peringer ihm zuhörte und bereit war, seinen Aussagen Glauben zu schenken.

»Beim alten Semmelweis, Herr Kommissar, es sind nur vier Leichen, und alle vier trugen Uniformen.«

Erleichtert schloss Peringer für einen Moment die Augen und atmete tief durch. Allem Anschein nach lebte Europasekretär Németh! Vermutlich hatte er, vom Blick aus dem Hotelfenster überwältigt, ergriffen vom Anblick seiner Heimatstadt Budapest, beschlossen, zu Fuß zu gehen. Ein Mensch wie er, dachte Peringer, befindet sich vierundzwanzig Stunden am Tag in einem Käfig, umgeben von Sicherheitspersonal, überwacht, beobachtet. Auf einmal, im Auge des Orkans, bietet sich ihm die Gelegenheit, ein paar Minuten lang frei zu sein. Ohne Begleitung, nicht hinter Panzerglas, einfach nur einen Weg zu gehen, den er von Kindesbeinen an kennt. Dieser plötzliche Freiheitsdrang muss János Németh das Leben gerettet haben!

Für Sekunden war ihm Németh hoch sympathisch. Wie dieser Mann seiner eigenen Sicherheitspolitik ein Schnippchen geschlagen hatte und vom Leben, ja: mit seinem Leben, dafür belohnt worden war …

Doch dann fiel dem Kommissar ein, dass Németh sich so lange nicht außer Lebensgefahr befand, wie Béla frei herumlief.

Peringer versuchte gar nicht erst, Krassó davon zu überzeugen, dass sein Schützling zwar der Gefahr der Gegenwart entkommen war, ihm aber die Bedrohung durch seine Vergangenheit noch bevorstand. Er musste die Sache selbst in die Hand nehmen, konnte allenfalls auf Vikis Hilfe hoffen.

Von der Rezeption des Gresham Palace aus rief er in der amerikanischen Botschaft an, doch dort hielt man ihn aufgrund seiner Frage nach dem Eintreffen eines offenkundig ermordeten Mannes für verrückt.

Anschließend versuchte er, Viki unter ihrer Mobilnummer zu erreichen, aber nach dem Anschlag waren die Mobilfunknetze abgestellt worden. Per Polizeifunk ließ sie sich aus technischen Gründen nicht im Überwachungszentrum erreichen. Da er noch nicht einmal wusste, wo genau sich dieses Zentrum befand, blieb ihm nur übrig, auf eigene Faust nach Béla und seinem nächsten Opfer zu suchen.

Alles sprach dafür, dass die beiden sich zwischen Gresham Palace und US-Botschaft aufhielten. Die Frage war nur, welchen Weg Németh genommen und ob Béla ihn dort gefunden hatte.

Vielleicht war es bereits zu spät, aber Peringer zögerte keine Sekunde, es trotzdem zu versuchen.

20

Viki saß im mobilen Einsatzzentrum der Luftüberwachung, das von außen wie ein Lieferwagen aussah. Innen jedoch war es mit zahlreichen Bildschirmen ausgestattet, die satellitengestützte Luftaufnahmen von Budapest zeigten. Alles, was aus der Luft erkennbar war, konnte hier in Echtzeit beobachtet, herangezoomt und aufgezeichnet werden. Dazu kamen Überwachungsbilder von Bodenkameras, die an besonders wichtigen Orten wie etwa dem Freiheitsplatz angebracht waren.

Das Fahrzeug parkte auf dem Deák tér, in sicherem Abstand zum Konferenzgeschehen, und stand durch eine abhörsichere Frequenz in ständiger Verbindung mit dem Terrorabwehrdienst und der Koordinationsstelle im Ministerium des Innern.

Während ihre Kollegen sich damit beschäftigten, in Zeitlupe die Bilder der Explosion auszuwerten, verfolgte Viki ein Detail, das von den anderen ignoriert wurde. Wenige Minuten vor dem Anschlag hatte ein Mann den Gresham Palace durch den Nebeneingang des linken Seitenflügels verlassen, war in die Zrínyi utca eingebogen, diese bis zur Október 6. utca hochgegangen und hatte seinen Weg schließlich in Richtung Freiheitsplatz fortgesetzt. Auf halber Höhe, ein paar Häuserblocks vor dem Platz, verlor sich allerdings seine Spur, Sekunden vor der Explosion.

Viki war sich nicht sicher, ob der Mann wirklich verschwunden war oder ob es sich nur um einen schlechten Beobachtungswinkel handelte und die Explosion sie abgelenkt hatte. Sie spulte die Aufzeichnungen zurück und vergrößerte das Bild, um den Mann besser erkennen zu können. Er trug einen dunkelblauen Anzug und ein weißes Hemd; die Farbe der Krawatte konnte sie nicht identifizieren. Ihr fiel auf, welch entspannten Eindruck der Mann machte. Seine Leichtigkeit stand in auffälligem Kontrast zur gespannten Geschäftigkeit in der Sperrzone.

Kurz nachdem der Mann das Hotel verlassen hatte, schaute er nach oben in den blauen Himmel. In diesem Augenblick erfasste die Satellitenkamera sein Gesicht. Kein Zweifel, es handelte sich um Europasekretär Németh. Der Sekretär, schloss Viki, war gar nicht in das explodierende Auto eingestiegen. Also lebte er noch. Aber wo hielt er sich auf?

Sie verfolgte den weiteren Verlauf der Aufzeichnungen. Németh hatte in der Mitte der Október 6. utca ein Haus betreten, vermutlich einen Laden. Sie lag richtig mit ihrer Annahme. Tatsächlich hatte der Europasekretär plötzlich Lust verspürt, auf seinem Weg ein Eis zu essen. Der Inhaber des 24-Stunden-Lebensmittelhandels sagte später aus, dass ein gut gekleideter Mann sein Geschäft betreten und einen Quarkriegel sowie ein Vanilleeis gekauft habe. Beim Bezahlen habe der Mann sich über die laute Musik beschwert. Diese sei in der Tat so laut gewesen, dass der Verkäufer erst später durchs Radio von der Explosion gehört habe, die ein paar Straßenecken weiter stattgefunden hatte.

Jetzt betrachtete Viki die Stelle, an der der Europasekretär den Laden wieder verlassen hatte. Sie wollte vorspulen, um rascher zur Gegenwart aufzuschließen, als sie einen zweiten Mann in Némeths Nähe bemerkte. Er schien sich im Bereich der Nádor utca aufgehalten zu haben und trug einen Beutel bei sich. Könnte das Béla Lukács sein? Sie verlagerte den Fokus des Satellitenbildes auf ihn und rekonstruierte seinen Weg.

Kurioserweise war der Mann kurz zuvor von einem Polizisten kontrolliert worden. Der Beamte gab später zu Protokoll, dass sich der Befragte als Anwohner habe ausweisen können. Seine Behauptung, er wolle Einkäufe tätigen, sei ihm plausibel vorgekommen, weshalb er auf eine genaue Kontrolle des Tascheninhalts verzichtet habe. Im Beutel jedoch befanden sich nicht nur ein paar Lebensmittel zur Tarnung, sondern auch die zweite Steppjacke und jene Pistole, mit der schon Staatssekretär Orosz erschossen worden war. Bei dem Mann mit dem Beutel handelte es sich um Béla Lukács.

Németh hatte also den Laden wieder verlassen und war weiter in Richtung Freiheitsplatz gegangen, als Lukács sich ihm näherte. Im Schnelldurchlauf konnte Viki verfolgen, wie er den Abstand zu seinem Opfer immer weiter verringerte. Kurz vor dem Freiheitsplatz stand er nur wenige Meter hinter dem ahnungslosen Europasekretär.

Viki war beim Betrachten der Aufzeichnungen noch immer nicht ganz in der Gegenwart angekommen. Sie wusste nicht, ob Németh noch lebte oder Lukács bereits geschossen hatte, als ihr ein dritter Mann auffiel. Ihn erkannte sie sofort: Es war ihr Kollege Antal Peringer. Sie hatte den Eindruck, der Kommissar suche nach Németh oder Lukács oder nach beiden zusammen. Auf irgendeine Weise musste der alte Fuchs dasselbe herausgefunden haben, was auch sie nun wusste: Der Sekretär hatte den Anschlag überlebt, aber Orosz' Mörder war hinter ihm her.

Peringer näherte sich dem Freiheitsplatz von der östlichen Seite. Németh und Lukács jedoch befanden sich am anderen Ende. Wie konnte sie ihn erreichen? Wie ihm den richtigen Standort mitteilen? Hatte das überhaupt noch einen Sinn, oder war es bereits zu spät?

Viki schaltete ihren Monitor in den Echtzeitmodus. Erleichtert stellte sie fest, dass der Europasekretär noch lebte. Aber Lukács stand jetzt direkt neben seinem Opfer, während Peringer noch immer an der falschen Ecke zu suchen schien.

Viki entschloss sich, zu ihm zu laufen. Alles andere war sinnlos. Jeder nahm an, der Europasekretär sei tot. Krassó als Leiter des Koordinationszentrums würde ihr nicht glauben, und falls sie ihn schließlich doch überzeugen könnte, wäre bis dahin zu viel Zeit vergangen. Die Sicherheitskräfte am Freiheitsplatz ließen sich nur über das Koordinationszentrum erreichen.

Der Mobilfunk funktionierte nicht. Also sprang sie auf, verließ unter den Augen ihrer verblüfften Kollegen den Wagen und rannte los.

»Herr Németh?«

»Ja?«

»János Németh?«

»Ja.«

»Mein Name ist Béla Lukács.«

»Angenehm. Wohnen Sie hier in der Gegend?«

»Gleich um die Ecke, in der Nádor utca.«

»Ein herrlicher Tag, nicht wahr? Ich genieße diese wenigen freien Minuten. Gleich treffe ich den amerikanischen Botschafter zu einem Abstimmungsgespräch. Da Sie meinen Namen kennen, wissen Sie bestimmt, worin meine Aufgabe besteht.«

Béla nickte und kramte in seinem Einkaufsbeutel.

Viki rannte quer über den Erzsébet tér, vorbei am ehemaligen Polizeihauptquartier, dann bog sie in die József Attila utca ein. Auf deren linker Straßenseite befanden sich alte, heruntergekommene Arkadengänge. Viki passierte teils leer stehende, teils dürftig ausgestattete Ladenlokale mit kunstvollen Holzfronten, alten Tresen und staubigen Scheiben.

Auf der Höhe des József nádor tér überquerte sie die Straße und betrat damit die Sperrzone. Polizeikollegen wollten sie aufhalten, aber glücklicherweise kannte sie einen der Beamten und wurde unbehelligt durchgelassen.

Es war ein sonniger Tag, und sie begann zu schwitzen. Die Uniform mit der Krawatte eignete sich denkbar schlecht für solche Einsätze. Ihre Kondition jedoch war gut. In hohem Tempo lief sie die Nádor utca hinunter und näherte sich dem Freiheitsplatz.

»Schmeckt Ihnen Ihr Eis?«

»Danke, ja.«

»Können Sie es denn ganz unbeschwert genießen?«

»Ja, warum auch nicht? Zugegebenermaßen kann der Sicherheitsapparat die eigene Spontaneität bisweilen ziemlich einschränken. Aber am Ende des Tages bleibt man doch ein Mensch und genießt das Leben.«

Viki konnte Peringer jetzt sehen. Außer Atem winkte sie ihm zu, aber die Entfernung war noch zu groß. Peringers Augenmerk galt der Umgebung der US-Botschaft, wo er Németh offenbar vermutete. Einen Moment lang überlegte Viki, ob es nicht besser wäre, zu Béla Lukács und seinem Opfer zu laufen und zu versuchen, den Mord zu verhindern. Aber sie befürchtete, dass Lukács dann sofort abdrücken würde, während er Peringer vielleicht zuhörte.

»Ich spreche nicht über Ihre eingeschränkte Privatsphäre, Herr Németh, sondern über Ihr Gewissen.«

»Mein Gewissen?«

»Genau.«

»Ach, Sie scheinen meine politischen Überzeugungen nicht zu teilen. Trotzdem sollten Sie mir ein Eis gönnen«, antwortete der Europasekretär und lachte.

Viki überquerte den Freiheitsplatz und stand wenig später atemlos vor Peringer.

»Ich wusste, dass Sie gut sind«, begrüßte der Kommissar seine Kollegin.

»Béla Lukács und János Németh, sie stehen dort drüben«, keuchte Viki und zeigte auf eine Stelle, die in einem schwer einsehbaren Winkel lag.

»Wahrscheinlich ist Németh Béla auf der Nádor utca geradezu in die Arme gelaufen. Als der sein Opfer erkannte, brauchte er nur schnell die Waffe aus der Wohnung zu holen und dem Staatssekretär bis hierher zu folgen. Ich hätte wetten können, dass er Németh hier vorne abfängt, wegen des Denkmals«, erwiderte Peringer und zeigte auf das Ehrenmal.

»Haben Sie denn Überzeugungen, Herr Németh?«

»Jetzt verderben Sie mir aber allmählich die Laune, mein Herr. Diese Frage ist ja wohl nicht ernst gemeint.«

»Doch. Sehr ernst sogar.«

»Also gut, falls Sie darauf anspielen, dass ich kein sogenannter Dissident war, dann sage ich Ihnen: Das ist wahr, denn ich zog es vor, Verantwortung zu übernehmen. Und im Rahmen der damaligen Möglichkeiten konnte ich durchaus einiges erreichen. Doch darüber mögen andere urteilen. Seien Sie jedoch versichert: Ich bin froh darüber, dass wir heute in Freiheit leben, und betrachte es als meine Aufgabe, diese Freiheit zu sichern. Aber jetzt entschuldigen Sie mich bitte, denn der Botschafter wartet.«

»Viki, versuchen Sie, Bibó zu erreichen. Wir brauchen Kontakt zu den Scharfschützen auf den Dächern, sonst droht die Sache außer Kontrolle zu geraten, sobald denen klar wird, was hier passiert.«

»Sie wollen also mit Béla sprechen?«

»Selbstverständlich will ich das.«

»Ich kannte Ihren besten Freund, Gyula Orosz.«

Németh schaute seinen Gesprächspartner erstaunt an, aber in seine Verwunderung mischte sich rasch Misstrauen. Langsam wurde ihm die Situation unheimlich. War seine spontane Entscheidung, zu Fuß zu gehen, doch zu unvorsichtig gewesen – trotz Sperrzone und Polizeipräsenz?

»Gyula hat Ihren Namen nie erwähnt, Herr Lukács. Lukács war doch der Name, oder?«

»Béla Lukács, ganz richtig.«

»Sie kannten Gyula?«

»Ich wusste mehr über ihn, als ihm recht sein konnte. Und ich war der Letzte, der ihn lebend gesehen hat.«

Im Nordwesten, unweit des Parlaments, stieg ein Hubschrauber auf und steuerte auf den Freiheitsplatz zu. Hatte das Koordinationszentrum mittlerweile herausgefunden, dass

Németh noch lebte und in Gefahr war? Oder handelte es sich lediglich um einen Routineflug? Auf jeden Fall wurde Peringer durch den Lärm des Helikopters klar, dass sein Zeitfenster winzig war, sei es wegen der Ungeduld Krassós, sei es aufgrund von Bélas Entschlossenheit.

János Németh erbleichte.

»Sie haben Gyula ermordet! Aber warum denn, warum?«

»Kommen Sie mit«, befahl Béla, zog die Waffe aus dem Einkaufsbeutel und drückte sie seinem Opfer in die Seite. János Németh wollte seine Hände heben, aber Béla forderte ihn auf, sich so unauffällig wie möglich zu verhalten.

»Am besten, es sieht aus wie ein Gespräch. Und genau das wird es mehr oder weniger auch sein.«

»Sie sind wahnsinnig. Ich weiß wirklich nicht, was wir Ihnen getan haben. Ich kenne Sie noch nicht einmal!«

»Das wird sich gleich alles klären. Hier, nehmen Sie den Beutel.«

Németh nahm die Tasche mit der Steppjacke an sich und ging neben Béla her. Sie ließen die Notenbank und die anderen Bankpaläste hinter sich und passierten den Pavillon, an dem Peringer Alf Matsson kennengelernt hatte. Hätte der Hubschrauber nicht so sehr gedröhnt, wäre das Knirschen des Kieses unter ihren Schuhen zu hören gewesen.

Es dauerte nicht lange, und die beiden Männer standen vor dem Sowjetdenkmal. Peringers Instinkt hatte ihn auch dieses Mal nicht getrogen. Genau hier, an diesem Ort, wollte Béla sein zweites Opfer hinrichten, um endlich Ruhe zu finden.

21

Sowjetstern, Hammer und Sichel im Ährenkranz – wie ein Relikt aus unwirklich gewordener Zeit stand das Denkmal zu Ehren der Roten Armee schräg gegenüber der US-Botschaft, mitten auf dem Freiheitsplatz. War es im heutigen Ungarn allgemein verboten, öffentlich Symbole der kommunistischen Herrschaft zu zeigen, dieser steinerne Obelisk trotzte allen Bemühungen, die Spuren der Vergangenheit zu tilgen.

Béla forderte den Europasekretär auf, das schmucklose Metallgitter beiseitezuschieben, das Unbefugte vom Betreten des Denkmals abhielt. Németh hob eines der Elemente aus den Angeln und bewegte es so lange nach vorne, bis sie die Gedenkstätte ungehindert betreten konnten.

Er stand nervös und verängstigt da, sah hilfesuchend um sich, zu aufgeregt, um die gut versteckten Scharfschützen zu entdecken oder Peringer zu bemerken, der mit Viki das Geschehen aus der Nähe beobachtete.

»Warum schießen Sie nicht einfach? Was wollen Sie von mir?«

»Gehen Sie da lang, bis zu den Büschen. Und mit dem Rücken zum Denkmal, bitte.«

Beinahe stolperte der Sekretär bei seinem Bemühen, Bélas Befehlen zu folgen.

»Gleich sind wir da, dann können Sie sich ein wenig ausruhen.«

Béla trieb sein Opfer einen Weg aus grauen Steinplatten entlang, über eine mit Ziersträuchern durchsetzte Rasenfläche zum eigentlichen Denkmal. Dort angekommen, forderte er Németh auf, sich auf die Sandsteinstufen zu setzen.

»Es ist Zeit, sich ein wenig zu unterhalten.«

»Was soll dieses Theater, wenn Sie sich lediglich mit mir unterhalten wollen?«

»Ich fürchte, Ihnen wird das Thema unserer Unterhaltung nicht gefallen.«

»Ich sagte Ihnen doch bereits, dass ich zu meiner politischen Vergangenheit stehe. Also, was wollen Sie noch?«

»Ich möchte mit Ihnen über unsere Jugend sprechen. Erinnern Sie sich an Ihre Jugend?«

Der Europasekretär drehte seinen Kopf zu Béla und sah ihn an, als hätte er es mit einem Verrückten zu tun.

»In der Jugend ist man ungeduldig, nicht wahr, kann keine Zwänge ertragen, sehen Sie das nicht auch so, Herr Europasekretär?«

»Was, zum Teufel, wollen Sie hören?«

»Ich will wissen, wie sich ein junger Mensch in den Dienst eines stalinistischen Staates stellen konnte, während die Menschen um ihn herum gerade ihr Leben riskierten, um wieder frei atmen zu können. Ich will wissen, was Sie zu den Pufajkások getrieben hat.«

Der gesamte Sicherheitsapparat hatte mittlerweile von der neuen Lage Kenntnis. Polizeipräsident Bibó – von Viki informiert – war es gelungen, Oberstaatsanwalt Krassós Uneinsichtigkeit auszunutzen und das Kommando über die Einsatzkräfte im Bereich des Freiheitsplatzes zu übernehmen. In Sichtweite des Denkmals bezog er mit Vicky Stellung und hielt über Funk Kontakt zu den Scharfschützen. Bibó willigte ein, mit dem Zugriff zu warten, bis Peringer ein Zeichen gab.

»Was wissen Sie denn? Haben Sie sich jemals einer Idee hingegeben? Haben Sie jemals an etwas geglaubt?«, wollte Németh nun trotz aller Gefahr von Béla Lukács wissen.

»Wie konnten Sie an etwas glauben, das der Wirklichkeit so krass widersprach?«

»Hören Sie endlich auf. Ihre Philosophiestunde hier führt doch zu nichts«, erwiderte der Europasekretär verzweifelt.

»Sie haben recht, stehen Sie auf, Németh!«

Die Männer befanden sich nun direkt vor dem Denkmal. Auf beiden Seiten führten steile Treppen auf ein Podest, in das eine mit grüner Patina überzogene Platte eingelassen war, die Soldaten während des Kampfes zeigte. Béla forderte sein Opfer auf, die schmalen Stufen hinaufzusteigen.

Peringer fühlte nun den Zeitpunkt gekommen, an dem er eingreifen musste, und näherte sich rasch dem Denkmal.

»Béla, es ist gut!«, rief er seinem Freund zu, der ungeschickt mit der Waffe herumfuchtelte.

Dieser drehte sich überrascht um. »Antal! Woher …? Halt dich da raus, Antal!«

»Béla, das ändert doch nichts«, sagte Peringer und näherte sich dem Gitter, das das Denkmal umgab.

»Bleib, wo du bist, sonst garantiere ich für nichts.«

Der Kommissar blieb stehen und bedeutete Béla, dass er seiner Anweisung Folge leisten werde.

Auf dem Podest befand sich ein Blumenbeet, in dem Europasekretär Németh hilflos von einem Bein aufs andere trat.

»Ziehen Sie Ihre Jacke aus!«

Unter der dunkelblauen Anzugjacke kam ein zerknittertes und verschwitztes Hemd zum Vorschein.

»Drehen Sie sich um!«

Der Sekretär gehorchte und schaute nun auf das Denkmal.

»Jetzt das Hemd!«

»Bitte …«

»Das Hemd!«

Der Europasekretär stand nun im Unterhemd da, das üppige Brusthaar klebte an seinem Oberkörper.

»Leeren Sie den Beutel!«

Németh griff nach dem Einkaufsbeutel und schüttete den Inhalt auf die Blumenrabatten. Während die Lebensmittel – zwei Kekspackungen und eine Plastikschale mit Kirschtomaten – auf die weißen Blüten purzelten, blieb die Steppjacke im

Beutel hängen. Der Europasekretär zog sie mit zitternden Händen heraus und ließ anschließend die Tasche aufs Gras fallen.

Die Jacke sah exakt so aus wie diejenige, die Gyula Orosz' Leiche im Lukácsbad getragen hatte. Ohne Zweifel war dies das zweite der beiden Exemplare, die Béla in Frau Fleischers Maßschneiderei hatte anfertigen lassen.

»Kommt Ihnen die Jacke bekannt vor?«

»Hören Sie, das ist fast fünfzig Jahre her.«

»Heute werden Sie sich erinnern müssen.«

»Ich war noch nicht einmal volljährig. Ich war jung.«

»Wie kann man jung sein und gegen die Freiheit?«

»Sie selbstgerechtes ...«

»Anziehen!«

»Hör auf, Béla!«, versuchte Peringer es nun erneut.

»Ich hab gesagt, du sollst dich da raushalten, Antal.«

Janos Németh schloss sekundenlang die Augen, dann sah er sich hilfesuchend um.

»Ich sagte anziehen!«

Németh folgte dem Befehl.

»Zuknöpfen!«

Die Finger des Sekretärs zitterten so sehr, dass er Mühe hatte, die Knöpfe durch die Löcher zu drücken.

»So, nun sind wir unserem Ziel schon etwas näher gekommen. Und damit man Sie besser sehen kann, gehen Sie jetzt die Stufen hinauf.«

Der Europasekretär stieg die erste und flachste Stufe des Obelisken hinauf und stand nun höher als Béla, der ihn weiter mit der Waffe bedrohte.

Dieser Schritt führte zu gesteigerter Aktivität bei den zahllosen Pressefotografen und Kamerateams, die seit geraumer Zeit die Vorgänge vom Gebäude des Staatsfernsehens aus beobachteten. Als Németh in seiner rätselhaften Kluft jetzt besser zu erkennen war, klickten unaufhörlich die Fotoapparate, hörten die Kamerateams nicht auf, Livebilder zu übertragen.

»Sind Sie sicher, dass Peringer nicht überfordert ist?«, fragte Polizeipräsident Bibó seinen Schützling Viki.

Für einen Moment zögerte sie und überlegte, ob sie dem alten Mann vielleicht zu viel Vertrauen entgegenbrachte. Immerhin hatte sie ihm ja anfangs sogar so sehr misstraut, dass sie ihn hochstpersönlich beschattet hatte. Und er war in dieser Sache befangen. Jedoch ...

»Ich bin überzeugt, dass Peringer weiß, was er tut. Sein Instinkt trügt ihn nicht.«

Bibó sah Viki sorgenvoll an, widersprach ihr aber nicht.

»Jetzt die zweite Stufe!«, rief Béla.

Dieses Mal hatte es Németh erheblich schwerer, der Anweisung zu folgen. Es erforderte einiges Geschick, den Höhenunterschied ohne Leiter zu überwinden. Er stützte sich mit den Händen auf den Steinen ab und drückte sich nach oben. Beim ersten Versuch rutschte er ab und verletzte sich am rechten Unterarm.

»Ich bitte Sie, hören Sie auf ...«

»Jammern Sie nicht herum.«

»Béla, was willst du denn noch? Dein Opfer ist genug gedemütigt worden.«

»Du verstehst noch immer nicht, Antal.«

»Doch, Béla, ich verstehe dich, auch wenn ich dein Verhalten für falsch halte.«

»Herr Németh, die zweite Stufe!«

»Béla, noch kannst du aufhören und lebend davonkommen. Aber lange wird die Geduld der Einsatzleitung nicht mehr anhalten, und dann kann auch ich nichts mehr für dich tun. Glaub mir, die schießen schneller und präziser, als du dir das vorstellst.«

Béla gab dem Europasekretär durch eine ungeduldige Geste zu verstehen, dass er einen neuen Versuch unternehmen solle, die nächsthöhere Stufe zu erklimmen. Dieses Mal drückte Németh sich mit größerer Kraft nach oben und schaffte es.

Wieder klickten die Kameras ohne Unterlass. Die Aufmerksamkeit der Fotografen wurde jedoch von einem Hubschrauber abgelenkt, der vom Parlament her auf den Platz zusteuerte und über dem Denkmal Position bezog. Anscheinend hatte Krassó die Nerven verloren und den Befehl dazu erteilt.

»Ich will, dass der Hubschrauber abzieht«, rief Béla Peringer gegen den Fluglärm zu.

»Wie stellst du dir das vor, ich habe hier keine Befehlsgewalt!«

»Dir wird schon etwas einfallen.«

Der Wind der rotierenden Helikopterflügel zerzauste die Frisur des Europasekretärs; Bélas Hemd flatterte im Wind.

Peringer gestikulierte, Viki verstand und redete auf den Polizeipräsidenten ein, der wiederum versuchte, mit dem Oberstaatsanwalt via Funk Kontakt aufzunehmen. Krassó hatte im obersten Stock der Inter Európa Bank Position bezogen – hinter dem Denkmal, doch mit unverstellter Sicht darauf.

»Wie lange wollen Sie dieses unwürdige Schauspiel noch dulden, Bibó?«, schallte es aus dem Funkgerät.

»Wir haben noch nicht alle Verhandlungsmöglichkeiten ausgereizt, Herr Oberstaatsanwalt.«

»Die Gelegenheit ist günstig, der Abstand zwischen Täter und Opfer groß genug, um einen gezielten Rettungsschuss abgeben zu können.«

»Sie wissen, dass es dafür keine Rechtsgrundlage gibt, Herr Krassó.«

»In zehn Minuten muss sich die Lage entspannt haben, sonst sehe ich mich zum Zugriff gezwungen.«

Der Hubschrauber drehte ab.

Peringer atmete auf.

»Und jetzt die dritte Stufe«, befahl Béla seinem Opfer.

»Béla, es reicht. Lass uns reden. Ein weiteres Mal kann ich dir die Kollegen nicht vom Hals halten.«

»Erst wenn er oben ist, wird geredet.«

Die Presseleute brachten ihre Kameras in Stellung, während János Németh nun widerstandslos auf die dritte und letzte Stufe des Denkmals kletterte. Der Vorsprung bot kaum Platz zum Stehen, da er gerade mal einen Fuß breit war.

Németh stand nun direkt vor einer Inschrift in kyrillischen Buchstaben, und über seinem Kopf befand sich der goldene Ährenkranz mit Hammer und Sichel.

Béla forderte sein Opfer auf, sich umzudrehen, damit er ihm in die Augen schauen konnte. Beinahe wäre der Europasekretär dabei abgerutscht, doch schließlich gelang es ihm seinen Rücken zum Denkmal zu wenden. Um nicht nach vorne überzufallen, breitete er seine Arme aus und krallte die Hände in den Stein.

Da stand er, wie gekreuzigt, und blickte auf, den Freiheitsplatz. Links lag die Botschaft der Vereinigten Staaten, rechts reihte sich Objektiv an Objektiv, und auf den Dächern der Bankgebäude lauerten nervöse Scharfschützen.

»Reden wir über einen kalten Novembermorgen im Jahr 1956«, sagte Béla.

22

»Wir waren erst siebzehn ...«, begann Németh.

»... aber Sie trugen Waffen und diese Uniform aus Pelzkappe und Steppjacke.«

»Hören Sie, man hat uns indoktriniert, das war doch eine ganz andere Zeit«, versuchte der Europasekretär sich zu rechtfertigen.

»Halten Sie den Mund! Oder stehen Sie endlich zu dem, was Sie getan haben.«

Peringer wusste, dass ihm nicht mehr viel Zeit blieb, die Sache friedlich zu beenden. Irgendetwas hielt ihn jedoch davon ab, entschiedener einzugreifen. Befand er sich etwa auf Bélas Seite?

»Nach dem Dauerfeuer der russischen Panzer hatten die meisten Kämpfer die Corvin-Passage verlassen, sofern sie überhaupt noch lebten. Die Aufgabe der Pufajkások bestand darin, den versprengten Rest aufzuspüren und zu erledigen. Sehe ich das richtig?«, wollte Béla wissen.

»Ja, so war es.«

»Aus wie vielen Leuten bestand Ihre Einheit?«

»Wir waren nur zu zweit.«

»János und Gyula, zwei Jungen aus der Josefstadt.«

»Ich stand auf der falschen Seite, das gebe ich zu. Reicht Ihnen das nicht?«, erwiderte Németh mit gepresster Stimme.

»Ich kann Sie nicht gut hören. Lauter, bitte.«

Viki schaute nervös auf ihre Uhr. Warum unternahm Peringer nichts?

Der Europasekretär wiederholte sein Eingeständnis mit größerer Lautstärke.

»So ist es besser. Wir wollen uns doch nicht an der Wahrheit vorbeiflüstern.«

»Bitte, kommen Sie zum Ende«, bat Németh fast flehend. Es fiel ihm immer schwerer, sich auf dem schmalen Vorsprung zu halten.

»Ihr Auftrag bestand darin, bewaffnete Kämpfer zu erledigen, nicht wahr? Wenn Ihnen jemand ohne Waffe begegnete, wie verhielten Sie sich dann?«

»Glauben Sie etwa, wir schossen wahllos um uns?«

»Aber nein. Nur war die Situation ja ein wenig angespannt. Da konnte man schon mal vorschnell auf den Auslöser drücken, oder etwa nicht?«

»Ich … ich kann das nicht ausschließen.«

»Selbst wenn einem eine Frau gegenüberstand?«

»Es war Winter, die Leute trugen dicke Kleidung.«

»Aber eine schwangere Frau, die erkennt man doch.«

Endlich begann Peringer, sich auf das Denkmal zuzubewegen, und näherte sich dem Metallgitter. Béla bemerkte ihn zunächst nicht, so sehr richtete er seine Aufmerksamkeit auf den Europasekretär.

»Herr Németh, wissen Sie, was mir auffällt? Sie erinnern sich immer nur so weit, wie Sie es gerade müssen. Sie hoffen immer noch, dass ich nicht alles weiß. Aber ich weiß alles, und ich will es aus Ihrem Mund hören.«

»Haben Sie ein ähnliches Tribunal auch mit Gyula veranstaltet?«

»Ihr Freund war leider nicht so gesprächig wie Sie, deshalb musste ich ihn mit den Tatsachen konfrontieren und dann die Konsequenzen ziehen. Aber Sie haben noch die Chance zu kooperieren und vielleicht mit dem Leben davonzukommen.«

»Wenn ich nicht sage, was Sie hören wollen, werden Sie mich also erschießen. So ist es doch!«

»Sie entdeckten eine verängstigte Frau in einem Kellerloch, stimmt's?« Bélas Ton wurde schärfer.

»Hören Sie auf, bitte.«

»Zwei junge Männer in einer Welt ohne Schranken. Niemand würde Sie zur Rechenschaft ziehen. War es so?«

Peringer überquerte den Rasen und befand sich nur noch wenige Meter von Béla entfernt, als dieser ihn bemerkte.

»Bleib, wo du bist, Antal! Die Geschichte ist noch nicht zu Ende erzählt.«

Viki warf einen bangen Blick auf Bibó, gleichwohl erleichtert, dass Peringer endlich eingriff.

Béla zog das Foto, das er Peringer bei seinem zweiten Besuch gezeigt hatte, aus der Hosentasche und streckte es Németh entgegen.

»Erkennen Sie sie wieder?«

Németh blieb stumm.

»War es das Machtgefühl? Verspürten Sie Lust dabei? Oder haben Sie es einfach getan, weil Sie es tun konnten?«

Den Europasekretär verließ die Kraft, er schaffte es nicht mehr, sich auf der obersten Stufe festzuhalten, und rutschte ab, konnte dann aber auf der nächsten Stufe wieder Tritt fassen. Béla erschrak und zielte mit der Waffe auf ihn.

»Sie hieß Katalin«, schrie Béla, dessen Stimme jedoch beim letzten Wort in einem haltlosen Schluchzen erstickte.

»Runter mit der Waffe!«, rief Peringer.

Béla ließ den Arm mit der Pistole sinken und starrte wie abwesend auf das zerknitterte Foto. Schnell ging Peringer zu seinem Freund, der sich nun ohne Gegenwehr die Waffe entwenden ließ. Kraftlos sank Béla Lukács auf eine Stufe nieder.

Daraufhin kletterte der Europasekretär mit weichen Knien vom Denkmal und zog sich die Steppjacke aus. Er setzte sich ebenfalls hin – einige Meter von Lukács entfernt – und verbarg sein Gesicht in den Händen.

»Es ist vorbei, Béla, es ist vorbei«, sagte Peringer. Er ließ sich neben dem Freund nieder, zögerte aber, ihm den Arm um die Schultern zu legen.

Auf der Rasenfläche zwischen Denkmal und Pavillon landete ein Hubschrauber. Sanitäter stiegen aus und eilten zu János Németh. Sie legten ihn auf eine Bahre und trugen ihn zum Helikopter.

Bewaffnete Einsatzkräfte liefen zum Obelisken, doch Peringer rief Viki zu, sie möge die Männer zurückhalten. Nach kurzer Unterredung mit Bibó hielten die Beamten auf halbem Weg inne und blieben dort in Bereitschaft stehen.

Fernsehteams und Fotografen näherten sich dem Denkmal, doch Polizeipräsident Bibó wies die Einsatzkräfte an, die

Presseleute vom Betreten des Schauplatzes abzuhalten. Es kam zu vereinzelten Rangeleien.

Krassó ordnete den Abzug der Scharfschützen an. Eben noch in höchster Anspannung und bereit, auf Befehl einen Menschen zu erschießen, legten sie erleichtert die Waffen beiseite und atmeten auf. Der Oberstaatsanwalt ärgerte sich, dass er nicht die volle Kontrolle über den Einsatz gehabt hatte, und verließ seinen Posten im obersten Stock der Inter Európa Bank. Er verzichtete darauf, den Verlauf der Aktion mit Bibó zu diskutieren.

Peringer saß neben Béla und wartete, bis sein Freund sich wieder fasste.

»Ich habe sie gefunden, ihre Leiche gefunden ...«, sagte Béla mit ausdrucksloser Stimme. »Du kannst dir nicht vorstellen, wie sie ausgesehen hat.«

Der Kommissar legte nun doch seinen Arm um die Schultern des Freundes.

»Jahrelang träumte ich jede Nacht davon. Immer derselbe Traum, immer dieselben Bilder.«

»Und dann hast du deinen Sohn, den Archivdirektor, um einen Gefallen gebeten.«

»Nein, so war es nicht. Es war seine Initiative. Er kannte meine Geschichte. Vermutlich ist er sogar deswegen Historiker geworden.«

»Was wusstest du bereits, bevor er mit seinen Recherchen begann?«

»Dass es zwei waren. Das hatte mir die alte Frau erzählt, die ich gestern erwähnte.«

»Und eines Tages fand Imre dann heraus, um wen es sich bei diesen beiden Männern handelte«, sagte Peringer.

»Genau.«

»Du kanntest ihre Namen aus der Zeitung.«

Béla nickte.

»Die Mörder meiner Frau und meiner Tochter standen seit fünfzig Jahren im Dienst der Republik Ungarn. Jedes Regime haben sie überlebt. Stalinismus, Gulaschkommunismus, Demokratie. Immer waren sie dabei. Die Europäische Union hieß sie ebenfalls willkommen. Haben diese Leute keine Scham? Was ist das für eine Welt, in der wir leben?«

Nach einer langen Pause sagte Peringer: »Béla, ich muss dich jetzt festnehmen lassen.«

»Festnehmen lassen«, antwortete Béla vorwurfsvoll. »Und wer hat Gyula Orosz ›festnehmen lassen‹? Und János Németh, wird der vor Gericht gestellt?«

»Du lebst jetzt in einem Rechtsstaat, Béla.«

Er sah Peringer mit spöttischer Miene an.

»Du redest wie die beiden Doppelmörder, die meine Frau und mein Kind auf dem Gewissen haben: Rechtsstaat, Freiheit. Das ist lächerlich, Antal.«

»Du hast einen Menschen ermordet und einem weiteren mit dem Tod gedroht.«

»Weil dein Rechtsstaat nichts getan hat. Sich von Leuten wie Orosz und Németh repräsentieren lässt.«

»Selbstjustiz ist niemals eine Lösung, Béla, unter keinen Umständen.«

Die beiden Männer saßen noch immer auf der schmalen Treppe, die zum Obelisken führte. Der Freiheitsplatz hatte sich geleert. Viki wartete jedoch mit einer Reihe von Beamten darauf, Béla Lukács abzuführen.

»Auf welcher Seite stehst du eigentlich, Antal?«

»Was soll diese Frage, Béla?«

»Du stellst dich in den Dienst derjenigen Leute, die dich aus deinem Land vertrieben haben.«

»Das ist absurd. Ich stehe nicht in deren Dienst, sondern im Dienste des Rechts.«

Béla sah seinen Freund verständnislos an.

»Mit deiner Selbstjustiz verrätst du unsere Ideale. Du

stellst dich mit denen auf eine Stufe, die wir bekämpft haben.«

Béla schwieg und sagte schließlich: »Ich habe dir zu deiner Freiheit verholfen, und nun willst du mir meine nehmen. Ist das dein Ernst?«

»Es tut mir leid. Ich weiß nicht, was ich dir noch antworten soll.«

Ein paar lange Minuten saßen die beiden Männer wortlos nebeneinander, dann stand Peringer auf, nickte Viki zu und ging weg. Die junge Kommissarin legte Béla Lukács Handschellen an und übergab ihn ihren Kollegen.

Viki entdeckte Peringer schließlich auf einer Parkbank. Sie setzte sich zu ihm und sah auf den nahezu menschenleeren Freiheitsplatz. Was sollte sie sagen? Der Alte saß gebeugt da, starrte auf den Boden und bewegte seinen Kopf fassungslos hin und her.

»Ihre Rückkehr nach Ungarn haben Sie sich sicher anders vorgestellt.«

Der Kommissar blickte auf, nickte und sah Viki mit großen Augen an. Vor ihm tanzten ein paar Schmetterlinge in der Luft.

»Wenigstens mussten Sie ihn nicht selbst verhaften.«

»Zu etwas müssen Dienstvorschriften ja gut sein«, antwortete er mit belegter Stimme.

Sie schwiegen, bis Peringer sich räusperte und sagte: »Ich habe nicht einmal Lust, die dritte Flasche Wein zu trinken, wie ich es noch nach jedem abgeschlossenen Fall getan habe.«

Viki zögerte mit ihrer Antwort, fasste sich schließlich ein Herz und erwiderte: »Tun Sie es mir zuliebe.«

Peringer schaute Viki an, als verlange sie zu viel von ihm.

»Sie müssen schnell ins Leben zurückkehren.«

»Süßwein aus Tokaj, meinen Sie, der hilft dabei?«

»Zumindest vor ein paar Tagen wären Sie davon überzeugt gewesen.«

Der Alte atmete tief durch und sagte: »Vermutlich haben Sie recht.«

»Heute Abend?«, fragte Viki vorsichtig.

»Sagen wir, um halb neun.«

23

Obwohl es noch nicht richtig dunkel war, erstrahlte bereits die gelbe Leuchtschrift auf dem Dach des Astoria. Peringer hatte seinen kleinen Koffer schon gepackt und das Nötigste für die Nacht und den nächsten Morgen bereitgelegt, als er sich ins Café begab.

Wieder war er der einzige Gast, der zwischen Mahagoni, Marmor und lachsfarbenen Polstern Platz nahm. Die Schirmlampen an den Säulen warfen ein schwaches Licht, an der Bar verstaubten die Gläser.

Die Kellner behandelten den Kommissar wie einen Stammgast, der seine ausgefallenen Wünsche nicht mehr äußern muss. Rasch brachten sie ihm zwei Weinkelche, ein Kellnerbesteck und einen gut gefüllten Eiskübel.

Peringer ließ die kleine Flasche, die er mitgebracht hatte, vorsichtig ins Eis gleiten. Er war absichtlich früher gekommen, zum einen, damit der Wein herunterkühlen konnte, zum anderen, um sich ein paar Minuten lang zu sammeln, bevor Viki auftauchte.

Wieder drängten sich die Bilder der letzten Tage in sein Bewusstsein: Béla mit der Pálinkaflasche in der Hand; Béla, der ihm das Foto von Katalin zeigt. Dann der Moment, in dem der Verdacht sich erhärtete und er seinen Freund zur Fahndung ausschrieb; schließlich die Verhaftung. Er atmete tief durch. Wenn ich den Kontakt zu ihm früher gesucht und ihn zum Reden gebracht hätte, vielleicht wäre es nie so weit gekommen. Trifft mich etwa eine Mitschuld? Und was, wenn meine Vorstellung von Recht und Freiheit tatsächlich zu abstrakt ist? Vieles ging ihm durch den Kopf, sogar die Frage, ob die neuartige Bedrohung durch den Terror seinen Verstand nicht überforderte und jetzt die Zeit gekommen war abzutreten.

Als er gerade darüber nachzudenken begann, was Eric ihm wohl geraten hätte, setzte sich Viki zu ihm und warf einen neugierigen Blick auf die Flasche im Eiskübel. Der Alte nutzte die Gelegenheit, um sich von seinen trüben Gedanken abzulenken.

»Botrytis cinerea, liebe Viki, so heißt der Pilz, der die Trauben dieses Weines befallen hat. Wenn die Herbstnebel aus den Flusstälern der Tokajregion aufsteigen, beschädigt dieser Schimmel die Haut der reifen Trauben und sorgt dafür, dass das Traubenwasser verdunstet und sich ein honigartiges Konzentrat, die Essenz, im Innern der Traube ansammelt.«

»Und das ist es, was sich in dieser Flasche befindet?«

»Die Winzer ernten jede Traube einzeln, vermischen die verschiedenen Sorten, lagern den Wein in alten Fässern, und einige Jahre später entscheiden sie, das Resultat abzufüllen und auf den Markt zu bringen.«

Peringer zog die Flasche aus dem Kübel. Das Eis klirrte. Viki ging ihm zur Hand und wischte mit einem Tuch das tropfende Wasser vom Tisch.

»6 Puttonyos Aszú 1999 – sehen Sie?« Der Kommissar zeigte auf das schlichte Etikett. »Eine besonders hohe Konzentration. Und ein erstklassiger Jahrgang.«

Er griff nach dem Kellnerbesteck, entfernte die Kapsel und zog mit feierlicher Geste den Korken aus dem Flaschenhals. Dann schenkte er sich einen Probeschluck ein, schwenkte das Glas, steckte seine knollige Nase hinein, probierte, schmatzte, schluckte und sagte leise: »Ein Traum ...«

Der Wein floss träge in die Gläser, dick wie Öl. Sie stießen an und tranken. In Peringers Augen mischte sich die Freude am Wein mit tiefer Melancholie.

»So einen Wein können Sie jahrzehntelang lagern, und er wird sich immer weiter entwickeln. Manche schmecken nach hundert Jahren noch.«

»Toll«, sagte Viki.

Peringer lächelte zaghaft und war froh, dass seine Kollegin nicht ahnte, dass sie gerade Wein im Gegenwert eines Fünftels ihres monatlichen Nettogehalts vertrank.

»Ich muss Ihnen etwas erzählen, Herr Peringer.«

Der Alte sah Viki fragend an.

»Krassó hat meine Hospitanz bei Scotland Yard bewilligt.«

»Darauf müssen wir anstoßen.«

»Er ist bestimmt froh, dass er mich los ist.«

»Aber Sie kommen ja zurück«, erwiderte Peringer und hob das Glas.

»Jetzt schmeckt er nach Bratäpfeln«, sagte Viki, die zuvor Pfirsich und Zitrusfrüchte herausgeschmeckt hatte.

»Sehr würzig, und gar nicht süß.«

Die beiden ließen sich Zeit, die immer neuen Geschmacksnuancen des Weines zu erkunden, und Viki wunderte sich, wie viel Spaß sie daran fand.

»Und Sie, Herr Peringer? Gehen Sie nun in Rente?«

Der Kommissar holte die Flasche wieder aus dem Eiskübel und schenkte nach.

»Wie schnell so eine Flasche leergetrunken ist.«

»Herr Peringer …«

»Beinahe durchsichtig, dieser Wein, frische Säure, und dabei ganz dicht und enorm nachhaltig.«

Viki gab ihre Bemühungen auf, einstweilen. An diesem Abend wollte sie ihren Kollegen nicht weiter mit Fragen bedrängen, obwohl es sie brennend interessierte, ob Peringer nach dem Fall Lukács mit Ungarn und der Polizeiarbeit abgeschlossen hatte. Würde er sich in den Ruhestand versetzen lassen und seinen Lebensabend als Weingourmet verbringen?

»Ich habe noch eine Frage«, sagte Peringer, nachdem der letzte Tropfen getrunken war.

Viki hob die Augenbrauen.

»Bringen Sie mich morgen früh zum Flughafen?«

24

Im Flugzeug musste Peringer, während er die Titelseite einer Zeitung überflog, unweigerlich an Viki denken. »Anti-Terror-Konferenz nach Anschlag und Morddrohung eröffnet«, lautete die Schlagzeile. Ein Foto zeigte Viki, wie sie Béla die Handschellen anlegte.

Er blätterte weiter und fand auf der vierten Seite eine kleine Notiz: »Schwedischer Journalist in Budapest verschwunden.« Darum kümmert sich ein Kollege, dachte der Kommissar.

Anschließend schlug er die Zeitung zu und kramte seine Schlafbrille aus dem Handgepäck. Gerade als er sie aufsetzen wollte, drehte das Flugzeug nach links und gab einen atemberaubenden Blick auf Budapest frei.

Wie könnte ich nicht zurückkehren, dachte Peringer.

Glossar

Borozó
Einfacher Weinkeller, wie es sie beispielsweise am Moszkva tér (Moskauer Platz) häufig gibt.

Csirke Paprikás
Paprikahuhn, ein Hähnchen»gulasch«, das mit saurer Sahne zubereitet wird.

Dupla
Doppelter Espresso. Großer Schwarzer. Die kleinere Portion heißt Szimpla.

Egészségedre
Zum Wohl! Prost! Gesundheit!

Eszpresszó
Kleines Café nach Art italienischer Bars, das die bürgerlichen Kaffeehäuser der Jahrhundertwende ablöste. Ihre Blütezeit hatten diese Lokale Ende der Dreißigerjahre, aber einige blieben bestehen bis zum Ende des 20. Jahrhunderts.

Europol
Europäische Strafverfolgungsbehörde mit Sitz in Den Haag, die die Ermittlungen in den Mitgliedsländern unterstützt und vernetzt.

Fekete
Ungarisch für »schwarz« beziehungsweise für einen Espresso.

Forint
Ungarische Währung. 1 Forint entspricht 100 Fillér. 1 Euro entsprach im Mai 2005 etwa 250 Forint.

Fröccs
Spritzer, Gespritzter. Saurer Weißwein mit Sodawasser.

Gresham Palace
Jugendstilgebäude am Fuß der Kettenbrücke, 1906 in Auftrag gegeben von Sir Thomas Gresham, dem Gründer der Londoner Börse und Vorsitzenden einer Versicherungsgesellschaft; Architekt war einer der wichtigsten Vertreter des ungarischen Jugendstils, Zsigmond Quittner.

Herender Porzellan
Die Herender Porzellanmanufaktur, gegründet 1826 in Herend, einer Stadt nahe des Balatons, ist die älteste, größte und renommierteste Porzellanmanufaktur Ungarns.

Kádár, János
Ungarischer Politiker. Schlug sich 1956 auf die Seite der Sowjets und führte Ungarn bis Ende der Achtzigerjahre. Begründer des sogenannten »Gulaschkommunismus«.

Kezét csókolom!
Küss die Hand! Gegenüber Damen ein nach wie vor üblicher Gruß des Herrn.

Lángos
Frittiertes Fladengebäck aus Hefeteig, das heiß gegessen wird, oft mit saurer Sahne bestrichen und geraspeltem Hartkäse bestreut. Klassisches ungarisches Schnellgericht, wird im Stehen verzehrt.

Neumann, János
John von Neumann. Genialer ungarischer Mathematiker, der sowohl bei der Entwicklung der Atombombe als auch des Computers eine wesentliche Rolle spielte.

Palacsinta
Palatschinke, Pfannkuchen. Dünne, fladenartige, zumeist gerollte Süßspeise, die mit Quark, Marmelade oder anderen Füllungen versehen wird.

Pálinka
Obstbrand; zum Beispiel Barackpálinka (Marillen/Aprikosenbrand) oder Szilvápálinka (Pflaumenbrand).

Pfeilkreuzler
Faschistische Gruppierung, die 1944 mithilfe der deutschen Besatzer an die Macht kam und den Holocaust in Ungarn vorantrieb.

Pogácsa
Pogatsche, in Ungarn und Österreich verbreitetes Gebäck, das klein oder faustgroß, salzig oder süß, pur oder beispielsweise mit Käse überbacken sein kann.

Rákosi, Mátyás
Ungarischer Politiker. Ein kommunistischer Funktionär, der sich 1956 gegen einen Reformkurs stellte.

Rendőrsék
Ungarisch für »Polizei«.

Romkocsma
Ruinenkneipe. Improvisierte Hinterhofkneipe, die in den Sommermonaten in der Pester Innenstadt aufmacht und häufig nur für kurze Zeit besteht.

Rózsadomb
Rosenhügel. Villengegend in Buda.

Semmelweis
Ignác Fülöp, das ist Ignaz Philipp Semmelweis, ungarischer Arzt, der durch die Bekämpfung des Kindbettfiebers berühmt wurde. Nach ihm ist die traditionsreiche Medizinuniversität in Budapest benannt.

Szent Lukács Gyógyfürdő
Sankt-Lukas-Bad, ein Thermalbad an der Frankel Leó út in Buda.

Tokaj
Region im Nordosten Ungarns mit der weltweit längsten Anbautradition edelsüßer Weine. Die Anzahl der »puttonyos« (Butten, Körbe) bezeichnet die Konzentration edelfauler Trauben im Most.

Trianon
Lustschloss von Versailles, in dem 1920 jener Friedensvertrag unterzeichnet wurde, durch den Ungarn zwei Drittel seiner historischen Fläche und die Hälfte seiner Bevölkerung verlor.

Trolibusz
Oberleitungsbusse, deren Linien mit der Nummer 70 beginnen. 1949 eingeführt, sowjetische Modelle.

Unicum
Ungarischer Magenbitter mit Kultstatus. Der dunkle, dickflüssige Kräuterlikör wird in runden Flaschen mit einem roten Kreuz darauf abgefüllt.

Vass, László
Schuhmachermeister, der die berühmten rahmengenähten Budapester Schuhe anfertigt.

Zsolnay-Kacheln
Der 1854 in Pécs gegründete Betrieb für Kunstkeramik und Glassuren stellt Kacheln nach einem speziellen Emailleverfahren her, das für einzigartige Farbkraft sorgt. Die Verwendung von Zsolnay-Kacheln ist typisch für den ungarischen Jugendstil.

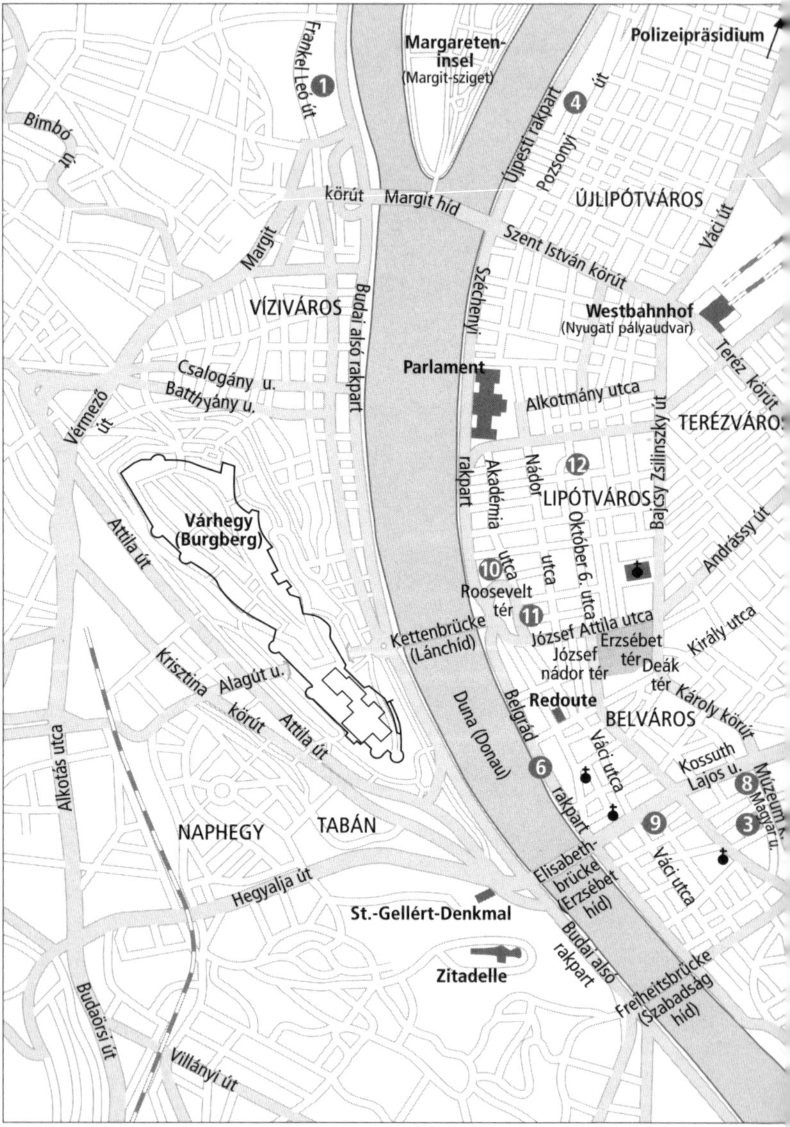

Margareten-
insel
(Margit-sziget)
Polizeipräsidium
Frankel Leó út
Bimbó út
Újpesti rakpart
Pozsonyi út
ÚJLIPÓTVÁROS
körút
Margit híd
Margit
Szent István körút
Váci út
Széchenyi
VÍZIVÁROS
Budai alsó rakpart
Westbahnhof
(Nyugati pályaudvar)
Parlament
Csalogány u.
Batthyány u.
Vérmező út
Alkotmány utca
Teréz körút
TERÉZVÁROS
rakpart
Akadémia utca
Nádor utca
LIPÓTVÁROS
Bajcsy Zsilinszky út
Várhegy
(Burgberg)
Attila út
Október 6. utca
Andrássy út
Roosevelt
tér
Kettenbrücke
(Lánchíd)
József Attila utca
Erzsébet
tér
József
nádor tér
Deák
tér
Király utca
Krisztina
Alagút u.
körút
Attila út
Duna (Donau)
Belgrád rakpart
Redoute
BELVÁROS
Károly körút
Alkotás utca
Váci utca
Kossuth
Lajos u.
Múzeum k.
Magyar u.
NAPHEGY
TABÁN
Elisabeth-
brücke
(Erzsébet
híd)
Váci utca
Hegyalja út
St.-Gellért-Denkmal
Zitadelle
Budai alsó
rakpart
Budaörsi út
Freiheitsbrücke
(Szabadság
híd)
Villányi út
1
4
12
10
11
6
8
3
9

Budapest
Lehel utca
Amerikai út
Mexikói út
Hermina út
Dózsa György út
Podmaniczky utca
Andrássy út
Városligeti fasor
Teréz körút
Király utca
Musikakademie
Liszt tér
Erzsébet körút
Thököly út
Dózsa György út
Kerepesi út
ERZSÉBETVÁROS
Rákóczi út
Blaha Lujza tér
Rákóczi út
Fiumei út
JÓZSEFVÁROS
József körút
Üllői út
Museum für Kunsthandwerk
Flughafen
Ferenc körút
FERENCVÁROS
1 Lukasbad
2 Corvin-Kino
3 Károly-kert
4 Szent István Park
5 Hunyadi tér
6 Donaukorso
7 Stadtwäldchen
8 Astoria
9 Klothildenpaläste
10 Akademie der Wissenschaften
11 Gresham Palace
12 Freiheitsplatz

Daniel Silva

Das Terrornetz

Thriller. Aus dem Amerikanischen von Wulf Bergner. 432 Seiten. Piper Taschenbuch

Um in ein mächtiges Terrornetzwerk vorzudringen, setzt Geheimagent und Kunstrestaurator Gabriel Allon einen besonderen Köder ein: Mithilfe eines unbekannten Gemäldes von van Gogh verschafft er sich Zutritt in den Kreis um den saudiarabischen Kunstsammler Aziz al-Bakari. Der Milliardär finanziert ein kaltblütiges Vorhaben, das nicht nur ganz Europa, sondern die gesamte westliche Welt in ihren Grundfesten zu erschüttern droht.

»Nervenzerfetzend spannend.«
Brigitte extra

»Der Plot ist aufregend, das Unternehmen glaubwürdig, die Lösung irre. Ein ziemlich taffer Action-Thriller.«
BuchMarkt

05/2502/01/L

Rudi Kost

Siedend heiß

Ein Hohenlohe-Krimi. 224 Seiten. Piper Taschenbuch

In Schwäbisch Hall steht das alljährliche Kuchen- und Brunnenfest bevor, das historische Fest der Haller Salzsieder. Am Vorabend der Feierlichkeiten stolpert Dieter Dillinger, der sympathische Versicherungsvertreter und Hobbydetektiv, über die erste Leiche: die der jungen und lebenslustigen Andrea. Für die Stadt eine Katastrophe – denn zum Fest werden jede Menge Touristen erwartet. Während die Polizei mit Unterstützung von Dillinger fieberhaft ermittelt, kommt es zu weiteren Morden. Dillinger muss tief in die Geschichte der Sieder eintauchen, um den Fall zu lösen. Dabei bringen ihn nicht nur die Todesfälle, sondern auch noch jede Menge privater Verwicklungen ganz schön ins Schwitzen.

05/2505/01/R

PIPER

Heinrich Steinfest

Die feine Nase der Lilli Steinbeck

Kriminalroman. 352 Seiten.
Piper Taschenbuch

Das Auffälligste an der ausgesprochen schlanken und eleganten Lilli Steinbeck ist ihre Nase. Eine Klingonennase, die ihr eine Schar stark verunsicherter Bewunderer beschert. Als international anerkannte Spezialistin für Entführungsfragen wird sie von der Polizei in einen brisanten Fall eingeschaltet – in ein Spiel mit zehn lebenden Figuren, um die ein weltweit operierendes Verbrecherteam kämpft. Auf allerhöchstem Niveau und zum Zeitvertreib. Es gewinnt, wer alle zehn Spieler getötet hat …
Der Kriminalroman des preisgekrönten Erfolgsautors Heinrich Steinfest ist ein Feuerwerk der Sprache voller Humor und philosophischem Hintersinn.

»Heinrich Steinfest ist ein Meister der skurrilen Sprachbilder und alltagsphilosophischen Exkurse.«
Der Spiegel

05/2408/01/L

Susanne Mischke

Tod an der Leine

Kriminalroman. 272 Seiten.
Piper Taschenbuch

Die Menschentraube auf dem Altstadt-Flohmarkt am Ufer der Leine verwehrt Kommissar Fernando Rodriguez lange die Sicht auf eine grausame Wahrheit: auf die Leiche einer schönen Frau, die keine Unbekannte für ihn war. Als heimlicher Verehrter der jungen Regisseurin hatte er sich extra für diesen Abend Premierenkarten besorgt. Nun ist er am Boden zerstört. Nicht nur, dass seine Eroberungsträume geplatzt sind – auf das Team der Kripo Hannover um Casanova Fernando Rodriguez, Schafzüchter Bodo Völxen, Rabenmutter Oda Kristensen und Küken Jule Wedekin wartet ein stolzer Berg Arbeit. Und ein gefährlicher Einsatz, der nicht nur menschliche Abgründe offenbart. Denn der Fall der ermordeten Künstlerin führt die Ermittler tief hinab – bis in Hannovers Katakomben.

05/2416/01/R

Ulrich Wickert

Der Richter aus Paris

Kriminalroman. 256 Seiten. Piper Taschenbuch

Intrigen, Korruption, Verrat, Mord – bei seinen Ermittlungen auf Martinique stößt Untersuchungsrichter Jacques Ricou auf Verbrechen, die im Schatten politischer Machtkämpfe seit Jahrzehnten ungesühnt blieben. Und auf die verführerische Kreolin Amadée, die in den Fall verwickelt ist. Ulrich Wickert erzählt von einem Mann, der Bedrohungen und Diffamierungen aushält, um die Schuld ehrenwerter Männer aufzudekken. Eine Geschichte, die in der Hölle der Gefangenenlager spielt und im Paradies auf Erden, der Karibik – mitreißend geschildert von einem Autor, der seine Leser zu fesseln weiß.

»Der grimmig-sympathische Richter Ricou beeindruckt selbst eingeschworene Mankell-Fans. Chapeau!«
Hajo Steinert im Focus

05/1866/03/L

Jan Beinßen

Dürers Mätresse

Paul Flemmings erster Fall. 288 Seiten. Piper Taschenbuch

Während die Menge vor der Frauenkirche dem Prolog des Christkinds lauscht, stürzt ein Mann von der nahegelegenen Fleischbrücke und ertrinkt in der Pegnitz. Der erste einer Serie mysteriöser Unfälle, die sich im vorweihnachtlichen Nürnberg ereignen. Der notorisch neugierige Fotograf Paul Flemming begibt sich gemeinsam mit dem Boulevardjournalisten Victor Blohfeld und der jungen Staatsanwältin Blohm auf die Suche nach der Wahrheit und findet heraus, dass die Unfallopfer eines gemeinsam hatten: ein ungewöhnlich ausgeprägtes Interesse an dem großen Sohn der Stadt, Albrecht Dürer.

»Jan Beinßens spannender Krimi macht neugierig auf die Stadt der Bratwürste und Lebkuchen und ihren berühmten Sohn Albrecht Dürer.«
Norddeutscher Rundfunk

05/2420/01/R